U0691264

MINGUO TONGSU XIAOSHUO
DIANCANG WENKU

俏姑娘·并蒂莲

民国通俗小说典藏文库·冯玉奇卷

冯玉奇 ◎ 著

中国文史出版社

目　录

俏　姑　娘

并　蒂　莲

俏 姑 娘

第一回

代子祈祷叮咛劝信教

　　特等十五号病房里进来了一个病人，年纪是怪轻的，约莫二十左右的光景。长长的头发，苍白的脸，嘴唇淡得一些血色也没有。医生说他是肺病的第二期，要待明天照了爱克司光后，再动手术注射。他伴送来的一个是年约五十三四岁的已秃了头顶的老者，一个是同样年龄的妇人，还有一个是十七八岁的姑娘，看来仿佛是病人的父母和妹子，因为那姑娘问医师的时候，总是喊着我哥哥两字的。病人似乎还带有些热度，他显出很痛苦的样子。这神情给站在旁边那个身穿白色制服的看护小姐瞧着，心头也会激起了一阵同情的悲哀，暗自想道：这么轻的年纪，如何会患起这种危险的病来？那不是叫人可惜？她情不自禁地暗暗地叹了一口气。

　　他的妹子是个活泼聪敏的姑娘，当他们临走的时候，她握了那个看护的手，很亲热地说道：

　　"秦小姐，我哥哥病中一切的饮食，请你特别地关心一些，我们实在是非常感激你的。"

　　秦小姐点了点头，脸微微地一红，很认真地说道：

　　"惠小姐，你放心，这儿十五号病房是归我一个人管理的，服侍病人，那是我们的责任，你不用叮嘱的。"

　　他母亲惠老太也走上来，瞧她眼角旁好像还展现了一些泪水，向看护很忧愁似的说道：

"秦小姐，你瞧我这孩子的病要紧吗？假使我孩子给你服侍好了，我们真不知该怎样来感激你才好！"

秦小姐听她这几句话，心里感到好笑，觉得年老的人，究竟是未免有些背了。不过人家爱子心切，至少是急糊涂了，遂向她安慰道：

"你刚才不是听医师告诉大概不要紧吗？你们安心地回去，明天照了爱克司光后，一定可以给你们有个确实消息的。"

惠老夫妇和女儿连声地叮咛了一会儿，这才依恋不舍似的回家去了。

下午医师给他照过爱克司光，知道右肺已有些溃烂，不过医治得迅速，当然也不是绝对没有希望的。所以给他注射了两针，又配了一瓶药水，吩咐秦小姐按时给他吞服。当晚病人的热度是没有退，秦小姐用热度表塞在他嘴里拿出来瞧的时候，她那两条翠眉不禁微微地蹙起来，很显明地比早晨进院的时候更增一度了。秦小姐心头有些难受，拿铅笔到病人表上去划热度高低线的当儿，她又低低地叹了一口气。

病人表上是写了三个英文名字，很清楚的惠明德的字样。秦小姐自己也不明白，为什么对他要这样地同情？虽然把铅笔是画到一百零二度上去，但她的视线是接触在九十八度点六上，她默默地祈祷着，希望明天早晨，他的热度立刻回复到这个度数上来。她正在暗自祈祷的时候，忽听后面有人低声唤道：

"菊卿姊，他……患的是什么病症呀？"

秦菊卿回眸来瞧，见是来接自己做夜班的苏曼萍。曼萍是个才十六岁的姑娘，处处地方不免带有些孩子的成分，和秦菊卿十分地要好。她听曼萍这样问，遂向她摇了摇手，用食指放在嘴上嘘了一声，这是关照她别高声地嚷的意思，一面悄悄地走到她的身旁，低声地告诉道：

"是患肺病的，可怜是个很年轻的人哩！"

4

苏曼萍很惊讶地道：

"患肺病的？会不会传染人的？"

说着，把明眸又向床上望了一眼。秦菊卿笑道：

"只要你不和他去亲嘴，怎么就会传染了？"

苏曼萍两颊涨得红红的，"嗯"了一声，伸手打了她一下肩胛，两人都忍不住笑起来。这时床上的惠明德也不知什么地方不舒服，他是低低地呻吟着。秦菊卿微蹙了眉尖，凝眸望着他苍白的脸，却是愕住了一会子。苏曼萍见她制服也不脱，遂笑道：

"菊卿，你今夜不想回去了？"

说着，很神秘地逗给他一个媚笑。菊卿道：

"我想着此刻该又是给他服药水的时候了，我且给他服了这次药水，我就走了。"

她说时，身子已挨近到床边，把桌上那瓶药水摇和了一会儿，然后用羹匙倒了两匙，放在玻璃杯内，俯下身子，向他柔和地道：

"惠先生，你喝药水了。"

明德两眼望着她粉脸发怔，忽然拉住她的手臂，叫道：

"妈，妈，我难受得厉害……"

曼萍换了白制服，站在菊卿的身后，听他喊菊卿妈妈，这就扑哧的一声笑起来了。菊卿当然是很难为情，同时也很凄婉，因为她明白病人的热势不轻，所以他会错认了人，心里是非常地感动，遂只好安慰他道：

"你喝了药水，就不会难受了。"

明德点了点头，他喝了一口，又向菊卿呆住了一会儿，忽然又叫道：

"你不是我的妈，你是我的妹妹。妹妹！"

菊卿被他这么地一喊，真个是羞得两颊绯红，觉得答应他又不是，不答应他也不是，这就呆呆地向着他愕住了。谁知明德见她不作声，便很伤心似的说道：

"妹妹，你不认识我了吗？莫非因我的病沉重了，所以你心中就讨厌我了吗？"

说到这里，把菊卿手更握得紧一些，竟扑簌簌地淌下眼泪来。菊卿听他这样说，她一颗芳心也不免悲哀了，羞涩已渐渐地消失，她用了极轻柔的口吻，说道：

"不，你放心，哥哥这病是不要紧的，你安静些，喝完了药水，还是好好地躺着吧。"

明德点了点头，说道：

"我听从妹妹的话，不过妹妹应该可怜我哥哥这病生得凶险，你就在床边别离开我吧！"

菊卿虽然一颗芳心是跳跃得厉害，但脸部还是十分地镇静，说道：

"我一定伴在你的身旁，哥哥，你快把这半杯药水喝下去了吧。"

明德听了她这样温和的口吻，他仿佛是得到了无上的安慰，遂把药水喝完，他的头又倒向枕上去了。菊卿给他被盖盖好，在他旁边多站了一会儿，回眸去瞧曼萍，她却抿着嘴笑出声音来。菊卿连忙向她摇了摇手，约莫十分钟后，见明德似乎已入睡了，菊卿这才脱去了白制服。曼萍低声问她道：

"菊姊，他怎么喊你妹妹呀？难道他家里真的还有个妹妹吗？"

菊卿很正经地道：

"他来院的时候，原是他妹妹伴来的，所以他心里是只记着妹妹哩。萍妹，我走了，他的热度很盛，你服侍得小心一些。假使有急变的事情，你要赶快去报告唐医生的。"

曼萍点了点头，望着她很神秘地笑了一笑，说道：

"我知道的，你只管放心是了。"

菊卿这才轻步走出病房去，在跨出门槛的时候，她又回过头来，向床上望了一瞥，忍不住轻声叹了一口气。曼萍见她这个模样，遂悄悄地跟着走出，拉了她一下手，说道：

"菊姊，你忘记了这一句话了吧？我们做看护的，是不能太富于同情心的呀！假使你为每一个病人而难受，那么我试问你的一生，不是全陷入了悲哀的境地了吗？"

菊卿两颊透现了一些青春的色彩，点头说道：

"是的，我很明白，不过这位先生太年轻了，他竟患了这个绝症，我实在替社会痛，也替国家惜。萍妹，你别笑我，你应该了解我的意思。"

曼萍知道菊卿是个多情的人，所以她不敢取笑她，说道：

"也许他能死里逃生，我相信上帝是能救助有用的青年的。"

菊卿对于她这两句话，倒是十二分安慰，掀着酒窝儿，向她嫣然地一笑，这才和她匆匆地分手了。菊卿走出了医院的大门，一阵春天的风吹送到身上，照理她是该多么轻松和愉悦，不过她今天踏在归家的途上，心头也会感到了一些悲哀的滋味。坐上了街车，回到家里。秦老太坐在灯下干活针，见了女儿，便忙说道：

"菊卿，你回来了。"

菊卿在她身旁坐下了，说道：

"妈，你吃过了饭没有？夜里还干活，不是太辛苦了一些吗？"

秦老太叹了一口气，望了女儿一眼，说道：

"要吃饭，不干些活赚钱，又有什么办法？我瞧你学看护，也不知到什么时候才可以学成了赚钱呢。"

凭了母亲这两句话，菊卿心头是很明白的，她老人家对于我的学看护，她是绝对不赞成的。当然，在母亲的意思，很想我找些赚大钱的工作做做，然而生成一副高傲的脾气，情愿苦些，而不情愿牺牲色相去做那些骗人钱财的事干，那叫我怎么办好呢？唉！菊卿没有回答，也微微地叹了一口气。她的身子已离了母亲，慢慢地坐到那张单人写字台的旁边，翻开了一本医理学的书籍，默默地瞧了一会儿。虽然她的两眼是凝望在书本上，然而她脑海里的思潮很复杂，一会儿想自己早年没了爸爸，母亲含辛茹苦地养我到了这么大，可怜她是费了几许的心血，她想我长大了，使她老人家可以享些福，这也难怪她的。一会儿又想这位病人的生命不知会不会发生危险，他是个很年轻的人呀，高高的个子，清秀的脸庞，在她眼前又展现了。夜是静悄悄的，菊卿心头会感到寂寞的悲哀，她忍不住又深长地叹了一口气。秦老太见女儿忧郁寡欢的神情，遂放下手中的活针，望了她一眼，低低地说道：

"辛辛苦苦地在医院里已服务了一天，此刻回家了，也该休息一会儿才是，还瞧什么书呢？你的身子又是怪娇弱的，累出病来，叫我不是又担心吗？"

菊卿并不作答，她把纤手托着下颚，望着那盏绿纱罩的台灯，却是怔怔地发呆。秦老太到底是慈爱的，她站起身子，来拉菊卿的手，说道：

"孩子，你为什么不声不响地只管不理睬我？难道妈刚才说了这两句话，你心里就生我的气了吗？"

菊卿被母亲感动得太厉害了，她情不自禁地扑向母亲怀里去，抱住母亲的脖子，凄凉地叫道：

"妈，我怎么敢生您老人家的气？我觉得妈确实是太苦了，我活了十八岁，没有能力可以给妈享些福，我实在感到惭愧！爸爸死得太早，我们母女俩的命也太苦了！"

说到这里，那泪水已涔涔下矣。秦老太听女儿这样说，在她那颗曾经沧桑的心头不免也激起了沉痛的悲哀，她抚着菊卿柔软的美发，只觉得有无限辛酸的滋味，她的老泪也如雨点儿一般地滚下来了，说道：

"孩子，你别那么地说，妈是害苦你了。"

说到这里，已是咽不成声。两人互相抱住着淌了一会儿泪，秦老太扶着她到床边去躺下了。菊卿在医院时劳苦了终日，此刻真的也疲倦极了，所以躺到床上没有五分钟后，她真的已熟睡着了。秦老太听了女儿微微的鼻鼾之声，她心头的悲哀是像江潮般地澎湃着。

思前想后，她只觉得十二分的隐痛，泪眼模糊地望着壁上那张镜框子里的小照，是个怪年轻英俊的少年，浅笑含颦，实在太美貌了。但是，为什么你这样地不寿呢？汉勋，你到底为了我，而与世长辞了。秦老太暗暗地自语了这两句话，她捧着脸，几乎已是哭出声音来了。但她又恐怕把女儿哭醒了，所以竭力抑制悲哀的发展，脱了衣服，很快地也躺进被里去了。

次早醒来，菊卿披衣起身。在梳洗的时候，偶然瞥见了爸爸的小照，她觉得爸爸的脸是挺俊美的，而且很像一个人，这人是谁呢？就是昨天进院的这个惠先生。于是她又想起爸爸为写作过劳而患肺病死了，她更想到了医院里这个年轻的惠先生，她感到了深深的悲哀，眼皮忍不住又润湿起来了。秦老太烧好了粥，给菊卿匆匆地吃过了。菊卿见时已六点三十分了，七点钟要去接班，所以她急急地披了一件维也纳的单大衣，坐车到医院里去了。到了医院里，第一个遇见的就是曼萍，菊卿拉住她的手，先急急地问道：

"萍妹，昨夜他的热度怎么样？"

曼萍听她只问了一个他字，遂秋波一转，故意向她取笑道：

"菊姊，他是谁呀？谁是他呀？"

菊卿被她这么地一问，两颊又红晕起来，笑道：

"你这妮子真不是个好东西！人家很正经地问问你，你偏喜欢缠七缠八地瞎闹。我问你惠先生昨夜的热度怎么样了，现在你难道还会不知道了吗？"

曼萍扬着眉毛，故意"哦"了一声，感叹地笑道：

"原来你问的是惠先生吗？那真是上帝保佑他的，因为他的热度已经没有了。菊姊，你听了不是很高兴吗？"

说着，又把秋波逗给她一个神秘的媚眼，却是抿着嘴咪咪地笑起来。菊卿一颗芳心真是又喜又羞，白了她一眼，也笑道：

"我们做看护的人，总希望进院的病人一个一个地都好起来，这在我们的心灵上不是十分地安慰吗？"

曼萍点头说道：

"菊姊这话真说得是，不过对于那位惠先生，你似乎特别地关心吧？"

菊卿不待她说完，把手向她一扬，做个要打的姿势，但曼萍一骨碌转身，早已哧哧地笑着逃开去了。菊卿这才悄悄地步进病房，披上了白色制服，回头向床上望去。只见惠明德躺在床栏旁，他向菊卿含笑点了一点头，轻声地叫道：

"秦小姐，你早。"

菊卿听他这样招呼自己，可见他已是很清楚的了，不过心里却十分地奇怪，他怎么知道我姓秦的呢？一时也不好意思反问他，只得也含笑点了点头，说道：

"惠先生，你早。"

既说出了口，她又很难为情，便借故溜到外面去了。明德昨天进院的时候，热势是很盛的，所以对于什么人都没有注意，今天见了菊卿，觉得她的艳丽，真仿佛是一朵出水的芙蓉，虽然仅仅只有那一瞥后的窥面，但在明德的脑海里就有个很好的印象了。这时曼萍又走进来，走到床边的桌旁，把那瓶药水在玻璃杯内倒了一格，向明德微笑道：

"惠先生，你喝了这药水，我走了。"

明德就在她手内喝完了药水，望着她粉脸，很感激地道：

"苏小姐，辛苦了你一夜，是该早些回家去休息了。"

曼萍嫣然地一笑，说道：

"这是我们的分内之事，惠先生，你太客气了。"

正说时，菊卿也进来了。曼萍又道：

"菊姊，惠先生刚喝过药水，我走了。"

说着，向两人摇了摇手，她便匆匆地走出病房去。这里菊卿拿了热度表，含笑放进明德的口里。因为两人站着的地位是非常近，彼此的脸自然也瞧了一个够。菊卿到底被他瞧得羞涩起来，遂把俏眼垂下，故意望到她手腕上的长方白金手表上去。约莫三分钟后，她才抬起粉脸，伸手把热度表从他嘴里取出，瞧了一瞧。明德先开口问道：

"秦小姐，是多少度？"

菊卿掀着浅浅的酒窝儿，一撩眼皮，很得意似的说道：

"九十八度六，是正常的。"

一面说，一面拿铅笔到病人表上去画线。明德也很高兴，他向菊卿微微地笑了一笑，说道：

"秦小姐，昨晚的事情，说起来很冒昧，这个要请你原谅我才好。"

菊卿把病人表挂好，回过身子，似乎对于他这两句话表示不明白的神气，低声地问道：

"惠先生，你说的是什么话呀？"

明德苍白的脸上也浮现了一圆圈微微的红晕，有些难为情的样子，说道：

"昨夜苏小姐告诉我，说我热势很盛的当儿，是曾经拉了秦小姐喊妈妈又喊妹妹，其实我自己一些也没有知道。"

菊卿听他这样说，方知我的姓也是曼萍告诉他的，想不到这妮子倒喜欢多事的，遂忙说道：

"惠先生，你别说这些话，一个人在病中的时候，他常常会想念他心头亲爱的人，所以你喊妈妈你喊妹妹，我都感到十二分的同情。"

明德听她这两句话，明眸呆呆地望着她，点了点头，说道：

"秦小姐，我很感激你，我觉得一个医院里，能够多有几个像你那么慈爱的看护小姐，病人一定会减少许多的痛苦。"

菊卿的两颊是浮现了玫瑰的色彩，她瞟了他一眼，赧赧然地一笑，便悄悄地又走到病房外面去了。下午一点敲过，菊卿服侍他喝了药水。在明德的意思，似乎很想和她谈谈，不料菊卿却嘱他静静地躺着，不要多说话。明德没有办法，也只好闭眼养了一会子神。就在这个当儿，惠老夫妇和他们小姐都匆匆地来探望了。菊卿向他们摇了摇手，他们都理会得，脚步放得特别地轻。明德的妹子亚琴对菊卿悄悄地问道：

"秦小姐，哥哥昨夜的情形怎么样？"

菊卿点头道：

"很好，今天的热度全退尽了，昨天唐医生给他照过爱克司光后，知道右肺稍许有些损害，不过调养得快速，当然有痊愈的希望。照相也已洗出，你们回头到唐医生那儿去瞧好了。"

亚琴很喜欢地和她握了一阵手，微笑道：

"秦小姐，我们很感谢你的。"

菊卿道：

"别客气，你们请坐一会儿吧。"

说着，便悄声地退出去了。这时惠老太和她丈夫惠文标早已步近到床边去，明德似乎有些觉得，回头一见了爸妈，便忙从床上坐起，叫道：

"爸，妈，你们多早晚来的呀？我的热度全退了，你们别担忧了。"

文标很肉疼似的去扶他身子，说道：

"你别小孩子气了，怎么可以坐起来呢？快给我躺着吧！"

亚琴也走上来，向他笑道：

"哥哥，你不要太兴奋了，躺下来睡了，回头要累乏的。"

明德拉了妹妹的手，抚摸了一会儿，说道：

"妹妹，昨天你走后，我还以为你们仍旧在医院里，所以拉了秦小姐却只管喊妹妹。此刻想起来，真觉得有些不好意思。"

亚琴听了，扑地一笑，纤指在他颊上划了一下，说道：

"哥哥，你还说哩，不怕难为情吗？"

文标和惠老太听了，也都忍俊不止起来。明德红了两颊，一面躺下，一面也笑道：

"妹妹，你没有知道，因为那时候我的热度实在很高，虽然我是喊错了，可是自己一些也不觉得，那怎么可以怪我的吗？"

亚琴听他这样说，眉尖儿不禁微微地一蹙，点了点头，说道：

"可怜那是你热糊涂了的缘故，后来又是谁告诉你的？"

明德道：

"秦小姐是日班，还有一个苏小姐做夜班的，她告诉我后，我才知道呢。"

大家正在说时，菊卿和唐医生都过来了，于是三人遂离开了床边，唐医生把明德胸部又细细地听视了一会儿。惠老太很急忙地向他问道：

"唐医生，你瞧他这肺病大概不妨事的吧？"

唐医生点了点头，说道：

"患肺病的人最需要的是静养，所以密司脱惠至少要休养一年半载，方才可以复原的。爱克司光照后的照相已经洗出，你们随我来看吧。"

惠老太和文标听了，心头宽慰了不少，他们便跟着唐医生走出病房去了。这里菊卿又给明德试了热度，亚琴走近去瞧，见和常人一样的，心里很欢喜，遂和菊卿搭讪道：

"秦小姐，你府上是哪儿呀？"

菊卿放下热度表，回眸瞟了她一眼，说道：

"原籍是北平，不过我们是一向住在上海的。惠小姐呢？"

亚琴笑了一笑，转着乌圆的眸珠，说道：

"那么说来我们还是同乡。"

菊卿脸上浮现了惊喜的神色，说道：

"原来你们也是北平人，惠小姐大概还在什么学校里念书吧？"

亚琴点头道：

"是的，我在青江女中，哥哥在这学期本来大学可以毕业了，现在患了肺病，那就真可惜！"

菊卿"哦"了一声，也很扼腕似的道：

"我想你哥哥平日一定是太用功了，所以便患起这种病来了。"

亚琴抿嘴笑道：

"可不是？哥哥就是个好学不倦的青年，我见他脸色一天一天地苍白起来，我心里就疑心他要患肺病，叫他空闲的时候也得运动，谁知他果然患肺病了。幸亏还早，我想大概可以治疗得好的。"

菊卿点头道：

"不错，我有一个亲戚，他也患肺病的，比你哥哥还要深一些，可是他也医愈了，所以你们只管放心是了。"

菊卿这两句话是说得特别响一些，从这一点瞧，可见这话也许是凭空虚构的，因为在她的意思，是安慰病人不要害怕。明德兄妹俩听了，当然很放心。亚琴又道：

"秦小姐的芳名是什么？从前在哪一个学校毕业的？"

菊卿很低声地告诉道：

"我叫菊卿，在正平女初中部毕了业，却没有再读上去，我说惠小姐是很幸福的。"

说到这里，又微微地叹了一口气，似乎很黯然的神气。亚琴道：

"初中毕业也就不错了，你瞧我虽高中二了，但平日不肯用功，那还不如和不读书一样的吗？"

菊卿笑道：

"那是惠小姐太客气了，你的芳名叫什么呢？"

亚琴道：

"我叫亚琴，秦小姐在这儿做看护不知有多少时日了？"

菊卿一撩眼皮，说道：

"还只有一年，所以医学知识根本浅陋得很。"

亚琴笑道：

"秦小姐又客气了，好在你的年纪还轻，将来学成之后希望可就大了。"

菊卿摇了摇头，心里似乎有些感触，意欲说几句叹苦的话，但不知有了个什么感觉之后，她终于没有说了出来。忽然她又笑道：

"惠小姐的年龄不见得比我大的吧？"

亚琴嫣然一笑，说道：

"我十七岁，秦小姐呢？"

菊卿秋波一转，哧地笑道：

"可不是？我就长了你两年。"

亚琴道：

"你有十九岁了吗？"

菊卿点了点头，却没有作答。亚琴凝眸深思了一会儿，说道：

"那么你比我哥哥就小三岁。"

菊卿听她这样说，这就感到有些难为情，两颊微微地一红，却借故别转身子去了。这时惠老太和文标又走进病房来，亚琴见爸爸手中拿了一张照片，遂问他要过来瞧，见是两个肺部，右肺上真有小小的一个黑点儿。因为生恐哥哥也要瞧，所以把那张照片就藏入自己的皮匣子里去。这里文标夫妇走到床边，向明德又安慰了一番，直到三点敲过，他们三个人遂都回家里去了。菊卿待他们走后，见又是给他服药水的时候了，遂走到床边，把药水倒了一格。明德便在床栏旁倚靠起来，菊卿秋波脉脉地逗了他一瞥多情的目光，说道：

"惠先生，你不坐起来也可以的。"

明德道：

"不要紧，我坐起来透透空气。"

说着，两眼望到窗口旁去。窗户是开着，太阳暖和和的，春风吹着雪白的幔帘，飘动起来，啪啪地响着。他见绿茵丛中那对对活泼的飞燕，心头有些感伤，忍不住又微微地叹了一口气。菊卿把玻璃杯递到他的面前，说道：

"惠先生，喝药水了。"

明德这才点了点头，把杯子拿到口边去喝的时候，忽然又叹道：

"要睡一年半载，那时间到底太长久了。"

菊卿听他这样说，遂柔声地安慰他道：

"惠先生，这是没有办法的事情，其实一年半载的时间也是很快的，明年春天降临的时候，你不是就可以出院了吗？"

明德当然很感激她的安慰，遂点了点头，说道：

"话虽这样说，不过这病究竟太可恶了，它固然荒废了我的学业，而且更误了我的前途，所以我真觉得烦恼。"

说着，把药水喝了下去。菊卿拿开水给他漱了口，微微地一笑，说道：

"惠先生，不过你应该明白，没有了身子，就是没有了所有的一切。所以我觉得学业和事业虽然要紧，但身子似乎是更要紧的。我劝惠先生不要性急，流光如驶，一年的光阴，也还不是转眼之间的吗？"

明德听了她这几句安慰，心里是非常地感动，这就觉得秦小姐真是一位多情的姑娘，遂望着她粉脸点了点头，表示十二分感激的意思，说道：

"秦小姐，你这话真说得是，我一定听从你的话，静静地休养着。不过患肺病的人，据我所知道的，十个之中倒有九个是医治不好的，所以我怕我的生命也会在黑暗里灭亡的。"

菊卿对于他这几句话，不知怎么的心头会感到有些悲哀的意味，遂摇了摇头，平静了脸色，说道：

"惠先生，你这话未免太抱悲观一些了，我相信上帝会保佑一个有用的青年，领导他步入到健康之路的。"

明德听她这么说，倒笑出声音来，说道：

"秦小姐，你信教吗？"

菊卿点头道：

"这儿是教会医院，所以不论医生看护，全都信教的。惠先生，

16

你也信教吗？"

明德摇了摇头，望着她玫瑰花似的粉颊，说道：

"我没有信教。"

菊卿秋波瞟了他一眼，抿嘴嫣然地一笑，说道：

"那么你是信佛的。"

明德摇头道：

"我也不信佛的。"

菊卿掀着酒窝儿，说道：

"既然你不信佛，我劝惠先生快些信了耶稣教，上帝一定能搭救你的。"

明德道：

"我以为信教信佛全是空虚的，我相信现实，事实上我这肺病假使会好的，那么它当然慢慢地会好起来的。"

菊卿听他不肯信教，芳心中这就很不好意思，遂红了脸说道：

"其实信教也无非给人一种信仰的安慰罢了，就是把人力所不能办的事情，我们依赖上帝去办理，假使你果然深信上帝的话，他有力量寄托在医生的身上，使你的病慢慢地痊愈。惠先生，信教也不是一件不好的事情，为什么你不肯信教呢？"

明德听她用一种传教的口吻来向自己解释，觉得她的话至少还不是完全陷入于迷信之途，遂笑道：

"并不是我不肯信教，因为信了教，形式上就有许多的麻烦。我以为信教仿佛全是劝人为善，只要平日做人于心无愧，那还不如和信教一样的吗？"

菊卿听他这样说，倒也无话可答，望着他憨笑了一会儿，说道：

"惠先生这话当然也不错，所谓神即是心，心即是神，只要心眼儿好，这就比念佛吃斋都好得多。不过世界上的人，都是愚笨的多、聪敏的少，而且作恶的多、良善的少。假使世界上个个都是聪敏良善的，那么如何还会有天堂地狱、乐园魔窟这些吓人的名词呢？所以信教信佛真如你说的，原是劝人为善的一种办法。不过人到无可奈何的时候，他常常有一种心灵上的寄托，若没有寄托，他就会觉得徘徊的，这多半还是心理作用。譬如惠先生患了肺病，你心里当然十分地忧煎，因为没有一个人给你确实的安慰，使你那颗心总会感到一些恐怖。假使你相信了教，你就会有一阵心灵上的安慰，因为上帝是能够搭救你的，你既然有了这种思想，你的心里就宽慰了许多，明白地说，对于你的病体至少是有些利益的。惠先生，我这几句话，你明白我的意思吗？"

明德听她这样地说，一时不但感到她的聪敏可爱，而且心中非常地感动，这就情不自禁地去握住了她的纤手。但既握住了后，他又感到不好意思，立刻放下了，笑道：

"秦小姐，你这话说得很有意思，那么我打从今天起，就准定也信教了，好不好？"

菊卿对于他忽然也会信起教来，这似乎出于意料之外的，她喜欢得扬了眉毛，笑窝儿一掀，说道：

"惠先生，你这话可是真的吗？因为这也并不是儿戏的事呢！"

明德见她这种喜悦的神情，实在是妩媚到了极点，心里不免荡漾了一下，笑道：

"那当然是真的，我怎么会和你开玩笑？"

菊卿沉吟了一会儿，秋波瞟了他一眼，忽然摇头道：

"你自己虽然愿意，不过你的爸妈也许不肯你信教的。"

明德道：

"那倒不成问题，只要我心里爱信教，爸妈怎管得了我呢？"

菊卿点了点头，把手中的杯子放到桌子上去。她向明德很认真地说道：

"惠先生，你把眼睛闭起来，那么我给你做一个祷告。"

明德见她很认真，自己当然不能不听从她的话，遂闭了眼睛。只听她低低地祈祷着道：

"求你主耶稣，听我的祷告。你是一位慈爱的天父，对于世界上有用的青年，你是一定非常地疼爱。因为他们都是国家的栋梁，他们能够创造社会的幸福，使大地上的人民，都享到自由平等的生活。现在有一位年轻的先生，他的名字叫作惠明德，可是他竟患了肺病，本来是个好学的青年，如今病魔使他荒废了学业，可怜他是多么不幸啊！虽然他不是主耶稣的信徒，并且也不曾受过洗礼，然而他现在听从我的劝告，愿意接近主耶稣圣洁的光辉，他将来会成功一个世界的伟人。求你主耶稣，把他身上的病魔赶快地驱逐，恢复他原有的健康，显露他光明的前途，这是我们非常感激你的。求你主耶稣，显出你伟大的神力，给这位惠先生明白天父的慈爱，他将永远做你主耶稣的信徒。阿门。"

菊卿祈祷完毕，遂开了眼睛，向明德望着说道：

"惠先生，你现在是主耶稣的爱儿了，他一定能搭救你的，你如今可以很放心的了。"

明德虽然对于她这一下举动未免感到有些好笑，不过细细地回味她祈祷的这几句话，可见她对我是多么地有希望，她要我做个世界的传人，我怎么才能感谢她对待我这一份深情呢？明德这样想着，他的明眸是呆呆地瞅住了菊卿，好一会儿方才低低地说道：

"秦小姐，你这样热心地爱护着我，叫我真不知拿什么来报答你才好哩。"

菊卿听他这样说，全身一阵热燥，两颊这就像海棠花那么娇红起来，微笑道：

"惠先生，你别说这些话，现在是应该躺下来睡一会儿了。"

不料明德还没有回答，忽然听得一阵咕咕咯咯的皮鞋声，两人回眸去望，原来室外走进一个很摩登的姑娘来了。

第二回

为君辛劳病榻话缠绵

秦菊卿见进来那个姑娘年约二十左右，身穿妃色条子花呢的单旗袍，外披雪花呢的大衣。头发是烫成美国最新的瀑布式，左右额上还盖了一个螺丝髻，两条弯弯的眉毛，一双活活的秋波，一望而知是个很热情的姑娘。她见了床上的明德，就笑盈盈地招呼道：

"密司脱惠，你怎么好好的就患起肺病来了？大概你平日少运动吧？"

明德见是自己的同学徐爱仁，并且她的爸和我的爸还是个很好的朋友，遂也忙笑道：

"徐小姐，真对不起，还叫你亲自劳驾来看望我，快请坐吧。你怎么知道我在医院里呢？"

菊卿见爱仁已走近床边来，自己这就不得不离开了床边，就悄悄地溜出房外去了。这里爱仁在明德床边就老实不客气地坐下了，秋波滴溜地一转，说道：

"昨天我见你没有到学校来，我心里就担着忧愁，不料今天早晨还不见你的影子，所以在下午三点半的时候，我就到你府上去探望，你妈告诉我，我方才知道你在这儿医院里休养了。密司脱惠，那么医生说这肺病大概不要紧的吧？"

明德听她十分关切的样子，心里也很感激，遂说道：

"医生说右肺已有一点儿损坏，不过休养得快，也许尚有补救的

20

办法。但时间是很长的，最少得一年半载，你想那不是要我的命了吗？"

爱仁听了，不免微蹙了柳眉，但脸部上又浮现了一丝笑容，说道：

"假使能够休养得好，就是时间再长一些，你也只好耐心静养的。一个人有了病，要性急也是没有用。我听你妈说昨儿热度很高，今天倒没有了吗？"

她说着话，把明德的手去握了握。明德凝望着她的粉脸，微笑道：

"可不是？热度全退了。"

爱仁点了点头，放了他的手，又去按他的额角，说道：

"密司脱惠，我不是埋怨你，你平日就太用功一些了，老是坐着研究文学，这对于身体究竟有害，逢场作戏，一个年轻的人不是也应该活动活动的吗？"

明德见她并不避一些嫌疑，对自己很坦白的神情，遂也笑道：

"以后我一定听从你的话，总要活动活动的了。"

爱仁听他这么说，不禁扑哧的一声笑起来了。这时菊卿又从房外进来，她见爱仁的手按在明德的额角上，也不知为什么缘故，心头会感到有些酸溜溜的气味，暗自想道：瞧他们这份亲热的样子，显然彼此的交情是很深的了。她这么地想着，一颗芳心似乎有些空虚的悲哀，但表面上兀是镇静了态度，走到床边来，说道：

"惠先生，医生关照过你，请你躺下来多休养吧。"

徐爱仁听了，遂亲自去扶明德的身子。菊卿瞧着有些难受，她便又走出房外去了。明德在躺下床来的时候，不免轻轻地叹了一口气。爱仁用了柔和的口吻，向他低低地安慰道：

"密司脱惠，别难受，一个人总有些小灾难的，只要有出院的日子，我倒认为是一件很快乐的事呢，你说对不？"

明德当然很感动，握着她白胖的纤手，摇撼了一阵，说道：

"徐小姐，你这话说得是，我很感谢你，不过我这学期本来可以毕业的，现在硬生生地叫我在这儿住上一年半载，这叫我想起来是多么难受。"

爱仁笑道：

"这可没有办法的事情，你今年也不过二十二岁，就是住上一年，也只有二十三岁，那时候你出院了，我倒可以和你一块儿毕业了呢。"

明德点头笑道：

"这话倒是，我希望徐小姐有空的时候，常来和我谈谈，那我是很感激你的。"

爱仁道：

"你放心，我总可以常常来陪伴你的。"

说到这里，忽然感觉到这陪伴你三字似乎太显亲热一些了，一时倒又难为情起来，红晕了两颊，秋波瞟了他一眼，接着又道：

"那么你可想些什么东西吃吗？"

明德道：

"对于饮食方面，暂时由医院方面做主，所以家属不能随便拿东西进来。我想要病好，对于这些小事总应该忍耐一些的。"

爱仁点头道：

"这话也是，那么你静静地休养着，我走了，明天有空，我仍会来望你的。"

说着话，身子已是站起来。明德道：

"你走好，那么恕我不送你了。"

爱仁听他这么说，回眸逗给他一个娇笑，说道：

"你这人说话就老喜欢这样客气的，难道我还叫你起床来送送我不成？"

明德也觉得自己这话有些多说的，因此也忍不住笑出声音来了。爱仁走后，室中的空气又显得沉寂了。同时黄昏的降临，暮色也笼罩了大地，宇宙间呈现了一层灰褐的颜色。明德想着爱仁这位姑娘，在校中对待我的情形，确实是太热情了，不过素性好静的我，对她未免感到有些浪漫。但说起来到底是我辜负了她，因为她的对我确实是很真心的呢。正在独个儿沉思，忽然见菊卿拿了针管子，又悄悄地站在床前了，低声地说道：

"惠先生，我给你注射了针吧。"

明德点头道：

"注射哪一部分？"

菊卿道：

"右手臂吧。"

明德于是把右手臂从被窝儿里撩出来，菊卿拿了一方药水棉花，先在他臂上揉擦了一会儿，然后拿针头刺入皮肤里，轻轻地注射了进去。明德眉尖微微地一蹙，菊卿忙问道：

"怎么啦？有些痛吗？"

明德摇头道：

"没有，稍许有些……"

菊卿听他说得好矛盾的，这就扑地一笑。在这一笑之间，那枚针早也注射完毕，菊卿又把棉花按在他的臂上按摩了一会儿。明德见她粉脸白里透红，眼皮是低垂着，那种神情会令人感到了楚楚可怜的，遂向她低低地叫道：

"秦小姐，你们做看护的，一天到晚，不是也很辛苦的吧？"

菊卿一撩眼皮，秋波逗了他一瞥柔和的目光，说道：

"其实看护就是医院里的仆役，看护两字无非美其名罢了。有些病人真不容易服侍，这原因当然是为了他有病的缘故，我们做看护的也很同情他们，不过有时候他们家属总说我们架子大，说句可怜的话，我们忙起来，恐怕连奴仆都不及呢！"

明德听她这样说，心里很感慨，遂柔和地道：

"秦小姐，那也不能这样说的，你们为病人服务，虽然很劳苦，但精神足以令人敬佩的。"

菊卿微微地一笑，却并不作答，把他的手臂放进被窝儿里去。明德觉得她这个举动就是多情的表示，一时心坎儿上不免也激起了一阵微微的爱的波纹，望着她倒是怔怔地愕住了一会子。菊卿见他望着自己出神，心里也有些不好意思，遂乌圆的眸珠一转，笑道：

"惠先生，你想什么？"

明德道：

"我想刚才你和妹子说的，你不是有个亲戚也患肺病的吗？他现在真的好了？"

菊卿暗想：我说的原是安慰安慰你不用担忧的，不料你却当真了。遂点头笑道：

"是的，我那亲戚患的肺病还比你厉害呢，他现在也完全好了。所以我相信你这肺病是毫不要紧的，况且你又信了教，上帝也会保佑你，你只管放心是了。"

明德被她这么一安慰，内心真的放宽了不少，点头笑道：

"假使我真的痊愈了，这一大半至少还是秦小姐的力量。"

菊卿不待他说完，便掀着酒窝儿，味地笑道：

"惠先生，你这话打哪儿说起？我又不是医生，也不是上帝，怎么说是我的力量呢？"

明德道：

"你虽然不是医生和上帝，但医生只能医我的病，而上帝只有给我空虚的安慰。我心头的忧愁和苦闷，他们都没有办法来医治的。只有听了秦小姐的话，见了秦小姐的人，我才把心头一切的烦恼都抛弃了。这么说来，一大半还不是你秦小姐的力量吗？"

菊卿听他这样说，一颗芳心不免涂上了一层甜蜜的感觉，但究竟也有些羞涩的意味，绯红了两颊，向他低低地啐了一口，便走出病房去了。明德自己也忍不住笑了，暗想：这位姑娘真是可爱的，不知她家里还有些什么人，回头我倒该向她问一个详细呢。病房里已亮了一盏淡蓝色的灯光了，厨房里开上了饭菜。菊卿走进来给他把窗帘拉拢，听明德叫道：

"秦小姐，你先倒杯开水我漱口好吗？"

菊卿听了，遂走到桌旁，在热水瓶里倒了一杯，交到他的手里去。明德喝了一口，菊卿把痰罐子凑到他的嘴旁，明德吐去了，说道：

"秦小姐，多谢你，你刚才这许多时候在做什么呀？"

菊卿道：

"在吃饭，一天过去了，我又该回家了。"

明德道：

"你家住在什么地方？离这儿近吗？"

菊卿把痰罐子放回到桌子上，回眸瞟了他一眼，说道：

"在同孚路同德坊，也有一些路程呢。"

明德点了点头，说道：

"那还不算过分远，秦小姐府上有什么人？老太爷老太太都好？"

菊卿听他这样问，便笑道：

"爸已没有了，家里只有一个妈妈。"

明德"哦"了一声，说道：

"那么兄弟姊妹也都没有的吗？"

菊卿点了点头，并不回答，忽然笑道：

"惠先生，你呆着做什么？快吃饭了吧，回头冷了吃着要碍胃的。"

明德道：

"不要紧，我很想多知道一些关于秦小姐的身世，不知你愿意告诉我吗？"

菊卿笑了一笑，说道：

"你一面吃饭一面谈好了，要不我服侍你吃？"

菊卿既说出了口，她又感到万分的羞涩，脸上浮现了桃花的色彩，不免有些赧赧然的神气。明德对于她这两句话，心头倒是荡漾了一下，笑道：

"那我怎么敢当？秦小姐，你和我妹妹说，你不也是北平人吗？后来怎么到上海来了？"

菊卿把桌上那个白瓷盘子给他端到床上来，听他这样问，遂叹了一口气，说道：

"我爸爸是个作家，因为生活的逼迫，所以日夜地写作，使他竟也患了肺病。"

明德听到这里，不禁失惊地道：

"那么他老人家竟不治而逝了吗？"

菊卿知道他因为本身也患了肺病，所以不免有些触耳心惊的了，遂柔和向他解释道：

"我爸的死可说是死在贫穷里，假使早些医治的话，绝不至于会到灭亡的道路。"

菊卿说着，把羹匙舀了一匙的饭，已送到他的口里去了。明德在不知不觉间也就开口吃了进去，很同情地叹了一口气，说道：

"那么你爸死的时候，年纪一定还很轻吧？"

菊卿夹了一筷子童鸡肉，送到他的口里，说道：

"可不是？我爸死的时候，我还只有才五岁呢！"

明德紧蹙了眉尖，说道：

"原来你爸死了已有十四年了，这十四年来，可怜倒也亏你妈维持的。"

菊卿又叹了一声，说道：

"我妈没有办法，只好携着我到上海来。起初我们住在杨树浦，靠妈在工厂里工作所得的钱来度我们的生活。现在妈年纪老了，她也辛苦不起了，所以住在家里做些包生活。惠先生，我家里很贫苦的，你听了别见笑。"

明德听她这样说，便猛可地把她手握住了，说道：

"秦小姐，你这是什么话？我假使因你贫苦而笑你，这我还能算是个人吗？况且贫穷也不是一件可耻的事情，穷只要穷得清白，那有什么稀奇？秦小姐，并不是我跟你说什么好听白话，确实我非常地同情你，也许我将来可以帮你一些忙。"

菊卿被他手紧紧地握住，一颗芳心在喜悦之中，又感到十二分的羞涩，绯红了两颊，嫣然地一笑，说道：

"惠先生，我很感谢你。"

明德扑地笑道：

"我还不曾实现帮你的忙，你别谢得那么快吧。"

菊卿秋波逗给他一个媚眼，这就别转粉脸去了。明德见她这可人的意态，实在是非常娇媚，遂又笑道：

"秦小姐，我听说你是初中毕业的吧？"

菊卿这才又回过粉脸，很惶恐地道：

"像我们这种女子，只能说没有受过教育。"

明德道：

"那是什么话？你太客气了，我觉得像秦小姐这么的性情和谈吐，一定是个好学的姑娘，虽然只有初中毕业，也许比大学里更强的。所以在我的心中，实在很有和你结个朋友的意思。但不知秦小姐的心中，也愿意有我这么一个朋友吗？"

菊卿听他这么说，忍不住抿嘴扑哧地一笑，说道：

"惠先生，你这几句话叫我听了，心里不是很难为情吗？你是一个大学生，外面的朋友一定很多，像我这种才学浅陋的女子，恐怕资格够不到吧？"

明德听她说完了后，又把秋波脉脉地向自己瞟，起初还以为是她闹的客套，后来仔细地一想，觉得在这句外面朋友很多的话中，至少还含有些作用的，遂忙笑道：

"秦小姐，你说的是刚才来瞧望我这位徐小姐吗？徐小姐她是我的同学，而且她爸和我爸又是个老世交，所以她很和我熟悉的。不过我们的交情，也是一个很普通朋友的地位。"

菊卿听他向自己这样解释，一时芳心中更加地难为情起来，不等他说下去，就逗给他一个娇嗔，笑道：

"我又不曾跟你谈起这位徐小姐，你何必向我说这些话呢？"

菊卿愈说愈羞涩，她通红了耳根子，把两颊涨得真像一朵鲜丽的玫瑰花了。明德也笑着道：

"你不是说我朋友很多吗？那么你不是指点徐小姐，还指点谁呢？"

菊卿瞅了他一眼，鼓着脸腮子，说道：

"你别胡说了，我可不依你的。"

明德道：

"那么你应该给我一个回答，你到底肯不肯和我做个朋友呢？"

菊卿道：

"我想这很可以不必回答了，你瞧我对待你的情形，你不是也可以知道我是否愿意和你做朋友了吗？"

明德听她这样说，一时更感到她的聪敏可爱，遂点头笑道：

"秦小姐这话也说得是，你我虽然是萍水相逢，不过你劝我信教，代我祈祷，种种的情形看来，显然你是待我多么地真挚，所以我实在是非常感激你的。"

菊卿红晕了两颊，默然了一会儿，忽然把饭碗提了一提，说道：

"惠先生，你别说话了，正经的，还是先吃饭吧。"

明德知道她是为了怕羞的缘故，遂也不再说什么，伸手从她手里接过饭碗，握了筷子，自己拿着吃了。菊卿这就从床边站起身子，瞧了一瞧手腕上的表，自言自语地说道：

"奇怪，曼萍这妮子怎么还没有来院呀？"

明德问道：

"几点钟了？"

菊卿道：

"六点三十五分了，七点钟她要来接夜班的。"

明德道：

"为什么要分日夜班？我倒希望秦小姐永远伴在我的身旁。"

菊卿见他放下饭碗，望着自己出神的样子，这就感到他实在也是个很痴情的青年，不禁微微地一笑，说道：

"怎么说永远两字？难道你不预备出院了吗？"

明德明眸脉脉含情地凝望着她粉脸，点了点头，很肯定地说道：

"假使秦小姐不离开医院做看护的话，我倒也情愿和你这样厮守一辈子的。"

菊卿听他这样说，难为情得绯红了两颊，秋波逗了他一瞥娇嗔的目光之后，正欲躲避到房外去，忽然见侍役来报告道：

"秦小姐，你有电话来了。"

菊卿听了这话，倒是吃了一惊，遂三脚两步地到电话间里去了。明德遂匆匆地吃毕了饭，心里可就想：不知是谁的电话？正在这时，菊卿又笑盈盈地走进来了。明德忙问道：

"秦小姐，是谁来的电话呀？"

菊卿笑道：

"是苏曼萍来的电话，说她有些不舒服，今晚不能来院了，叫我给她代替一夜，明儿早晨她好了就会来代还我的。"

明德听了，快乐得眉飞色舞地笑道：

"秦小姐，那么你可曾答应了她没有啦？"

菊聊笑道：

"她既然有病，我怎么好意思不答应她？常言说得好，与人方便，即是与自己方便，说不定明儿我也有了事情，不是也可以请她做个代替吗？"

明德笑道：

"你这话说得真不错，但是你今晚不回去，不是也该打个电话去告诉你的妈妈？不然她老人家心里就要急死了呢！"

菊卿一听不错，遂点了点头，身子又匆匆地走出病房去了。

是晚上九点敲过了，四周是静悄悄的。菊卿拿了热度表，又来给他试热度。当她视线接触到九十九度八的时候，她的芳心不免有些惊异，微蹙了眉尖，秋波在他脸上凝望了一会儿。明德奇怪道：

"做什么？莫非又有热度了吗？"

菊卿道：

"你今天话说得太多了，我劝你快给我静静地躺一会儿吧。"

明德并不答应，微闭了眼睛，却是轻轻地叹了一口气。菊卿在画好了热度高低线后，身子又走到病床边去，纤手柔和地按到明德的额角上去，轻声地道：

"九十九度还不到，我知道你是乏力了一些，别难受，早些睡着了，明天就会退的。"

明德慢慢地又睁开了眼睛，在她粉脸上逗了一瞥哀愁的目光，他把菊卿纤手紧紧地握住了，说道：

"病魔本来是年轻人的仇敌，尤其肺病更是最凶恶的一个仇敌，可是很不幸地会侵袭在我的身上。秦小姐，你待我虽然这样地好，但我不知是否有报答你的日子，恐怕这还是一个问题吧？"

明德说到这里，大有凄然泪下的神气。菊卿听了他这两句辛酸的话，眼皮也情不自禁地红晕起来，但她竭力地又熬住了悲哀的发展，掀着浅浅的酒窝儿，勉强地含了一丝笑意，说道：

"惠先生，你不要说这些使人难受的话吧，我肯定地相信，上帝是会保佑你健康的。"

菊卿说到这里，见明德的眼角旁已展现了晶莹莹的一颗了，也许是情感冲动得太厉害了的缘故，菊卿的话声有些颤抖的成分，她挣脱了明德手，身子也别过去了。明德瞧她这个意态，心中当然也明白她是难受得淌泪了，一时在万分悲酸之余，更掺和了十二分的感激，使他的眼泪愈加大颗地滚下来了。两人默默地呆住了一会儿，菊卿伸手在眼皮上来回揉擦了两下，她又回过身子，秋波向他逗了一瞥多情的目光，说道：

"惠先生，你是明达的人，何苦自寻烦恼？这样对于病体是有损无益的，我劝你总要想开一些。"

菊卿说着，走上一步，把她的绢帕取出，亲自地给他去拭眼泪。明德点了点头，说道：

"我听从你的话，我绝不自寻烦恼的。"

菊卿道：

"那么你也该睡去了，已经九点多哩！"

明德道：

"你也休息一会儿吧。"

菊卿道：

"我理会得，你不用顾虑到我的。"

说着，把被给他塞塞舒齐，遂悄悄地又退到房外去了。明德这才闭了眼睛，睡了一会子。也不知经过了多少的时间，忽然明德一阵子肚子痛，痛了醒来。他略为欠了身子，向房中望了一眼，只见菊卿坐在沙发上，纤手托了下颚，似乎在打瞌睡。因为心里很怜惜她，所以不忍喊她醒来。忍熬了一会儿，但是再也忍熬不住了，他只得低低唤了两声秦小姐。菊卿虽然闭眼假寐着，可是她心头非常地机警，听了喊声，早已惊醒过来，立刻揉擦了一下眼皮，走到床边来，问道：

"惠先生，你要什么东西吗？"

明德道：

"我肚子痛得厉害，也许要大便了，谢谢你，你给我喊他们拿一只便桶来吧。"

菊卿道：

"你是有热度的人，怎么能起床来大便？我给你拿添盆去，你就躺在床上撒好了。"

明德不好意思地道：

31

"那可不行吧，昨晚我也上便桶的，因为我没有什么大病，添盆是用不惯的。"

菊卿听他这样说，当然也不好意思一定要叫他撒在添盆内，遂匆匆地奔到外面去了。约莫三分钟后，她自己把便桶提进房来，放在墙角旁，一面撩过睡衣，给他披上了，扶他跳下床来，走到墙角旁去了。明德在坐上便桶之后，伸手向她挥了两挥，是叫她不要站在旁边闻臭的意思。菊卿道：

"你快一些吧，别冻冷了身子。"

明德弯了腰，应了一声，两手按在肚子上，似乎有些痛苦的神气。菊卿遂到桌旁，给他一杯白开水，送到他的面前，低声地道：

"惠先生，热的茶喝两口，就会舒服了。"

明德遂伸手接过了，凑在嘴上喝了两口，又递还了她，说道：

"不知怎么的竟痛得厉害。"

菊卿颦蹙了眉尖，把杯子放到桌上，雪白的牙齿微咬着殷红的嘴唇皮子，沉吟了一会儿，说道：

"这是怎么的一回事？刚才你睡着的时候，我给你被塞得好好的，而且窗子也给你关上的，你如何会着了冷呢？"

明德把手摇了两摇，说道：

"这不是着了冷，你别担忧的。"

菊卿站在旁边，向他愕住了一会子。忽然她挨近到明德的身旁，蹲下了身子，叫明德把手靠到她的肩胛上去，说道：

"你扶着我吧，这样你可以舒服一些。"

明德见她对待自己这一份儿多情的模样，一时把她真爱到心头、感入骨髓，望着她白里透红的娇靥，说道：

"不，我虽然可以舒服一些，但你到底太吃力一些了。"

菊卿秋波逗了他一瞥柔情蜜意的目光，说道：

"我不会吃力的，你只管扶着我好了。"

明德不忍过分地拂她情意，遂把手臂伏到她的肩胛上去，两人的脸颊这就碰到一处去了。菊卿并没有躲避，她尽管让明德的脸偎到自己的颊旁来。明德的鼻管内是闻到一阵细细的幽香，这大概是处女特有的一种香气吧。虽然肚子是痛得厉害，他心灵上也会感到一种很深的安慰。好一会儿，明德向她柔声道：

"秦小姐，你起来吧，这样子蹲着，你的两腿会发麻的。"

菊卿道：

"那么你现在肚子还痛吗？"

明德道：

"也好多了，谢谢你，给我拿张草纸来。"

菊卿这才站起身子来，不料既站了起来，两脚仿佛生了根子似的，却一步也移动不得，而且还有千万枚针在刺一样地难受，这就蹙了眉尖，笑道：

"想不到真会麻木得厉害。"

明德道：

"可不是？你现在就只好一动不动地多站一会儿吧。"

菊卿笑着没有回答，待稍许好一些的时候，她便勉强急急地去拿了草纸来，交给明德。明德在站起便桶的当儿，他也犯了菊卿的同样情景，呆呆地怔住了。菊卿笑道：

"我扶你到床上去吧。"

说着，把明德身子扶到床上，不料明德却再也躺不下去了。菊卿知道他的意思，遂把手在他腿上带敲带抚地摸擦了一会儿，秋波瞟了他一眼，掀着酒窝儿，忍不住嫣然地笑道：

"现在好一些了吗？"

明德点头道：

"好多了，秦小姐，你够累了吧？"

菊卿摇了摇头，她便又走到墙角旁去了。在明德初意还不知道她是做什么去的，待回眸望去的时候，方知自己没有把便桶盖盖上，她是给我去代为放盖子的，一时觉得秦小姐服侍我的情分，实在可说是尽了做妻子的责任。他感激得几乎淌下泪水来，眼瞧着菊卿把手在盆上洗过了后，她又笑盈盈地走到床边，说道：

"惠先生，你怎不躺下来睡？咦！怎么啦？好好的又伤心了？"

她说到这里，忽然明眸瞥见到明德的颊上沾有了丝丝的泪痕，使她芳心中不免又吃了一惊，定住了乌圆的眸珠，向他很着慌地发问。明德伸手把她紧紧地握住了，挂着眼泪笑道：

"不，秦小姐，你别误会，我并没有伤心，因为我心头太感动了。"

菊卿听他这样说，她那一颗小心灵上也是充满了无限的甜蜜和安慰，掀着倾人的酒窝儿，望着他憨憨地娇笑了一会儿，说道：

"惠先生，你别那么说，这是我们对待病人应尽的义务呀！"

明德听她这几句话，觉得至少是避免她难为情的措辞，因为我很可以明白，她绝不是对待任何一个病人都肯如此不避嫌地服侍。当然，她对我是例外的。遂很认真地道：

"秦小姐，虽然你们做看护的都具有博爱的精神，不过在我受到这个伟大的爱之后，就是我是个没有灵感的人吧，亦岂能无动于衷吗？你想，怎不要叫我感激得淌下泪水来呢？"

菊卿对于他这两句话，心头也是深深地感动了，秋波含情脉脉地逗了他一瞥之后，却把粉脸慢慢地低垂到胸前。明德知道她是害羞的意思，遂把她纤手抚摸了一会儿，接着又说道：

"秦小姐，假使我的肺病果然能痊愈的话，我总不会忘记你对待我那一份的好处。换句话说，就是只要我能活在世界上一天，我总一天不能忘记你的深情。只怕我被病魔吞没了，没福跟你永久在一块儿吧。"

明德说到这里，想起肺病的危险，使他在无限兴奋之中，又感到了一些黯淡的悲哀，忍不住微微地叹了一口气。菊卿听到这里，一时也忘了情，竟把纤手按到他的嘴上去了。但既按着了后，她又觉得很难为情，两颊盖上了一圆圈绯色的娇晕，低低地说道：

"惠先生，你快不要说这些话吧！因为我知道你是个有作为有思想的青年，社会还需要你们这一班青年去创造幸福，国家更需要你们去创造光明的前途，所以天爷绝不忍心使你们堕入在灭亡中的。他会给你健康，给你快乐，不久的将来，你一定可以脱离烦恼，像天空中小鸟儿一样活泼自由的了。"

明德听了她这一篇话，脸上这才又浮现了一丝欣慰的微笑，把她手竟情不自禁地拿到鼻子上去吻香，点头笑道：

"秦小姐，你说得正好，我知道你对我是有着十分的期望，我大胆地敢向你说一句话，要如我有生命做人的话，我一定不会使你心头感到失望的。"

菊卿被他这么地一来，真是又喜又羞，秋波逗了他一瞥娇媚的目光，掀着酒窝儿，也不禁为之嫣然失笑了，说道：

"不错，我知道你将来还会干一番轰轰烈烈的事业，为我们的国家吐一口气的。"

明德道：

"就是有这么的一天，也不是秦小姐的所赐吗？"

说到这里，又显出十二分诚恳的神情，把她的纤手握得紧紧的，接着说道：

"秦小姐，我希望跟你做个永远的侣伴，不知你能答应我这个要求吗？"

菊卿想不到他骤然地会说出这一句话来，她那芳心这就别别地跳得分外快速起来了，低了蝤首，默然了良久，方才说道：

"惠先生虽然有爱我的心，不过像我那么苦命的姑娘，也许是没福消受吧。"

说到这里，她心头是万分感伤，忍不住又深深地叹了一口气。明德听她这样说，未免心惊肉跳，感到了无限的骇异，拉住她的纤手，急急地问道：

"秦小姐，你怎么说出这样不祥的话来？为什么你是个苦命的姑娘呢？那叫我听了，不是太难受了吗？"

菊卿凄凉地道：

"当然你是太糊涂一些了，你要知道我和你的阶级差得太远了，我怎么有资格够得上配你？这也许是梦想吧。"

说着，泪水不禁夺眶而出了。但明德不待她说下去，伸手把她的嘴也扪住了，坚决地道：

"秦小姐，你太聪敏了，请你别说这些话吧，我心里觉得……难受……"

明德说时，忽然把脸靠在她肩胛上哭起来了。这似乎出于菊卿的意料之外，她熬住了满眶子的热泪，纤手拍着他的背脊，反而柔和地安慰他道：

"惠先生，你别伤心呀，你被情感激动得太厉害了吧。你不要哭，哭是弱者的表示。你待我的真心，我是知道的，你睡下来躺会儿吧。"

菊卿虽然是叫他不要哭，可是她自己的泪水却像断线珍珠一般地滚落了两颊，半抱了他的身子，叫明德躺到枕上来。明德虽然躺下了，但把她的手还是握得紧紧的。两人泪眼望着泪眼，默然了良久，明德又低低地说道：

"秦小姐，你不是说哭是弱者的表示吗？这话很不错，那么你也不要哭呀。"

菊卿听了，遂把左手抬到颊上，来回地揉擦了两下，同时俯下身子，把手指去抹明德颊上的泪痕，说道：

"惠先生，我觉得实在很不应该，你是有病的人，我怎么还能引逗你的伤心呢？所以请你别思东想西，最要紧的是身子保重。不然，我就觉得没有脸再来服侍你了。"

明德忙道：

"不，我绝不再伤心了。秦小姐，你千万不要说这些话。其实我虽在病中，但有你那么一位情深义重的小姐服侍着我，我的心里确实已非常地快乐和安慰。你不要太抱悲观了，这句话不是你向我劝慰的吗？现在我转劝了你，你也不要太抱悲观，只要我们能够赤胆忠心地相待，怕什么一切的艰难呢？二人同心，其利断金，《易经》里这两句话你总也知道的吧？又云精诚所至，金石为开，可见只要始终如一，不受任何的利诱和威胁，他们总可以达到光明的目的。秦小姐，你别难受，你应该向我笑一笑吧！"

菊卿听他这么说，在十分感激之余，自然也掺和了一些甜蜜的滋味，因此掀着酒窝儿，不免嫣然地一笑。不过既笑了出来，却又感到十分羞涩，她这就把粉脸别转去了。明德见她雨后海棠那么的娇容上，添了这一笑之后，真是千娇百媚，也说不出是哪样的好看了，因此望着她两颊，自不免怔怔地愕住了一会子，良久，方说道：

"秦小姐，几点钟了？刚才你给我吵醒的吧？"

菊卿望了一下手表，回过头来，说道：

"四点半了，我原没有睡着，你饿了没有？我到冰箱里取瓶牛乳来给你煮杯喝好吗？"

明德摇了摇头，说道：

"我倒没有饿，可是你真够辛苦了，到天亮还有些时候，你就再躺忽儿吧。"

菊卿道：

"那么我且给你先服了药水，此刻的热度不知怎么样了？"

说着，拿玻璃杯倒了药水，先给明德服了药水，然后又拿试热表衔到他的嘴里。这回取出来瞧，见原是九十八度六，可见热度是退了。这就拿给明德瞧看，很喜悦地说道：

"你瞧，热度是一些也没有了。"

明德沉吟了一会儿，说道：

"秦小姐，我听人家说患肺病的人，他的热度原是一忽儿增一忽儿退的，我想这病到底是很麻烦的。"

菊卿听他话中至少又带有些忧愁的成分，遂颦锁翠眉，瞅了他一眼，说道：

"你又说这些话了，你自己应该很坚定地相信，这病是一些都不要紧的。"

明德见了她这种娇嗔的神情，实在增加她妩媚的风韵，一时把愁苦也忘记了，忍不住又笑起来，说道：

"也许上帝会可怜我，把我从魔窟中拯救出来的。"

菊卿听他这样说，方才回嗔作喜，一撩眼皮，掀着酒窝儿，说道：

"对啦，上帝一定能够搭救你，你放心是了。明天我到家里去拿本《圣经》来，给你空闲着翻阅，并且我每天给你做一个祈祷，这样上帝圣洁的光辉他一定会照临在你的头上的。"

明德点了点头，他空虚的心灵上确实得到了现实的安慰，笑道：

"谢谢上帝和秦小姐赐给我的恩典，我是永记心头的。"

菊卿扑地一笑，秋波逗了他一个淘气的媚眼，笑道：

"那么你应该安静地睡了吧，多睡眠，也是一件对于身体很有益的事情。"

明德眸珠一转，说道：

"可不是？那么秦小姐日夜地劳苦，叫我心头能安吗？假使你不避嫌疑的话，请你就躺在那一头，因为这样比躺在沙发上是舒服得多，而且也不会受寒，不知秦小姐能接受我这一些意思吗？"

菊卿听他这样说，两颊又微微地娇红起来，雪白的牙齿微咬着她两瓣鲜红的嘴唇皮子，出了一会儿神。明德见她小嘴一掀一掀，似乎欲语还停的神气，遂忍不住问道：

"秦小姐，怎么不回答我？你有什么话要说吗？"

菊卿很羞涩地一笑，点头道：

"是的，我很想问你一句话。"

明德定住了眼珠，有些奇怪的样子，说道：

"是什么话？你只管说吧，我若知道的，总可以回答你。"

菊卿被他一催，倒又说不出口来了，支吾了一会儿，方才红晕了两颊，笑道：

"你不是说和徐小姐是个很普通的朋友吗？这句话我有些不大相信。"

明德听了，这才有所恍然，不禁"哦"了一声，笑道：

"那么照你看来，是个怎么样的友谊呢？"

菊卿听他这样反问，本来已经很难为情，此刻就更不好意思了。她忸怩了一下腰肢，秋波逗给他一个妩媚的娇嗔，说道：

"我怎么能瞧得出？这不是要你自己说出来的吗？"

明德见她如此不胜娇羞的神情，心里不免荡漾了一下，笑道：

"秦小姐，你这话真的太有趣了，既然你瞧不出，那么你怎么知道我们不是个普通的友谊呢？"

菊卿被他这么地一问，倒是问住了，憨笑了一会儿，说道：

"想不到惠先生也是个惯会说话的人，算了吧，我说不过你。"

她说着，便把身子别了转去。明德见她这意态，显然有些生气的模样，这就很焦急似的叫道：

"秦小姐，我告诉你是了，你何必生气呢？"

菊卿听了，便很快地又回过身子，秋波斜乜了他一眼，嫣然笑道：

"惠先生，你胡说了，我何尝跟你生气？"

明德见她粉脸真像剥出的鸡蛋，白里透红，又若出水芙蓉，心里真是爱极，便笑道：

"你不跟我生气，我心里这就放下了一块大石。"

这句话不免带有些顽皮的成分，菊卿向他啐了一口气，两颊微微地笑起来了。一会儿，明德方才向她正经地说道：

"秦小姐，说起徐小姐这个人来，倒是非常热情的，而且善于交际，只因为太热情了的缘故，所以我倒反而嫌她似乎有些浪漫。从前在学校的时候，她确实跟我很好，不过我这人生成就是一副怪脾气，所以觉得和她有些合不来。"

菊卿也不知他说的是否是真心话，笑了一笑，遂故意逗他一句，说道：

"那么你这人未免有些不情，不是太辜负了徐小姐一番情分了吗？"

明德听了，却正色道：

"我以为男女朋友原是一件很普通的事情，我和徐小姐是同学，她来望望我，也是情理中的事，所以算不了我是辜负她了。秦小姐，你应该明白，理想中的情人，未必是理想中的妻子，因为情人的时间短促，而夫妇的时间久长。像徐小姐那么的人才，我认为给人家做情人而有余，然给人家做妻子恐怕不足吧，所以我不敢过分地和她亲近。两性的结合，最要紧的因素是意气相投、性情相合，那么才有美满的家庭。不然，会酿成终身的痛苦。秦小姐，你说我这几句话对吗？"菊卿从他这几句话中猜想，就明白他是个年少老成的前进青年，遂不禁频频地点了一下头，说道：

"惠先生这话说得很有意思，想不到你对于夫妻论倒大有研究哩。"

说到这里，秋波在他脸上掠了一下，忍不住咻地笑了。明德也笑道：

"现在这个时代，虽然大喊恋爱自由，不过他们的所谓自由者，乃是滥用其情，结果比旧式也许更不好。所以我虽是个大学里念书的，生平就没有一个知心着意的女朋友。"

菊卿听到这里，一颗芳心像小鹿般地乱撞起来，撇了撇小嘴，笑道：

"谁相信？"

说了三个字，却再也不好意思说下去了。明德这就急道：

"秦小姐，你不信，我可以念誓给你听的。"

菊卿也急道：

"那又何苦来？我相信你是了，那么你快睡去了吧。"

明德听她这样说，心头是感到得意的甜蜜，遂笑道：

"那么你也睡在我脚后一头好不好？"

这时菊卿已柔顺得像一头驯服的羔羊了，哪里还有个不好的道理，遂赧赧然地点头答应了。不料菊卿这一躺下去，却是睡得特别香甜。待她醒过来的时候，早已日上三竿，而且病房中已多了两个人，一个是明德的妹子，还有一个却是穿西服的很俊美的少年。菊卿因为自己是躺在明德的床上，她心里这一难为情，真所谓是无地自容的了。

第三回

莺妒燕恨情深酸若醋

　　惠亚琴和她的爸妈在三点钟的时候，从医院回到家里，她便换了一件旗袍，披上那件维也纳的单大衣，匆匆地又要预备到外面去了。惠老太忙问道：

　　"亚琴，你又到什么地方去了？"

　　亚琴微咬着红红的嘴唇皮子，乌圆的眸珠转了转，微笑道：

　　"一个同学约我到他家里去玩，我昨天已答应了他，所以是不好失约的。"

　　惠老太道：

　　"那么你早些回来吧。现在这个年头，外面跑路也是挺危险的，别叫妈等在家里担心吧。"

　　亚琴答应一声，遂急急地出了大门，坐车到了顾家宅花园。刚放下车子，亚琴付车钱的时候，就见迎面走过来一个身穿西服的少年，他向亚琴笑着招呼道：

　　"好等好等！我以为你有事不来了。"

　　亚琴一面付了车资，一面和他握了一阵手，说道：

　　"齐先生，很对不起你，本来我早可以来了，你不知道，我哥哥患了肺病，昨天进医院疗养，今天和爸妈先去瞧了哥哥，所以迟些了。你是多早晚来的？"

　　齐光迪听她这样说，微蹙了眉尖，脸上显出忧愁的神色，急急地问道：

"你哥哥患肺病了吗？这么年轻的人，如何患起这样危险的病来呢？那么医生说他肺病是第几期？不知还医治吗？"

亚琴道：

"虽然已到第二期了，不过也许还有希望，昨天热度很高，今天倒又清楚得多了。"

齐光迪道：

"但愿他早日痊愈，真是大幸的了。惠小姐，我们进里面去坐吧。"

随了这句话，两人便携手走进花园。只见红男绿女，游人如云，青年情侣，对对成双，或携手偕行，或并肩偎坐，各人的脸上，无不笑意生春，真是十分愉悦。齐光迪在一丛树荫下的长椅旁停住了步，回眸向她说道：

"惠小姐，我们在这儿坐一会儿好吗？"

亚琴含笑点了点头，光迪遂拿方雪白的绢帕铺在椅子上，把手一摆，是叫亚琴坐下的意思。亚琴见他这样多情，遂把自己的手帕也拿出来，铺在椅上的另一端，向他瞟了一眼，忍不住抿嘴又嫣然地一笑。光迪当然也明白她的意思，两人于是一同坐下。光迪道：

"我和你哥哥虽然只有见了两次的面，不过我就知道你哥哥一定有肺病的。因为他的脸色是多么苍白，而且时常吐痰，这都是肺病的象征。当时我原想向他劝告几句，但因为是初交，所以不好意思冒昧，不料他竟真的病倒了。"

亚琴道：

"可不是？我国人的脾气，坏就坏在喜欢临时抱佛脚，对于哥哥的肺病，就是哥哥自己也早已知道的了，但没有厉害，就这样地忽略了过去。你瞧我哥哥，在前天还是埋头地用功哩！"

光迪道：

"像你哥哥这样好学不倦的青年，实在也是很少的了。所以我和他相形之下，我心里就会感到深深的惭愧。"

亚琴听了，扑地一笑，秋波逗给他一个媚眼，说道：

"你太客气，我觉得你也不错呀！"

光迪脸浮现了一丝羞涩的红晕，瞅了她一眼，笑道：

"你不要说反话吧，叫我听了更加难为情的。"

亚琴也笑道：

"你的脸皮倒是嫩的，还会怕难为情的吗？"

光迪道：

"这样说，我就是个老面皮了。"

亚琴听他说得有趣，弯了腰肢，忍不住哧哧地笑起来了。光迪拉了她的纤手，抚摸了一会儿，说道：

"惠小姐，你别笑了，当心笑痛了肚子吧。我们谈正经的，你这学期毕业后，预备进什么大学呢？"

亚琴这才停止了笑，手掠着鬓间的云发说道：

"还没有一定，说不定我要辍学了。"

光迪很惊异地问道：

"那为什么？你不是还很年轻吗？难道这样早你就预备跟人家结婚了吗？"

亚琴听他这么说，不禁绯红了两颊，白了他一眼，哼道：

"你说的什么话？当心我撕了你这张嘴。"

光迪见她薄怒娇嗔的神情，这是更增她妩媚的意态，遂忍不住笑道：

"那么你既不跟人家结婚，为什么不进大学去读书呢？"

亚琴把手向他扬了一扬，做个要打的姿势，恨恨地道：

"你再说什么结婚不结婚的话，我一定捶你。"

光迪却还是涎皮嬉脸地笑道：

"那有什么稀奇？你不是总有跟人家结婚的日子吗？"

亚琴两颊是娇红得好看，白了他一眼，说道：

"我就一辈子不结婚……"

光迪扑地笑道：

"你这话就只好骗骗三岁的小孩子，我可不会相信的。"

亚琴噘着小嘴，啐了他一口，说道：

"你以为一个女子总要跟人家结婚的吗？哼！我就不跟人家结婚，难道就不好做人了吗？"

光迪望着她玫瑰花朵儿似的两颊，笑道：

"你此刻只有十七岁，那就由你说得嘴响，假使你已二十七岁了的话，恐怕你早已闹着要嫁人了。"

亚琴听他这样说，遂恨恨地伸手真的在他肩上打了一下，秋波逗给他一个娇嗔之后，也忍不住抿嘴嫣然笑了。光迪道：

"可不是？我这句话就说到你的心眼儿里去了吧？"

亚琴听了，绷住了粉脸，说道：

"你再真的胡说，我可走了。"

说着，身子似乎欲站起来的样子。这就把光迪急得连忙将她手拉住了，带了央求的口吻，笑道：

"惠小姐，你别生气，你别生气，我再也不敢胡说你是了。"

不料这一下子拉得太有劲一些，亚琴站脚不住，把娇躯几乎倒向他的身怀里去了，慌忙坐正了身子，向他恨恨地白了他一眼，说道：

"你这人真是无赖，一定要人家动了气，你就会正经了。"

光迪道：

"说说笑话，原没有什么关系，这倒并不是我无赖，实在因为你太喜欢生气了。"

亚琴被他这么地一说，倒忍不住又笑起来了，说道：

"你以为我喜欢生气吗？其实我真不愿意跟你这种人生气哩。"

光迪道：

"那么你喜欢和哪一种人生气呢？"

45

这句话倒把亚琴又问住了，呆了一会儿，笑道：

"不告诉你……"

光迪见她神情至少还带有些天真的成分，遂望着她笑起来了。过了一会儿，光迪方才又正经地道：

"惠小姐，你要辍学了，这其中当然有一个原因，但到底为了什么原因，不知你能告诉我知道吗？"

亚琴道：

"昨夜我听爸爸说，哥哥患了肺病，总要一年半载方才可以痊愈，所以他想下半年给我们都带回北平去，那边有很好的肺病疗养院，预备给哥哥到故乡养病去。你想，我还能在上海进大学读书吗？"

光迪听她这样说，惊讶地道：

"惠小姐，你这话可是真的吗？那么我们不是要分别了吗？"

亚琴微微地一笑，点了点头，说道：

"分别那要什么紧，我们还可以通信哩。"

光迪轻轻地叹了一口气，望着她白里透红的娇容，说道：

"话虽这样说，不过我们不能常常地在一起了，这到底是一件遗憾的事情。"

亚琴见他惆然不悦的神气，便嫣然地一笑，秋波逗给他一个娇笑，说道：

"你真是个傻子，假使真的这样，最少还得四个月哩，你发愁什么？再说我们却还年轻，就是暂时的分别，将来也不是总有见面的日子吗？"

光迪道：

"见面当然有见面的日子，只怕再见面的时候，你就变了。"

亚琴听他这样说，粉脸也转变了颜色，急道：

"我就变了，你说我怎么样变了呢？"

光迪抚着她纤手，凝望她良久，却是并不作答。亚琴很凄凉地说道：

"我是不会变的，就是五年十年后，我依旧还是现在的亚琴。只要你不变，也就是的了。"

说着，明眸脉脉含情地逗了他一瞥无限哀怨的目光，她不禁垂下粉颊来。光迪听了，心中自然十分地感动，遂也低低地说道：

"惠小姐，海可枯，石可烂，我此心总不变的。自从和惠小姐认识之后，不知怎么的我的眼前就像展现了一盏明灯，我觉得没有了惠小姐，我心头就会感到空虚……"

亚琴听他这么说，一颗芳心在十分羞涩之中，又掺和了十分的喜悦。她慢慢地抬起红晕的娇靥，俏眼瞟了他一下，笑道：

"只要彼此都不变心，那么虽然身隔两地，还不是等于天天一块儿一样的吗？"

光迪握住了她纤手，紧紧地摇撼了一阵，说道：

"惠小姐，你这话对极，不过你若真的到北平去了，我总希望你常常寄给我几行字，以安慰我那颗枯燥的心灵。"

亚琴眸珠一转，望着他说道：

"那你还用说的吗？不过现在时候太早，我们且不要再谈这些话了。"

光迪点头道：

"不错，谈起别离的事，总会叫人感到悲哀的滋味。所以我说来说去，你最好不要上北平去。"

亚琴扑地笑道：

"事情是料不到的，也许我们不回故乡去，因为爸也只不过这样地说了一句。"

光迪道：

"但愿他老人家说过忘记了，那就叫人喜欢。"

亚琴听他说得有趣，这就抿着嘴，忍不住哧哧地笑起来。春阳暖和和地晒在两人的身上，因为内心都有喜悦的意味，所以更感到无限的适意。静悄悄地过了一会子，光迪回眸望了亚琴一眼，若有所思地问道：

"惠小姐，你觉得世界上哪一种人痛苦?"

亚琴秋波在他脸上掠了一下，沉吟了一会儿，说道：

"是不是患病的人最痛苦?"

光迪点头道：

"你猜得一些也不错，有病的人，任你有千百万家产，或者有天大的本领，可是病魔缠住了身，他就会失却一切的幸福和快乐，天天在痛苦中熬煎。譬如像你的哥哥，他是个大学里的高才生，学问既好，品貌又全，照理他该是多么幸福呢。但是现在他患了肺病，使他失去了自由，天天躺在医院里过着无聊的生活，你想他是何等的痛苦?"

亚琴微蹙了翠眉，频频地点了点头，表示很同情的神气，说道：

"可不是? 我觉得世界上就没有十全十美的人，无论哪个总有三分的不如意。"

说到这里，却是微微地叹了一口气。光迪这就笑道：

"我觉得惠小姐倒是个十全十美的人，上有父母，下有哥哥，家里既不愁吃着，而本身又是个才貌卓绝的姑娘，那还不是天上有人间少的如意人吗?"

亚琴瞟了他一眼，抿嘴笑了一笑，但忽然又叹了一声，摇了摇头，说道：

"那也不尽然，一个人总有一个人的不如意。"

光迪听她这样说，心里倒是奇怪起来，望着她粉脸，忍不住笑问道：

"那么你有什么不如意呢?"

亚琴明眸望着脚尖，却是默默地出了一会子神。光迪道：

"惠小姐，莫非你有什么心事吗? 假使你认为我够得上和你做个知己的话，那么你就告诉我一些知道好不好?"

亚琴一撩眼皮，微红了两颊，笑道：

"我有什么心事呢？你不要胡猜了吧。"

光迪道：

"那么你怎的说无论谁都有三分不如意呢?"

亚琴默然了一会儿，说道：

"你别问得这么详细了，譬如说哥哥患了肺病，我做妹妹的还能说十分如意吗?"

光迪觉得亚琴这句话至少是带有些推托的成分，不过她既不肯告诉，自己当然也不能叫她强说出来，所以望着她的粉脸，自不免愕住了一会儿。斜阳是慢慢地偏西了，四周笼上了一层轻罗样的薄暮。听着晚风吹动树叶窸窣之声，在两人的心头会感到一阵莫名的凄凉。光迪见亚琴两臂是晶莹玉洁地露着，遂拿起椅背上的那件单大衣，说道：

"惠小姐，天气有些转冷了，大衣披上了吧。"

亚琴点头道：

"时候也不早，我们该回去了。"

她说着话，身子已站起来。光迪提了大衣的领子，意思是给她穿大衣。亚琴也不和他客气，只说了一声劳驾。光迪把椅子上的两张手帕也拿起，一张递还给亚琴，一张已塞到自己的西服小袋内去了。亚琴接过手帕一见，却不是自己的，原来他已和自己换错了一张。因为他已经把手帕插入西服袋内去了，虽然不知他是无心的还是故意的，不过我们既认为是个知心友了，那么调换一方手帕也算不了一回稀奇的事，所以她也不说什么，自管把光迪那方手帕塞到大衣袋去了。光迪也许是真的不知道，他毫不介意地回眸过来，向亚琴望了一眼，说道：

"惠小姐，我们到对面锦江茶室去吃些点心好吗?"

亚琴点头道：

"也好，你肚子饿了，我总得奉陪你的。"

光迪微微地一笑，于是两人步出公园去了。在走到锦江茶室门口的时候，忽然遇见了一个很摩登的少女，她向亚琴手一拉，低声叫道：

"琴妹，你的架子好大，瞧见了我，只装没有瞧见吗？"

亚琴连忙回眸望去，这就"哟"了一声，伸手和她紧紧握了一阵，笑道：

"巧极了，姊姊，你别冤枉我了吧，我是委实没有瞧见呀！你打哪儿来？也到里面吃点心去吗？"

那少女笑道：

"我到你哥哥医院里去望过了，你是有了好朋友了，这就无怪连瞧也不瞧见我了。"

说着，秋波又向光迪含情脉脉地瞟了一眼，抿嘴嫣然地笑起来。光迪和亚琴听她这样说，又见她笑的意态，觉得其中至少是包含了一些神秘的意思，两人白净的颊上，这就透现了一丝青春的红晕。亚琴忙给他们先介绍道：

"姊姊是惯会说笑话的，我给你介绍，这位是我的同学齐光迪先生，这位是哥哥的同学徐爱仁小姐。"

两人听了，遂伸手握了一阵，各自客套了几句。光迪道：

"那么我们到里面坐吧。"

于是三人走进锦江茶室，侍者招待入座，泡了三壶菊花茶。光迪握了茶壶，给她们斟了两杯。徐爱仁俏眼斜乜了他一下，露着雪白的牙齿，嫣然笑道：

"劳你的驾，齐先生和我们琴妹是一级的吗？"

光迪摇了摇头，望了亚琴一眼，亚琴遂代为答道：

"齐先生还是在初中里和我同学，现在他法学院里肄业。"

爱仁一撩眼皮，笑道：

"原来齐先生还是一位未来的大律师，失敬失敬！"

光迪红了脸，笑道：

"徐小姐这么客气，那倒叫我不好意思起来了。"

亚琴见他受窘的神情，忍不住望着他咪咪地笑道：

"像你这样怕难为情的人，还配做律师吗?"

爱仁点头道：

"这话倒是，做律师的人都是老面皮。"

光迪听了，也不禁失笑起来，说道：

"你们两位真有趣，那么笑话少说，你们喜欢吃些什么点心呢?"

亚琴道：

"随便吧。"

说时，回眸又向爱仁问道：

"姊姊爱吃些什么?"

爱仁道：

"什么都行，喂！过来!"

说着，伸手向那边手托盘子的茶花招了一招。那茶花就挨近到他们的桌旁，把盘子凑到他们的面前。爱仁遂拣了两碟子烧肉饱，两碟子春卷。亚琴道：

"我吃甜的，芙蓉饱有吗?"

茶花道：

"这一碟子是的。"

说着，把盘内一碟放到桌子上来。爱仁向光迪道：

"齐先生还喜欢什么? 自己拣吧。"

光迪道：

"就是这几碟有了，我们此外再点一锅百珍燕府面吧。"

爱仁道：

"也好。"

说着，遂向侍者吩咐下去。这儿三人各握了筷子吃点心，大家吃完饱子，吃春卷的时候，光迪拿了醋瓶，在小碟子上倒满了，望着两人问道：

"你们醋都喜欢吃吗?"

爱仁含笑不作答,亚琴究竟比爱仁天真一些,她毫不假思索地回答道:

"醋我爱吃,吃春卷不是总要用醋的吗?"

爱仁听她还这样地说,便抿着嘴扑哧的一声笑起来了。光迪经爱仁一笑,他也猛可地理会过来了,觉得自己这一句话问得真有些不好意思,因此也微微地笑了。亚琴见两人听了自己的话,都在发笑,一时还不知道为什么缘故,停住了乌圆眸珠,愕住了一会子。忽然她也想到了,这就把两颊涨得海棠花一般的红,秋波逗给光迪一个妩媚的娇嗔,笑道:

"你这人真不是个好东西!"

光迪道:

"天晓得,我倒并不是故意跟你开玩笑,原是给徐小姐一笑笑坏的。"

爱仁道:

"齐先生,你这话太委屈人了,自己明明地在吃琴妹的豆腐,怎么还怪到我的头上来呢?"

光迪道:

"这样说,总是我的错了,其实我说的也是正经话,因为这东西名字叫作醋,我若不说醋,那么叫什么好呢?"

爱仁扑地笑道:

"我教你,在我们女子的面前,你应该问酸的东西吃吗,这不是就可以代表了吗?"

光迪拍手笑道:

"对对!那么我重新问一遍,你们酸的东西吃吗?"

光迪这一句话,倒把两人引逗得哧哧地笑起来了。三人说说笑笑,吃完春卷,那锅子面也端上来了。亚琴忽然向爱仁又问道:

"你怎么知道我哥哥已住医院里了呢?"

52

爱仁道：

"下午我到你家里去过，你妈告诉我，说明德已送医院了。我问琴妹呢，她又说琴妹赴情人的约会去了。"

亚琴听她这么说，遂恨恨地向她啐了一口，娇嗔道：

"姊姊，你再胡说白道地造谣，我可和你不依的。"

爱仁咻咻地笑道：

"我何尝造什么谣言，那不是事实证明吗？"

说着，又向光迪斜乜了一眼。光迪的两颊也有些发烧的感觉，笑道：

"大家别说笑话，我们吃面是正经。"

亚琴和爱仁这才握了筷子，含笑吃面了。这一餐点心，在三人心中当然是吃得十分地快乐。爱仁因为是光迪会账的，心里过意不去，一定要请他们再上舞厅里去玩上一会子。光迪望着亚琴的粉脸，微笑道：

"你的意思怎么样？假使你没有兴致，那么我就送你回家。"

亚琴也是个重情面的人，她生恐爱仁心里不高兴，所以也不好意思推却，遂含笑点头答应了。爱仁对于光迪这两句话，虽然心中未免感到有些酸溜溜的滋味，但也没有办法，三个人一同坐车到舞厅里玩去了。在舞厅里三人坐在一张圆桌旁，爱仁向两人望了一眼，微笑道：

"琴妹和齐先生舞厅里也时常来玩的吗？"

亚琴道：

"舞厅是不常来的，就是来的时候，也不过听一会儿音乐，因为我是并不会跳的。"

爱仁道：

"那么齐先生呢？我想一定跳得很好吧？"

光迪摇头笑道：

"也不见得。"

爱仁笑道：

"无论一件什么事，都是熟能生巧的，跳舞也是这个样子。多跳当然会慢慢地跳得好起来，琴妹就少跳的缘故。"

亚琴笑道：

"这还并不是为了少跳的缘故，因为我对于跳舞感不到什么兴趣，就是多跳，恐怕也不中用的吧。像你是有名的跳舞皇后，什么探戈、华尔兹、狐步，什么全会的了。"

爱仁瞅了她一眼，笑道：

"说起来你不相信，你所以感不到兴趣，推其原因，还是为了你少跳的缘故，假使你多跳的话，那么你就会跳出味儿来了。不信，你这次和我去尝试一下。"

说着，站起身子，便去拉亚琴的手。亚琴自然不好意思拒绝她，遂回眸向光迪一笑，两人便携手到舞池内去了。光迪拿着杯子，微微地喝了一口柠檬茶，心里想着这位徐小姐的个性，和亚琴似乎又有不同的地方。徐小姐热情豪爽，无拘无束，要说什么就说什么；不比亚琴，她还喜欢肚子里用一些功夫的。正在想着出神，早见两人咻咻地笑着走回来了。光迪道：

"怎么样？惠小姐可曾跳出味儿来了吗？"

亚琴听光迪这样问，想起光迪每次要自己到舞场来被自己拒绝的情形，可见他这句话至少是问得有些作用的，遂白了他一眼，笑道：

"谁跳出味儿来了？我是依旧感不到什么兴趣的。"

说着，两人在椅上坐下了。爱仁瞟了她一眼，也笑道：

"琴妹这可说谎了，你刚才还对我说跳得好玩呢，怎么又说没有兴趣哩？你听这回音乐是多兴奋的快华尔兹，你和齐先生去舞一次吧。"

光迪坐对着名花，两脚正在感到发痒，今听爱仁这样说，心里自然非常地喜欢，因此望着亚琴憨憨地傻笑，似乎还在征求她同意的神气。亚琴道：

"快华尔兹我真的不会跳，你还是和徐小姐去跳一次吧。"

爱仁巴不得她有这一句话，身子竟比光迪还早站起来。光迪见爱仁已经站起，遂也不得不跟着爱仁到舞池里去了。光迪把手按到她腰肢去的时候，他就感觉到爱仁是比亚琴胖得多，因为手的触觉，爱仁腰肢是软若无骨的。跳快华尔兹舞，彼此的身子是距离得很开的，两人的脸是相对地凝望着。光迪觉得爱仁的脸庞，柳眉杏眼，和亚琴相较，另有一种妩媚的风韵，各有各的幽美之处，所以自不免多望了一会儿。爱仁的俏眼自然也在向他细细地打量，觉得光迪的俊美实在不亚于明德。明德如今患了肺病，生命是否靠得住，这还是一个问题，怎及得光迪可爱呢？假使我能和他交一个朋友，岂不是一件令人喜欢的事情吗？爱仁这样想着，遂把秋波逗给他一个媚眼，微笑道：

"齐先生，你干吗望着我出神呀？"

光迪被她这么一问，觉得竟是无话可答，遂红晕了两颊，笑道：

"不，我在想着徐小姐的舞真跳得不错。"

爱仁乌圆眸珠一转，咻地一笑，说道：

"齐先生也跳得不错呢。你是哪儿地方人呀？"

光迪道：

"我原籍广东，可是一向住在上海的。"

爱仁"哦"了一声，笑道：

"原来齐先生是个广东人，可是却说得一口的好北平话，我以为人也是北平人呢。那么你现在广东话还能讲吗？"

光迪含笑点了点头，说道：

"稍许还能说几句的，徐小姐也能说吗？"

爱仁道：

"从前我在一家中学里读书，里面全是广东学生，所以我也学会了几句，可是说得并不十分好，我想往后还得请齐先生指教指教呢。"

光迪笑道：

"太客气，其实我也都忘记了呢。"

爱仁听他这么说，抿着嘴，忍不住又扑地笑了。忽然她的视线又接触到光迪西服小袋内的那方小绢帕上去，是一块红白相镶的丝帕，她遂伸手把它取了出来，笑道：

"齐先生，谁送你的那张怪漂亮的手帕呀？"

光迪正欲回答，不料音乐已经终止，爱仁也不把手帕还给他，向他嫣然地一笑，遂自管地先奔回到座桌上来了，向亚琴笑道：

"琴妹，你一个人坐着嫌闷吗？这次是很缓慢的勃罗司，你和齐先生快去舞一次吧。"

说时，光迪也走到桌旁，听了爱仁的话，遂向亚琴弯了弯腰。亚琴本来索性一次也不舞了，后来不知有了一个什么感觉，她便站起身子，也和光迪同到舞池里去了。在舞池里两人慢慢地移着步子跳舞，却谁也没有开口说一句话。光迪见亚琴这神情，觉得多少带有些生气的成分，遂把她身子推开了一些，明眸在她粉脸上逗了那一瞥柔和的目光，低声地问道：

"惠小姐，你太晚了回去，母亲会不会记挂的？"

光迪这句话原是向她讨好的意思，谁知听在亚琴的耳中，倒又引起了误会，暗想：你莫非碍着我，不好和爱仁谈情吗？这就淡淡地笑道：

"也好，我就先回去了，你们两人多玩一会儿吧。"

光迪听这话的口吻不对，遂急道：

"惠小姐，你这是哪儿话呀？假使你要回去了，我当然是伴送你回去的。"

亚琴把小嘴一撇，秋波瞟了他一眼，笑道：

"那又何必？我也不是刚从乡下出来的人，难道还需要你伴送吗？你从前常常拖我上舞场来玩，我总给你一个失望。现在你有了

56

一个跳舞朋友了，干吗还不在这儿和她多跳上一会子吗？"

光迪觉得她这几句话中实足包含了酸溜溜的气味，一时好生纳闷，遂蹙了眉尖，向她正色地说道：

"惠小姐，你我五六年来的朋友，难道彼此还有不知道各人的心吗？所以你实在不应该向我说这些令人难堪的话。况且我和徐小姐的跳舞，还不是你自己催促的吗？"

亚琴听他这样说，那颗心也不免软了下来，遂绯红了两颊，转着乌圆的眸珠，装出毫不介意的样子，笑道：

"齐先生，你这话就太有趣了，你和徐小姐跳舞，与我有什么相干呢？我和你是朋友，她和你也是朋友，大家都是朋友，跳跳舞算得了什么？我知道徐小姐这人很好的，而且舞又跳得好，所以我把她介绍给你做朋友，你心中一定是很欢喜的。"

光迪听她还要说这些话，心中不免又好气又好笑，暗想：这位姑娘倒真是个怪爱吃醋的。遂笑起来道：

"惠小姐，你这人倒是个不说谎的。"

亚琴听他没头没脑地说了这一句话，一时也不禁为之愕然，怔怔地说道：

"你这话是什么意思？"

光迪扑地笑道：

"咦！你在锦江茶室里不是自己也说很喜欢吃醋吗？"

亚琴听他这么说，羞得耳根子也通红起来，恨恨地啐了他一口，正欲说句什么话，那音乐又戛然而止了。亚琴这就摔脱了他的手，回到座位上来了。三人坐下，爱仁向两人望了一眼，笑道：

"琴妹的舞也不算坏。"

光迪道：

"是呀，不过她就不喜欢跳，这大概是各人的性情不同的关系吧。"

亚琴口头道：

57

"不错，你和徐小姐可说是个志同道合，那么快去跳呀，这么好的音乐不跳，那不是太可惜了吗？"

爱仁听她这样说，忍不住咦咦地笑了。但光迪听了，心里又深深懊悔不该说这句性情不同的话，因为这句话一定又触动了亚琴的心了。因此望了亚琴一眼，却报之以苦笑。爱仁早又站起身子，向光迪笑了一笑，走到舞池里去了。光迪在这个情形之下，真弄得有些左右为难，回眸去望亚琴，不料亚琴的脸已别了转去，再去瞧爱仁，她却站在舞池里含笑等自己。光迪到此，也只好匆匆到舞池里去了。爱仁在和他跳舞的时候，俏眼逗给他一个诱人的甜笑，说道：

"齐先生，你有些怕惠小姐的吧？"

光迪听了这话，那两颊也不免热辣辣地红起来，笑道：

"徐小姐，你别开玩笑了，哪有这个话的？"

爱仁小嘴一偏，露齿扑地笑道：

"何必瞒我，这情景我还有个瞧不出的吗？现在还是个朋友地位尚且如此，将来要如结了婚，我想跪灯笼壳子的一定挨着是你哩！"

光迪两颊愈加绯红了，笑道：

"徐小姐，你真会说笑话的，我们都是很普通的朋友，哪儿谈得上这些的。"

爱仁噘了噘嘴，忽然偎到他的怀里去，忍不住咦咦地笑起来了。光迪和亚琴这五六年朋友，彼此虽然心心相印，但是却也没有像爱仁那么向自己亲热过。所以光迪今日在享受到这个温柔滋味之后，一颗心也不免摇荡起来了。光迪颊儿的感觉是滑腻如脂，从这一点猜度，可见爱仁皮肤的细腻；胸部的感觉软绵绵的，是十分舒适。光迪有些陶醉，他自己也不知道置身在何处了。不过他到底还有些清醒的，忽然想到这情景若给亚琴眼中瞧来，这场醋海风波不是更要闹大了吗？于是他立刻把脸偏了过去，明眸向座桌上去偷望了一眼亚琴，谁知亚琴的人已经不见了。光迪心中这一吃惊，真是非同小可，遂情不自禁地向爱仁说道：

"咦！惠小姐到哪儿去了？"

爱仁突然听他这么说，遂也回眸望去，果然亚琴没有坐在桌旁了，遂一撩眼皮，向他逗了一瞥哀怨的目光，笑道：

"喔哟！急得来！怕她逃走了不成？放心吧，她是到厕所里去的。"

光迪见她也向自己吃起醋来，遂忍不住笑道：

"徐小姐的门槛到底比我精，大概她茶喝得太多了。"

爱仁白了他一眼，抿着嘴，也羞涩地笑起来了。舞罢归座的当儿，亚琴已坐在桌旁了。爱仁笑道：

"琴妹，齐先生说你茶喝得太多了，你刚才是不是到厕所里去的？"

亚琴含笑不答，秋波却逗给光迪一个娇嗔。光迪知道亚琴心中一定很不自在，所以十分地局促，拿起杯子喝了一口茶，接着又瞧了瞧表，说道：

"惠小姐，已八点敲过了，你要不回家了？"

亚琴道：

"一会儿已八点了吗？时间过得真快，我该回去了。徐小姐和齐先生有兴趣的话，再坐会儿吧。"

光迪把大衣给亚琴披上，说道：

"你妈要不放心，我送你回家吧。"

说着，取皮匣子拿钞票付账。爱仁忙把他拦住了，说道：

"齐先生，你快不要客气了，这儿不是我请你们来的吗？哪里能叫你会账？你要如客气，倒反而叫我心中不高兴了。"

光迪听她这样说，也只得罢了，遂又说道：

"那么我们走了，徐小姐还玩会儿吗？"

爱仁点了点头，和他们握了握手，眼瞧着两人并肩走了出去，不知怎的，心头也会感到有些酸溜溜的滋味。光迪和亚琴走出舞厅，默默地走了一截路，彼此都没有说什么话。光迪虽然想和她搭讪几句，但生恐碰她的钉子，因此也就始终不敢开口。直走到光明咖啡馆的门口，光迪这就向她说道：

"惠小姐，我们还没有吃晚饭呢，到里面去吃一餐西菜怎么样？"

亚琴摇了摇头，说道：

"我还很饱，你一个人去吃好了。"

光迪拉了她的手，说道：

"你还饱就少吃一些，我是一定要你伴我一块儿吃些的。"

亚琴被他拉着向馆门口走，这就没有勇气再拒绝了。两人到了里面，侍者送上菜单。光迪知道亚琴说饱原是推托之辞，所以点了两客西餐。又问亚琴喝酒吗，亚琴摇了摇头，说道：

"不喝了，就吃餐饭得了。"

光迪不敢劝她，遂吩咐下去。不多一会儿，西餐上来。亚琴低了头，默默地只管吃着。光迪再也熬不住了，遂向她低声地问道：

"惠小姐，为什么显出不高兴的样子？难道还跟我生气吗？"

亚琴微抬起粉脸，撇了撇嘴，说道：

"你太不应该了，为什么在徐小姐面前把我拿作笑话讲？"

光迪听她这样说，倒是愕住了一会子，说道：

"我在徐小姐面前说些什么话啦？"

亚琴哼了一声，说道：

"你不是说我茶喝得太多了吗？这话可是你说的？羞也不羞？"

亚琴说到这里，还把手指在自己脸颊上划了两下。但既说了出来，连自己也忍俊不止了，抿着小嘴，秋波又恨恨地逗给他一个娇嗔。光迪听了这话，也忍不住好笑，说道：

"一句笑话，何必就牢记在心头？你的量也太狭窄一些了。"

亚琴冷笑道：

"我怎么能像人家气量大，性情好，舞又跳得好，真所谓志同道合怪相称的一对……"

光迪摇了摇头，咽了一口唾沫，说道：

"惠小姐，你这样喜欢多心，那叫我不是太难受了吗？我在会园里已经和你声明了，我没有了你，我心头就会感到空虚，难道你还有什么不相信我的吗？"

亚琴笑道：

"现在有了徐小姐那么一位多情的姑娘，你的心头自然不会再感到空虚的了。"

光迪急道：

"亚琴，你要如再说这些话，我一定和你不依。"

亚琴听他红着脸直呼了自己一声名字，知道他确实是急的了，遂望着他娇憨地笑。光迪又正色地道：

"你自己也说过我们的心是永远不会变的了，我假使负了你，我绝不会好死的。"

亚琴听他念了重誓，方才也急道：

"我和你说着玩的，你何苦说什么死活的话呢？"

两人经此一解释，心中的误会也就涣然冰释。吃毕西餐，在光明咖啡馆门口分手的时候，两人又约定明日早晨十点钟在哥哥的医院再行见面。

第四回

狼心狗肺巧语甜如蜜

第二天早晨九点半的时候，惠亚琴在医院的门口，齐巧遇见了齐光迪。两人握了一阵手，各自道了早安，遂匆匆地走到特等病房里去了。推进门，只见哥哥已倚靠在床栏旁了。他见了光迪，就含笑招呼道：

"密司脱齐，劳驾你了，请坐请坐。"

光迪道：

"别客气，你今天的精神怎么样?"

明德点头道：

"今天精神倒不错，你和妹妹打从哪儿来的?"

亚琴抢着先道：

"我们昨天约好在这儿来望哥哥的，不料我们在门口就遇见了。咦! 这床上睡的还是哪个呀?"

明德听妹妹这样问，两颊盖上了一层红霞，微笑道：

"是秦小姐。她昨夜代替苏小姐服侍了我一夜，我见她实在累极了，所以叫她在脚后休息一会儿。"

亚琴奇怪道：

"那么苏小姐做什么去了?"

明德道：

"苏小姐昨夜来电话，说身子有些不舒服，所以请秦小姐代替的。"

谁知就在这个当儿，菊卿就醒过来了。她揉擦了一下眼皮，微睁星眸，一见室中的光迪和亚琴，因为自己是躺在明德的病床上，这一难为情，她红了两颊，几乎羞得无地自容的了。遂慌忙翻身坐起，纤手拢了一下披在脑后的云发，向亚琴娇羞地望了一眼，含笑叫道：

"惠小姐，你早。"

亚琴很神秘地一笑，说道：

"秦小姐，辛苦了你一日一夜，我们真感激你。"

菊卿小嘴微微地一掀，在她的意思似乎欲说一句什么，但当她视线接触到光迪脸上的时候，她羞得把要说的话又缩了进去，很快地走到外面去了。光迪见她娇羞万状的样子，遂望了明德一眼，向他取笑道：

"密司脱惠，我想你有这么一位看护小姐服侍着，你的病准会好得快一些的。"

亚琴扑哧地一笑，说道：

"你这句话倒是说得很有意思，那位秦小姐第一天我见了她，我就感到她的人是很可爱的。"

明德红晕了两颊，向他们白了一眼，笑道：

"你们俩人别一吹一唱地取笑我了，我睡在这种地方，患了这样青年不应该患的病症，我心头真有说不出的难受呢！谁像你们一块儿进、一块儿出，自由得像天空中一对小鸟，这是多么幸福呀！"

亚琴和光迪被哥哥这么地一说，各人心头亦感到了十分的羞涩，不过在羞涩中也掺和了十分的喜悦，脸上都泛现了青春的色彩，互相望了一眼，忍不住也笑起来了。光迪道：

"密司脱惠千万不用忧愁，你这个肺病还很轻，睡几个月也就好起来了。我以为养病的人，最要紧的是心境快乐，你现在身旁天天有这么一位多情的小姐伴着你，你这病还会不立刻好……"

明德不等他说下去，就摇了两摇手，笑道：

"好了好了，你不用说下去了，我早就知道你又拿我开玩笑了。"

光迪笑道：

"这倒不是拿你开玩笑，因为你心中要忧愁，所以我要说几句使你高兴的话，你对于我这两句话，心中不是很爱听的吗？"

明德的心里确实在微微地荡漾，但表面上却还显出嗔恨的神情，向他啐了一口，倒引逗得亚琴忍不住又哧哧地笑起来了。这时菊卿又悄悄地走进房来，她大概已梳洗过了。光迪见她眉不画而翠，唇不点而红，剪水秋波盈盈欲活，虽然乱头粗服，但秀丽之气溢于眉宇，觉得和亚琴相较，又要胜她一着。爱美原为人之天性，所以光迪自不免向她多望了一眼。菊卿的俏眼是很灵活的，她对于光迪的瞧望自然很理会的，遂也瞟了他一眼，觉得光迪两颊白里透红，血气方刚，和明德相较，一个仿佛是潘安，一个犹若是宋玉，实在也是个挺俊美的少年。她一面想，一面已走到床旁，先给明德服了药水，然后给他试了热。亚琴走近去问道：

"秦小姐，热度怎么样？"

菊卿把试热表拿到她的面前，说道：

"你瞧，是正常的。"

亚琴点了点头，心里很安慰，望了明德一眼，笑道：

"哥哥，我想你用不到睡一年半载的，因为自从进院后的病像是一天好一天的。"

明德也笑道：

"但愿果然如此，我真要深深地感谢上帝了。"

菊卿听他这么说，忍不住抿嘴哧地一笑。对于菊卿的笑，光迪和亚琴当然理会不到，只有明德是知道的，他望了菊卿一眼，也不禁很欣慰地微笑起来。亚琴道：

"哥哥怎么说感谢上帝？你信教了吗？"

明德点头道：

64

"我相信上旁是慈爱的，他会搭救世界上最可怜的病人。"

亚琴笑道：

"那你真成了主耶稣的信徒了。"

明德道：

"今天爸妈没有来吗？"

亚琴道：

"爸爸有公务，分不开身，妈又说头疼，所以他们都没有来。"

明德点了点头，说道：

"那么你等会儿回家去告诉爸妈，说我已好了许多，也好叫他们安心。"

亚琴点头说知道的。大家又闲谈了一会儿，光迪见时已十一点了，遂站起身子，说道：

"我走了，因为我还有些别的事情。"

明德道：

"这儿吃了饭走也不迟哩。"

光迪道：

"齐巧十二点有朋友约我吃饭，你别客气了，我明儿再来望你吧。"

他说着话，身子已向房门口走。亚琴本来亦要留住他，听他有人请吃饭，于是也不说什么，但身子却不由自主地跟了出来。这儿房中就剩了菊卿和明德两个人，互相望了一会儿，都笑了起来。菊卿道：

"这位齐先生和你妹子很知己吧？"

明德点头笑道：

"他们自小儿就同学，两人性情相投，感情确实很不错。"

菊卿道：

"我瞧他有些滑头滑脑的神气。"

明德奇怪道：

"你怎么瞧得出？其实他是很老成的。不过他生成的那副小白脸，看起来谁都要说他滑头的。他现在法学院读书，将来读成了，倒还是个大律师的身份呢。"

菊卿笑道：

"这就无怪了，我听说做律师的人都是滑头的多。"

明德听她说得有趣，倒不禁又笑起来了。菊卿道：

"刚才我进来的时候，你妹妹笑得很有劲，不知他们可曾说些我什么来？"

明德沉吟了一会儿，微微地一笑，摇头道：

"我忘记了，大概没有说什么，你这人怎么也怪会多心的。"

菊卿微红了两颊，秋波瞟了他一眼，说道：

"并不是我多心，因为我觉得怪不好意思的。他们大概笑我躺在你的床上吧？"

她说完了这两句话，有些赧赧然的样子。明德摇头说道：

"这个倒没有，我妹妹对于你日夜地服侍我，她不是表示很感激你吗？"

菊卿道：

"那么她到底为什么这样大笑呢？"

明德笑道：

"你何必问得这般详细？他们在和我开玩笑呢。"

菊卿粉颊呈现了玫瑰的色彩，秋波逗了他一瞥娇媚的目光，说道：

"他们和你开玩笑，换句话说，就是取笑我。你这人也真糊涂，为什么不早些喊醒我呢？"

菊卿愈说愈难为情，她的脸也就愈妩媚起来。明德望着她扑地一笑，却是没有回答。正在这时，亚琴也匆匆地回房了。菊卿心虚，她便悄悄地躲避到房外去了。明德向亚琴笑道：

"齐先生走了？"

66

亚琴点了点头，她见哥哥脸含笑容的样子，遂红了脸问道：

"你笑什么？"

明德道：

"没有什么。"

亚琴道：

"那么你也该躺下来休息一会儿了。"

明德答应一声，遂把身子躺了下来，微闭了眼睛，静静地养了一会子神。亚琴坐在沙发上，也独个地思忖着：光迪下午两点半约我到大华影戏院瞧电影，不知时间来得及吗？因为我这儿吃了饭后，不是还要回家去给妈一个回话吗？亚琴正在出神，忽听一阵咯咯的皮鞋声，只见外面又走进两个人来，一个是徐爱仁，一个是爱仁的哥哥徐圣望。亚琴和他们是都认识的，遂忙站起来迎接，说道：

"爱姊和大哥快请坐，你们打哪儿来的？"

圣望道：

"昨天妹妹回来告诉我，说密司脱惠患了肺病，我心里倒吃了一惊，幸亏还是初期的，所以我才安了心，你哥哥此刻睡着吗？"

亚琴道：

"刚躺下……"

明德听了声音，遂又从床上坐起，向圣望道：

"怎么叫大哥也劳驾了，那真对不起。"

圣望笑道：

"自己兄弟，你还客气什么？"

明德道：

"老伯和伯母都好？嫂嫂大概又有喜了吗？"

圣望笑道：

"谁说的？哪里有这样快的吗？一个才下地不上一年哩。"

明德道：

"现在这个年头儿，制造小国民，当然要愈快愈好的。"

亚琴和爱仁听了，忍不住都扑地笑了。圣望道：

"既这么说，你就该赶快地结婚了。"

这句话却是触动了明德的创伤，他脸上虽然还是含了笑容，但暗地里却轻轻地叹了一口气。就在这时候，菊卿端了一盘子饭菜进来。她见室中又多了两个男女，起初倒是一怔，后来见到了爱仁，方知就是昨天来的这位徐小姐。她并不作声地把盘子放到床旁桌上去。圣望见了菊卿之后，他的眼睛仿佛遇见了一块吸铁石，视线就直盯到她的脸部上去了，暗自想道：这位看护小姐真美丽极了，不知是姓什么的？假使和她能够做一个朋友的话，真是人生最大的幸福了。明德道：

"你们两位也还不曾用过饭吧？就在这儿我们大家马虎地吃一口好吗？"

圣望全副精神都注意在菊卿的脸上，他当然是没有听到。爱仁道：

"不必客气吧，我们早晨起得迟些，实在还很饱哩。"

亚琴道：

"吃饭做什么客？秦小姐，谢谢你，给我们叫厨下再添两客好不好？"

菊卿含笑点了点头，她的身子又退出去了。圣望在菊卿笑的时候，还发现了她颊上有个浅浅的酒窝儿，一时望着她消失了的后影，不禁为之神往了。爱仁对于哥哥失魂落魄的神情，似乎有些理会到的，遂向他哧地笑道：

"哥哥，你在做什么？眼睛如何老向房门口望呀？"

圣望这才醒过来似的，摇了摇头，说道：

"没有什么，我想我们来得太迟了，反而累他们加忙。"

亚琴道：

"这也忙不了什么的。"

爱仁道：

"那么密司脱惠先自管地用饭吧，不用等我们，回头饭冷了，吃了就不舒服。"

明德听了，就不客气，握了筷子先吃起来。约莫五分钟后，却见端饭进来的不是菊卿了，竟换了一个苏曼萍。明德忙招呼道：

"苏小姐，你现在好了。"

曼萍点头笑道：

"好了，谢谢你。"

说着，把饭菜放在桌上。这儿亚琴遂叫爱仁兄妹俩一块儿吃饭了。明德虽然在吃着饭，但心中却暗暗地想：苏小姐来院了，菊卿她当然要回家去了，不知此刻她可曾走了没有？圣望也在暗自地细想：亚琴刚才喊她秦小姐，那么她当然是姓秦的了，但不知为什么她一去后就不进来了，这倒好像昙花一现，那不是叫人心里难受吗？吃好了饭，圣望本来就要走的，不过他为了再想瞧瞧这位秦小姐的脸，所以便赖着屁股不肯走，和明德只管有一搭没一搭地闲谈着。在他的心中，是希望秦小姐能够再进来一次，谁知失望得很，菊卿连影儿也不见了。爱仁道：

"哥哥还坐一会儿，那么我先走一步了。"

圣望被妹妹这么地一说，于是也只好站起来，说道：

"不，我们一块儿走吧。"

亚琴见时候已经一点半敲过，她心里是记挂着大华影戏院门口的齐光迪，所以也不留他们，遂送着他们走了。明德待圣望兄妹走后，遂向亚琴说道：

"妹妹，你也可以回去了，免得妈妈心里焦急。"

亚琴是巴不得哥哥有这一句话，便答应了一声，又向哥哥叮咛了几句，她也匆匆地走了。这儿曼萍进来又给他服药水，明德悄悄地问道：

"苏小姐，秦小姐回家了吗？"

曼萍道：

69

"她早回去了，本来原想和你说一声，因为房内客人很多，所以她叫我关照你一声。"

明德点了点头，却没有回答什么。曼萍给他喝下药水之后，对他说道：

"你此刻手心有些发烫，大概又乏力了，现在你该好好静养了。"

明德听她这样说，觉得这都是她们的责任，心里自然十分地感激，遂躺了下来。但心中想着自己这个病症，前途总感到有些黯淡，他心头觉得空虚的悲哀，忍不住又深深地叹了一口气。

秦菊卿走在归家的途中，她想着明德的朋友都是这样雍容华贵，这似乎更衬自己寒酸。虽然明德对我是这样地真挚恳切，但我们的阶级究竟是相差得太远了。她芳心中也感到说不出所以然的悲哀，虽然春风是那么暖和，可是扑送在菊卿此刻的脸上，她有些凄凉的意味了。回到家里，母亲一个人正在生气，菊卿奇怪道：

"咦！妈跟谁在吵嘴呀？"

秦老太鼓着脸腮，恨恨地骂道：

"还有哪个呢？还不是你这个断命舅爹吗？"

菊卿听了，那柳眉又紧紧地锁起来，说道：

"他又来做什么啦？"

秦老太叹道：

"做什么？左不过是借钱罢了。我说你也为我着想，一个是寡妇，一个是孤女，你做舅爹的不来帮助也就罢了，还要问我借钱，这可说得过去吗？借了去吸鸦片，赌牌九，唉！我前世里也不知做了什么孽！丈夫既死得那么早，又有了这么一个吃喝嫖赌的好兄弟，唉！唉！"

秦老太说到这里，再也说不下去，她只有连连叹气的分儿。菊卿懒懒地在椅子上坐了，凝眸望着母亲愤怒的脸孔，说道：

"那么他今天又借去多少钱？人儿又到什么地方去了？"

秦老太道：

"借去了五元钱，人还只有刚才走呢，谁知道他到什么地方去。"

菊卿没有再说什么，她把眼皮低垂下来，望着写字台板下压着的那张自己写的字，很清楚的是：

"君爱生命乎？如爱之，则勿浪费光阴，盖光阴乃生命之源也。"

于是她又把那本医理学翻开来，呆呆地瞧一会子。秦老太向菊卿望了一眼，说道：

"你中饭吃过没有？怎么这时候就回来了？"

菊卿抬头道：

"曼萍下午来院了，我身子怪倦怠的，所以回家了。"

秦老太道：

"既然身子怪倦怠的，还瞧什么书呢？你就躺会儿嘛。"

菊卿这时实在也没有心思瞧书，她离开了桌边，遂歪倒床上去躺下了。秦老太跟到床边，还把被给她盖盖好。其实菊卿躺在床上，一时里也睡不着，她在想母亲过去的家庭。外祖是很有钱的，母亲确实太命苦，落地不到三年，外祖母就死了。外祖娶了一个续弦，偏是个浪漫的女子，只知吃穿，不知治理家务。好在那时母亲有奶妈看管，所以和晚外祖母也各不相涉的。母亲八岁那年，晚外祖母方养了一个儿子，就是现在这个无赖舅爹。说起来，舅爹所以成为今日的无赖，实在还是晚外祖母的罪恶。因为外祖死后，她便更加荒唐，在这样母亲手腕下教育出来的儿子，你想还会好的吗？现在她老人家自己是早已死了，但却遗害了舅爹，妻子死后也不想再娶，一天到晚吸鸦片、赌牌九，弄得倾家荡产，还是执迷不醒。唉！假使晚外祖母魂而有知的话，她真不知要怎样地懊悔哩。菊卿胡思乱想这样呆忖了一会儿，方才蒙眬地入睡了。也不知经过了多少时候，菊卿这才一觉醒来，只见室中已笼罩了一层薄暮，想来是黄昏的时候了。她掀开了被儿，跳下床来。秦老太坐在椅上，还在干她手中的活针，见了菊卿坐起身子，便笑道：

"这一觉可睡得畅快吗？足足有四个钟点呢！"

菊卿纤手按在小嘴上打了一个呵欠，又揉了揉眼皮，也笑道：

"想不到这一睡下去，就像死人一样的，竟是晚了。"

说着，走到桌旁，把热水瓶倒在面盆里，拧了手巾，洗了一个脸。不料正在梳洗的时候，忽听一阵皮鞋脚声，只见舅爹从房外走了进来，后面还跟着一个西服少年，齐巧和菊卿瞧了一个照面。菊卿和那少年瞧到了后，各人的心中都是怔了一怔。菊卿暗想：好生面熟的，似乎在哪儿瞧见过。这时她的舅爹阮森彬就给菊卿介绍道：

"这位是我朋友徐圣望先生，这是我的外甥女儿秦菊卿。"

圣望做梦也想不到森彬的外甥女儿就是自己心中念念不忘的这位秦小姐，一时心里的欢喜，真仿佛是觅到了一件什么珍宝，遂立刻向菊卿深深地鞠了一个躬，笑道：

"秦小姐，恕我来得孟浪，请你不要生气。"

菊卿这时也已记起那个少年原来就是和徐小姐一块儿来医院的，因为他会和舅爹交朋友，看来总也不是个好青年。但表面上她不得不客气地道：

"徐先生，别客气。只是地方小得不成样，有些不好意思见客罢了。"

阮森彬指了指秦老太，又说道：

"这就是我的姊姊了。"

徐圣望忙又向秦老太鞠躬，叫了一声老太太。秦老太见森彬忽然带来了一个朋友，一时也弄不明白究竟是怎么的一回事，今见人家向自己招呼，遂也站起身子，丢下活针，说道：

"徐先生，你请坐吧。"

她说着话，便去倒一杯茶，把茶杯送到圣望面前的时候，她才瞧清楚圣望是个怪俊美的少年人。圣望伸手接过茶杯，又含笑道了一声谢，一面向菊卿笑道：

"秦小姐不是在做看护吗？"

菊卿一撩眼皮，点头笑道：

"是的，刚才你和徐小姐不是也到医院里来过了吗？"

圣望听她这样问，暗想：原来你也发觉我的。心里十分喜欢，遂忙说道：

"不错，徐小姐就是我的妹妹。"

秦老太和森彬听他们竟是熟识的，当然非常地惊异。森彬先开口问道：

"徐先生，你和我们菊卿早认识了吗？"

圣望道：

"不是，因为我有个同学患肺病，他在医院里疗养，我今天早晨和妹妹一块儿去瞧望那个朋友，是曾经和秦小姐见过一次面的。"

秦老太、森彬这才恍然明白了，他一面递过一支烟卷去，一面笑道：

"这也真是个巧事的了。徐先生，你吸支烟。"

圣望忙摇了摇手，说道：

"谢谢你，我不吸烟的。"

秦老太见他眉清目秀，生得一表人才，而且又不吸烟，想来定是个很好的青年。所以她心里十分欢喜，望着他白净的脸庞，低低地问道：

"徐先生是什么地方人？不知在哪儿读书？还是办事了？"

圣望听问，遂很小心地答道：

"我是上海本地人，自从大学毕业后，就在爸的行里做一些事。"

秦老太"哦"了一声，说道：

"原来徐先生已经大学毕业了，那你今年有多少青春了呀？"

圣望听她问自己年纪，觉得其中至少是含有些作用的，这就乐得眉飞色舞的，笑道：

"很惭愧的，虚度了二十四了。"

秦老太点了点头，在她的意思，还想问一问他有没有定了亲，不过自己家里有了一个年轻的姑娘在着，对于这句话当然是太不好意思了一些，所以她也始终没有问出口来。天色只管黑下来，室中也已亮了灯，时候是已经六点了。圣望虽然有些舍不得走，不过已经夜了，若还不走，难道在人家那里预备吃晚饭了吗？这个陌陌生生的，到底有些难为情，所以他只好站起身子，说道：

"我走了，很对不起，惊吵了你们。"

秦老太道：

"徐先生，你别客气，有空只管请过来玩玩吧。"

圣望含笑点头，一面又向菊卿望了一眼。菊卿站起身子，也表示相送的意思。阮森彬便送着圣望出来，在弄堂口的时候，拉了他一下手，笑道：

"你瞧怎么样？看她娘的神气，倒很有看中你的意思哩。"

圣望笑道：

"现在别的话不用说，只要你能把这件好事拉成功，这五百元赌钱准定不要你还了，而且再奉送你五百元钱，你瞧怎么样？"

森彬把手在胸部一拍，说道：

"不是我夸一句口，包在我的身上是了。"

圣望笑得拉开了嘴，和他握了一阵手，方才彼此分手了。森彬送他走后，遂匆匆地回到家里，只见菊卿鼓着小嘴，却和母亲在赌气。森彬奇怪道：

"为什么菊卿不高兴？"

秦老太笑道：

"她怨我不该陌陌生生地就问人家的年纪，其实这也没有关系，这妮子的脾气就古怪。弟弟，你和徐先生是怎么认识的呀？"

菊卿不待森彬回答，就冷笑了一声，说道：

"母亲，你这还用问吗？不是在赌场里认识，还在什么地方呢？"

森彬想不到这姑娘尖嘴薄舌地一句话就说到自己的心眼儿里去，一时两颊不免涨得绯红，连忙强辩道：

"菊卿，你不应该这样地瞎猜。徐先生的爸是开洋行的，我和他在交易上认识的，人家是个很好的青年哩！"

菊卿哼了一声，笑道：

"会和舅爹在一起，他总好不到什么地方去的。"

这句话说得秦老太也笑起来了。但森彬却很生气地道：

"你这话也太岂有此理了，难道我这人就坏到这个地步吗？"

菊卿不说什么，抿着嘴却是哧哧地笑。秦老太道：

"这个倒也怨不得菊卿要向你说这句话，因为你的牌子做得太不好了，所以连你的朋友都没有好的了。不过这位徐先生我瞧他倒很老成，烟也不抽的，现在这种少年不是很难得的吗？"

森彬慌忙插嘴道：

"可不是？徐先生不但年少老成，而且学问又好，家里又有财产，我这许多朋友中确实要算他最好的了。"

菊卿嘴一撇，说道：

"他要如不吸烟的话，随便什么东道我都请。他这种假老实的样子，只能骗母亲，可是却瞒不了我的。假使他真的不吸烟，舅爹为什么要递给他呢？"

菊卿这句话可把森彬问住了，倒是愕住了一会儿，但立刻又笑道：

"你这孩子也细心得过分了，一个客人到来，敬烟送茶，原也最普通的应酬。舅爹年纪老了，一时忘记他是不抽烟的，所以就递了过去，不料你就误会他假装老实人了。"

菊卿道：

"他吸烟不吸烟，原不干我的事，我也无非说着玩玩罢了。"

秦老太微微地一笑，一面又向森彬低声问道：

"你知道他家里还有什么人？不知可曾结过婚吗？"

森彬道：

"他不是说还有一个妹妹吗？人家还是童子小官人哩，怎么就会结过婚呢？"

菊卿听了，有些不耐烦，向母亲瞅了一眼，说道：

"妈，你吃饱了饭没事谈，这些废话去说它做什么？"

秦老太见女儿和徐先生印象并不十分好，于是也就不再谈起了。晚上吃过了饭，森彬把圣望怎样有钱、怎样慷慨，瞎七搭八地和秦老太又闲谈了一会儿，方才匆匆地作别回去。菊卿坐在灯下翻了一会儿书，心头实在觉得烦闷，遂和秦老太说道：

"妈，瞧影戏去吗？"

秦老太听女儿这样说，便抬头望了她一眼，笑道：

"你倒有兴趣去吗？"

菊卿道：

"逢场作戏，那也是难得的事情。妈，我们一块儿去吧。"

秦老太道：

"现在票价实在太贵，瞧一场影戏，我明天就有一日可以开销哩，我还是省省吧。"

菊卿本来是很高兴的，今被母亲这么地一说，她的心头仿佛泼了一盆冷水，这就轻轻地叹了一口气，也就不说什么了。秦老太太见女儿这个神情，她又深悔不该说这些话了，遂忙又补充一句道：

"菊卿，我不是叫你不要去瞧，可怜你一天到晚没有空，就是出外去玩一次，也是应该的事，那么你一个人去瞧吧。夜里我的眼睛更不行了，瞧影戏是不相宜的，我还是给你等门吧。"

菊卿摇了摇头，说道：

"不，母亲不去，我也没有兴趣。"

秦老太叹了一声，低了头，却依然去干她手中的活针。静悄悄地过了一会子，秦老太又抬起头来，望着女儿秀丽的脸庞，说道：

"孩子，你以为母亲打断了你的兴趣了吗？其实我真的不想瞧什么戏，你今天是睡畅的，既然高兴，那么你就快些去了。"

菊卿听母亲又这样地催促，一时把那颗心倒又活动起来了，沉吟了一会儿，站起身子来，笑道：

"好吧，那么我一个人去了。"

秦老太见女儿又高兴了，这才回过笑脸来，说道：

"要去不是早可以去了吗？离这儿近些，金光大戏院也很好。"

菊卿说声晓得，她便披上单大衣，匆匆地走到楼下去了。走到金光戏院，时候已经九点多了，里面早已开映了。侍役拿了电筒，给她找了一个空位子坐下。菊卿见两旁都坐着人，因为急于瞧影戏，所以也不再去注意旁的了。这张片子是很紧张的战争片，内容叙述俄国革命时的一支十字军奋斗作战的经过，实在是悲壮激昂、可歌可泣。菊卿瞧了，心头当然十分地感动。不料正在紧要关头的时候，电灯一亮，却是休息了，同时听得有人"咦"了一声，低低地叫道：

"原来是秦小姐。"

菊卿听了喊声，立刻回头去望，原来是惠小姐的那个同学，自己曾经说他滑头的少年，遂也嫣然笑道：

"哦，齐先生，巧极了，一个人来的吗？"

光迪点头道：

"一个人来的，我见秦小姐坐下来的时候就觉得有些面熟，但恐怕认错了人，所以没有招呼，想不到果然是秦小姐，你也一个人来的吗？"

菊卿含笑点了点头，却是没有作答。光迪又问道：

"下午惠小姐什么时候走的？秦小姐可知道吗？"

菊卿乌圆眸珠定住了一会儿，摇头道：

"这个我倒不知道了，因为我比惠小姐还先回家的。"

光迪皱了眉毛，"哦"了一声，也没有作答，忽然又问道：

"秦小姐今天怎么回家得这样早呢？"

菊卿道：

"因为做夜班的苏小姐来了，所以我走得早一些。"

光迪点头道：

"你府上就与这儿相近吗？"

菊卿笑道：

"过去景德坊就是，有空请过来玩玩。"

光迪听她既不曾告诉什么门牌，却叫自己去玩了，可见她是没有诚意的，无非口头上一种应酬罢了，遂也微笑道：

"好的，我改天一定来拜望你。"

说到这里，忽又说道：

"秦小姐在家里的日子也是很少的。"

菊卿道：

"除非换作夜班了，那么白天里就在家中的日子多了。"

光迪道：

"我觉得做看护不是也很辛苦吗？像秦小姐早晨忙起，一直要到晚上才可以休息，回家时候不早，睡觉也来不及，对于游玩的机会实在很少的吧？"

菊卿纤手掠了一下云发，笑道：

"做到这事情，那也没有办法。我从新年到现在，瞧影戏还只有今天第一次。"

光迪明眸脉脉地凝望她一会儿，点头说道：

"像秦小姐这样努力于大众事业的精神，实在难得，我是很感到敬佩的。"

菊卿露齿一笑，说道：

"齐先生别说这些话了，叫我听了就觉得惭愧。"

光迪道：

"那有什么惭愧？像你这样前进青年还说惭愧，那么像我便怎样呢？"

菊卿眸珠一转，说道：

"你不是也很用功吗？听说你将来还是一位大律师呢！"

光迪被她这么地一说，脸倒浮现了一朵青春的红霞，笑道：

"谁告诉你的？"

菊卿笑道：

"是惠先生告诉我的，他说齐先生跟他的妹妹很要好。"

光迪想不到秦小姐倒和自己取笑起来，遂也笑道：

"你听他胡说，密司脱惠他就喜欢跟人家开玩笑。"

菊卿摇头道：

"不见得，他比你总要老实一些。"

光迪听她这样说，一时望着她倒愣住了一会子。菊卿被他这么地一望，方才猛可理会自己这一句话有些不应该说，因此两颊这就绯红起来了。光迪本待向她取笑一句，今见她如此娇羞的意态，遂也作罢了，很正经地转变了话锋道：

"像密司脱惠他可说是个好青年，但非常可惜，却会给他患了这个病症，所以老天简直也没有了眼睛。"

菊卿也以为他总要向自己说几句笑话，但事情出于意外的，他却显出很正经的神气。从这一点看，菊卿觉得明德说他很老成的一句话，倒也并不是庇护他。遂点头说道：

"可不是？不过密司脱惠休养得快，也许有痊愈的希望，只不过时间问题罢了。"

光迪道：

"我早就对他说过，一个病人的痊愈快慢，对于看护小姐的性情好坏，我认为是个最大的问题。密司脱惠有秦小姐这样尽心地服侍，我想他的病也会好得快起来的。"

菊卿体会他末了这两句话，至少是带有些取笑的成分，不过他脸部的表情是很平静，绝对没有一些笑容，于是也认真地道：

"我们做看护的心理，总希望进院的病人能够个个都好好地出去，所以我们服侍病人，认为是一种责任，无论对哪个病人都是一样地同情。"

光迪对于她这几句话，当然知道她是在避嫌疑的意思，遂点头说道：

"世界上的人，大都是不肯负责的，假使个个人肯负责干事，我觉得就没有一件事会办不成功的了。"

菊卿频频地点了一下头，说道：

"你这话也不错……"

不料刚说了一句，电灯熄去，银幕上又放出光芒来，于是两人终止谈话，视线都向前望了。待这场影戏映毕，时已十一时一刻，两人随了众客走出了金光戏院。光迪道：

"无论一件什么事情总要合作，那么才有成功的希望，像片中的领袖，他所吃亏的就是独断独行，待他觉悟的时候，可是已经来不及的了。"

菊卿道：

"所以这个领袖我可以送他四个字，叫作勇而无谋，一支军队里这样人才是很多的。"

光迪听她这样说，方才感到这位秦小姐的不平凡，点头连说不错。菊卿见他神情似乎有些特殊的，因此倒抿着嘴笑了。光迪道：

"秦小姐，你笑什么？"

菊卿道：

"没有什么，齐先生府上是住哪儿的？"

光迪道：

"我家离此也不多远，大陆路新民村三号，你有空也请过来玩玩吧。"

菊卿点头道：

"我一定来拜望你。"

光迪在走到金光咖啡室的门口时候，忽又停住了步，向她微笑道：

"我想请秦小姐到里面去喝杯咖啡，不知你肯赏光吗？"

菊卿听他说得这样客气，倒似乎有些不好意思拒绝他，遂含笑答应了，于是两人走进金光咖啡室，侍者招待入座，光迪道：

"秦小姐，你吃什么？"

菊卿道：

"我实在很饱，就拿杯咖啡是了。"

光迪笑道：

"哪里就真的喝杯咖啡吗？我给你再添叫一客火腿吐司吧。"

说着，吩咐侍者拿两杯咖啡、两客火腿吐司。菊卿见他已经吩咐下去，遂也不便阻止他。光迪见她翠眉含颦，杏眼微凝，这种意态实在是非常妩媚，遂望着她粉脸，愣住了一会子。菊卿被他瞧得不好意思，遂秋波一转，微笑道：

"齐先生，你想什么？"

光迪脸也微微地一红，笑道：

"我觉得什么事情都是一个巧，今夜和秦小姐会坐在一处喝咖啡，那真是想不到的事情。"

菊卿听他这样说，也不知他的用意何在，遂微笑道：

"可不是？我以为你和惠小姐总一块儿在瞧的，怎么你们今天却没有一同出来吗？"

光迪听了，正欲说句什么，忽然见外面走进一个女子来，她一眼瞥见了两人，遂很不自在地笑道：

"哦，原来你们是早已约好的了。"

第五回

俏姑娘有心夺爱

光迪和亚琴约好原在大华戏院瞧电影的，不料他在半路上却会遇见了徐爱仁。爱仁和圣望从医院走出，一个到六国饭店赌钱去，一个坐上人力车正预备到舞场去。谁知爱仁发觉人行道上走着那个少年正是齐光迪，所以她一面连喊停车，一面向光迪叫道：

"密司脱齐，你到什么地方去呀？"

光迪听有人招呼他，他就不得不回过头去望了一眼，见是爱仁，遂也走上去，说道：

"原来是徐小姐，我没有到什么地方去，你上什么地方去呢？"

爱仁一面付了车钱，一面很高兴地和他握了一阵手，说道：

"我也正在没有地方去，现在遇见了齐先生，那就好了，我们还是上舞厅去玩一会儿吧。"

光迪听她这样说，一时倒急起来了，忙说道：

"不！不！我两点半的时候还有朋友约我谈话哩！"

爱仁见他微红了脸，神情很慌张的样子，便有些不大相信，遂瞟了他一眼，很不乐意似的说道：

"你不是说没有到什么地方去吗？怎么一忽儿又说两点半有朋友约你呢？"

光迪被她问住了，两颊益发绯红起来，遂忙辩解道：

"此刻一点三刻，原没有什么事情，两点半实在有要紧事和朋友接谈。"

爱仁见他脸红得这一份儿模样，心里暗暗地好笑，遂笑道：

"既然两点半有事情，此刻不是也太早了吗？我们先去舞场坐一会儿，到两点半你再走好了。"

说着，也不再征求光迪的同意，她拉了光迪的手，就向前面走了。光迪在这个情势之下，当然是没有了办法，只好跟着她走进一家舞厅里坐下。爱仁吩咐侍役泡上两杯柠檬茶，回眸见他坐立不安的神情，便扑哧地笑道：

"齐先生，我可不是绑票，这儿也不是盗窟，何必这样局促呢？难道你到舞场还是第一次吗？"

光迪忙道：

"并不是这个意思，你瞧此刻已两点十分了，我约好人家有事商量，若失了人家的约，那不是太对不住人家了吗？"

光迪说着，把手臂撩上来给她瞧手腕上的表面。爱仁却把秋波逗给他一个妩媚的娇嗔，嚼着嘴冷笑了一声，说道：

"喔哟！我瞧你有什么要紧的事呢，左不过是亚琴约着你罢了，难道偶然失一次约就不可以了吗？"

光迪想不到被她说到心眼儿上去，这就摇头忙道：

"不，不，徐小姐，你倒别误会了，我约好的确实是个男朋友。"

爱仁听他这样说，忍不住抿嘴又哧地一笑，说道：

"既然不是亚琴约着你，那我愈加不放你走了。天下的事情，最要紧的是情人约会，除了情人约会外，什么都觉得平淡的了。"

光迪听她这样说，一时急得心头别别乱跳，额角上的汗点儿都冒出来了。爱仁见他不答话，遂拉了他的手，笑道：

"你别急，到了两点半，我总给你走是了，此刻伴我去舞几次吧！"

光迪在她柔媚的手腕之下，竟没有了拒绝的勇气，只得跟着站起，和她一同到舞池里去了。在舞池里，爱仁的娇躯是紧紧地偎着光迪，连颊也贴在他的脸上。光迪心头是在跳跃，他觉得徐小姐待他确实是太亲热一些了。两人默默地舞了一会儿，爱仁忽然又推开了光迪的身子，秋波瞟了他一眼，笑道：

"齐先生，你不用瞒我，是不是亚琴约你两点半去瞧影戏吗？假使不是这个事，我知道你绝不会这样着急的。"

光迪见她这样聪敏，一时弄得无话可答，因此望着她粉颊，只是憨憨地傻笑。爱仁乌圆眸珠一转，露齿笑道：

"可不是？我就一猜便中了。不过你别怨恨我，成人之美，我岂无同心？你不必忧煎，我一定给你走是了。"

光迪听她这样说，遂索性否认道：

"你以为猜中了吗？可是却猜错了，今天我确实另有他事，并不和亚琴约好的。"

爱仁听他这么说，便惊喜地道：

"齐先生，真的吗？那你就别走了，回头打个电话去，说明天再谈也不要紧的，不知你肯答应我吗？"

爱仁说到这里，把娇躯又偎了上去，微仰了粉脸，明眸脉脉含情地凝望着他俊美的脸蛋，话声带有些央求的成分。光迪觉得彼此的脸距离实在很近，自己只要略一低头，就有和她接吻的可能。从她嘴里吹出来的气息如兰如麝，真令人有些陶醉起来。光迪的神魂有些飘荡，他把亚琴的约会已经忘记了，不由自主地点了点头，笑道：

"徐小姐既然兴趣这样好，我当然只好牺牲这次的和朋友谈话了。"

爱仁是感到胜利的喜欢，她情不自禁地勾住了他的脖子，紧紧地抱住了。光迪被她冷不防地一抱，险些跌到地上去，遂慌忙也把她细腰一搂，他的胸部是感到温柔极了。就在这时，音乐停止，爱仁红了两颊，秋波逗给他一个媚眼，两人便咻咻地笑起来了。回到座桌上，爱仁握了玻璃杯，喝了一口柠檬茶，向光迪笑道：

“我和密司脱齐虽然萍水相逢，但也可说是一见如故，我倒很愿意跟你交一个朋友，不过齐先生有了惠小姐那么一个好朋友，对于我这种丑陋的女子，似乎有些瞧不入眼吧?”

光迪听她说得这样客气，遂摇了摇头，忙也笑道：

“徐小姐，你说这些话，叫我听了不是太不好意思了吗？我以为大家年轻的人，朋友多一个就多一份力量，所以我素性就很爱交朋友。”

爱仁点头道：

“你这话就说得有意思，朋友交得知己，就比自己姊弟还要好呢。”

光迪听她说姊弟两字，那不是明明地在占我便宜吗？遂笑道：

“徐小姐今年青春多少?”

爱仁俏眼向他一瞟，抿嘴笑道：

“二十一岁，你呢?”

光迪道：

“我二十二岁，比你大一岁，所以你不该说姊弟，应该说兄妹才是哩。”

爱仁粉颊盖上了一层娇红，向他啐了一口，忍不住又抿嘴笑，暗想：我以为齐先生老实，谁知他也是个小滑头呢！遂说道：

“你二十二岁了，倒一些瞧不出，我以为你最多二十岁罢了。”

光迪笑道：

“徐小姐说我年轻，我总喜欢的。假使你说我还只有十二岁，那么我就更高兴了。”

爱仁噘了噘嘴，秋波逗给他一个娇嗔，笑道：

“昨天你在亚琴的面前老实得一句话也不说，今天就淘气得真的像个顽皮的孩子，从这一点看起来，可见你是怕亚琴的。”

光迪微红了两颊，摇了摇头，说道：

“你这话就说得不对，我和亚琴是朋友，和你也是朋友，一样是朋友，怎么就怕她而不怕你呢？要怕两个人都怕，不怕两个人就都不怕。"

爱仁听他后面这两句话，未免也包含了一些讨便宜性质，遂白了他一眼，笑道：

"我是不要你怕的。"

光迪涎脸道：

"可是我见了徐小姐，偏有些害怕的感觉。本来我真的要去接洽事情，但到底答应和徐小姐跳舞了。"

爱仁听他这样说，一颗芳心就有些甜蜜的滋味，不过表面上还显出娇嗔的神情，向他啐了一口，把嫩藕似的臂膀撩上来，给他瞧道：

"现在也只不过两点三十五分，你要走只管走好了。伴着我跳舞原不是要紧事，回头倒说我耽误了你的正经，这个罪名我可担当不起的。"

光迪见她刁得可恶，遂也笑道：

"交情放到底，我索性不去了，反正也没有什么大事。"

爱仁听他此刻又这么说了，便撇了撇嘴，笑道：

"我早知你没有什么大事的，刚才急得这份儿样子，好像是亲娘等着你还要紧。"

光迪笑道：

"时间已经过去了，你还说什么，你倒不会再过两个钟点叫我走，那你还要漂亮哩！"

爱仁听他这样说，抿着嘴忍不住又哧哧地笑起来了。光迪道：

"徐小姐，我还没有请教你的府上是住在哪儿的，不知爸爸妈妈都好吗？"

爱仁听问，遂停止了笑，说道：

"我家是住在愚园路良友小筑一号，爸妈都很好，齐先生若不厌舍间地方小，就请你常来玩玩，我一定是非常欢迎的。"

光迪道：

"太客气，我一定会来拜望你的。但你不知还有兄弟姊妹吗？"

爱仁道：

"只有一个哥哥，弟妹都没有的。"

光迪笑道：

"可曾娶了嫂嫂？"

爱仁笑道：

"侄儿子也快一周岁了。"

光迪很羡慕的神气，说道：

"那么徐小姐的家庭不是很幸福的吗？"

爱仁摇了摇头，说道：

"可是我却嫌太冷静一些。"

光迪笑道：

"你嫌冷静，那么我不是要寂寞死了吗？"

爱仁定住了乌圆的眸珠，凝望着他俊美的脸蛋，说道：

"怎么啦？你的府上难道没有在上海吗？"

光迪道：

"可不是？我爸妈都在广东，上海只有一个婶娘在着，婶娘偏又一个孩子也没有，你想我平日和谁去谈天好呢？"

爱仁扑哧地一笑，秋波斜乜了他一眼，说道：

"平日不是可以和你亲爱的琴妹去谈心吗？"

光迪摇了摇手，笑道：

"徐小姐，你不要取笑了。我和惠小姐虽然有了五六年的友谊，但她脾气很古怪，所以我们是纯粹的友爱，没有一些私爱的。"

爱仁摇头道：

"这话怕靠不住，我瞧你对待她的情形我就知道的，你实在很忠于亚琴的。所以我代亚琴非常地喜欢，她得到了这么一个多情的好丈夫哩！"

齐光迪听她这么说，一颗心的跳跃仿佛是小鹿般地乱撞，同时他的颊上也添上了一圆圈娇羞的红晕，笑道：

"徐小姐，你这话只能在没有旁人时候说着玩玩，假使传到惠小姐的耳中，她也许会生气哩。"

爱仁故作惊奇之神色，秋波瞅住了他，怔怔地问道：

"那是为什么缘故？你这样真心地爱她，她难道还不爱你吗？"

光迪摇头道：

"也不是这个意思，因为我们的友谊很纯洁，她听了这个话，会疑心我在外面起谣的。"

爱仁道：

"那你是过虑了，假使亚琴也真心爱你的话，她听了这些消息，一颗芳心只有感到喜悦的分儿呢，怎么她会生气呢？除非她心目中另有爱人的。"

光迪听了这话，心头不免一跳，说道：

"你知道她另有爱人的吗？"

爱仁听他这样问，灵机一动，计上心来，乌圆眸珠转了一转，娇憨地笑了一会儿，说道：

"这个我哪儿知道？即使有也无非是个普通朋友罢了。"

光迪见她说话的意态，似乎很神秘的样子，一时倒疑心亚琴的男朋友至少不是我一个人。既然她不是属于我一个人的，那么我何必专忠心于她呢？就是和徐小姐跳舞玩玩，也算不了是对不起她的了。于是很坦白地说道：

"其实我们交异性朋友，要和交同性朋友一样地看待，这样就会减少很多的痛苦。"

爱仁点了点头，笑道：

"齐先生这句话我认为说得透彻，除非两人有了婚约之后，那么这当然又作别论了。"

光迪道：

"徐小姐这话也很对，听说你和惠小姐的哥哥也很知己吗？"

爱仁摇了摇头，说道：

"也算不得怎样知己？因为我们的爸爸都认识，所以接近的机会比较多一些。"

光迪望着她粉脸，点了点头，笑道：

"我觉得徐小姐待人很热情，并没有一些骄傲的样子。"

爱仁俏眼儿瞟了他一下，笑道：

"你一定说反话，我哪儿及得来亚琴好呢？"

光迪笑道：

"你何必一定要提起亚琴呢？"

爱仁笑道：

"是不是我提起了亚琴，你心头就感到肉疼吗？"

光迪抿着嘴，扑哧地一笑，说道：

"徐小姐，你这话愈说愈有趣。我瞧大家还是别谈了，这样兴奋的音乐不去舞一支，那还要到舞厅里来干什么呢？"

说着，拉了她的手，便站起身子来。爱仁回眸一笑，遂和他姗姗地走到舞池里去了。大凡一个男子，总是贪色的多，在女人身上能够享受到一些小温存，无论谁都会感到留恋的。那么齐光迪当然也不会例外，而且他还是个没有亲近过女色的青年，所以他对于爱仁热情的偎贴，真使他心头会感到昏陶陶起来。爱仁所以这样地对待光迪，倒也并不是她过分浪漫，因为她知道光迪和亚琴的爱情也很深的，要把亚琴怀里的光迪抢夺到自己的怀中来，这自然也不是一件容易的事。所以她不得不施展女人的法宝，就是柔媚的手腕，来抓住光迪这颗心。爱仁这计划当然是成功的，光迪觉得徐小姐待自己的亲热，确实要胜过了亚琴十倍以上，所以他对于徐小姐慢慢地也生出爱的成分来了。两人在舞厅里足足玩了五个钟点，直到茶舞也散场了，光迪方才笑道：

"徐小姐，我们也走了吧。"

89

爱仁道：

“到哪儿去？要玩玩个痛快，索性接连地跳到十二点好不好？”

光迪笑道：

“徐小姐跳舞的胃口真也太好了，那么我们难道不要吃饭了吗？”

爱仁笑道：

“我们就在舞场里叫客大餐吃不好吗？”

光迪道：

“这儿舞厅喊不出什么好的西餐，我们且到外面去吃了饭，再进来玩也不是一样的吗？”

爱仁娇躯赖在他的怀里，却不肯起来。光迪摸着她白胖的臂膀，嘴凑到她的颊边，低低地笑道：

“徐小姐，你怎么像小孩子似的撒起娇来？你再不坐起身子，我可要闻你的香了。”

爱仁秋波斜乜了他一眼，笑道：

“你有胆量吻，我一定打你的嘴。”

光迪被她这么一说，真的鼓不起勇气，望着她憨笑道：

“那么你再不起来，我可呵你的痒。”

说着，拿手放到嘴上去呵了呵，要伸到她的胁下去胳肢。爱仁见他这个举动，方才哧哧地一笑，身子便坐了起来。光迪遂伸手摸到西服袋去拿取皮匣付账，爱仁道：

“那么我不和你客气了。”

光迪笑道：

“我们既交了朋友，那你何必再说这些话？”

说着，伸手撩过大衣，亲自给爱仁披上了。爱仁露齿一笑，也就和他挽着臂走出舞厅去了。

外面是已经万家灯火了，两旁商店的霓虹灯光五颜六色，照映得闪人眼目。光迪和爱仁走了约莫十余步路，忽然迎面走来一个西服少年，和爱仁打了一个招呼，大家握了一阵手。爱仁也没有给光迪介绍，只和他说了几句，便摇了摇手，各自走开了。光迪瞧此情景，心中自不免暗暗地沉思了一会儿，觉得徐小姐外面的男朋友一定很多的，她和我也只不过两次见面的认识，但她却和我表示这样的亲热，那么换句话说，即使她见了别个男朋友，也不是和我同样地表示亲热吗？这样说来，徐小姐并不是个多情的姑娘，恐怕是个很浪漫的女子吧。在她所以和我这样亲热，想起来至少还含有些侮辱男性的意思。因为我们一个男子，对任何一个姑娘表示亲热，这就是玩弄女性，那么反转来说，她岂不是亦在玩弄男性吗？光迪经过这么一阵子思忖，他把爱徐小姐的心又慢慢地淡下来。

他懊悔不该失了亚琴的约，可怜亚琴等在大华戏院门口，心中是多么焦急啊！最后还使她感到失望，那时候她心中的怨恨当然是难以形容的了。光迪想到这里，觉得自己实在太对不住亚琴了。想起亚琴的情分，虽然外表上没有像爱仁待我那么亲热，不过她究竟是个真心爱我的多情姑娘呀！

光迪这时候的心理，真恨不得立刻跪到亚琴的面前，求亚琴饶恕他的罪恶。爱仁见他垂了脸，眼睛望着自己的脚尖走路，只管呆呆地出神，遂拉了他一下衣袖，瞅了他一眼，问道：

"为什么不高兴的样子？"

光迪听了，这才醒过来似的抬起脸，也望了她一眼，笑道：

"谁不高兴？徐小姐真挺会多心的。"

爱仁把嘴噘了噘，向他呸了一声，笑道：

"还说我多心，你自己倒真的挺会多心哩！"

光迪道：

"我多什么心呢？"

爱仁把手在他手背上拧了一下，笑道：

"你不会多心，却像女孩儿家似的喜欢吃醋。"

光迪听她这么说，两颊立刻透现了一圆圈红晕，说道：

"徐小姐，你这人说话越说越不对劲了，我怎么会吃醋呢？这个醋向谁去吃呢?"

爱仁笑道:

"你还赖吗?是不是你见我和刚才这个少年握了手,所以你心里不快乐了吗?我告诉你,他是我爸爸的朋友,人家儿子也有两个了呢!"

光迪听她这样说,心中方才有个恍然,但表面上还镇静了脸色,毫不介意地笑道:

"徐小姐,你猜错了,我又不是你的什么人,如何能管束你交朋友呢?因为我自己也不是个朋友的地位吗?况且我刚才早对你说过,我们交异性朋友,要和交同性朋友一样地看待,你自己不是还赞成我说得不错吗?"

爱仁听他这样向自己解释,脸上便显出失望的样子,秋波含了无限哀怨之情,脉脉地向他逗了一瞥,说道:

"不过我却希望你能管束我……"

光迪听她这么说,一时心里倒又不禁为之怦然一动,望着她红晕的娇靥,愕住了一会子。爱仁说出了这一句话的时候,已经感到很不好意思,如今又被他呆望了一阵子,一颗芳心这就愈加感到难为情起来。虽然她一向是放浪的,然而这回不禁也垂下头来了。光迪对于她这一句话,不免又感动了,暗想:照此看来,徐小姐对我的亲热莫非是特殊的吗?若果然如此,我倒错怪她是一位浪漫女子了。也许她亦真心爱上我了吗?因为昨天她对我不是已经表示十二分亲热的了吗?光迪想到这里,一颗心不免又荡漾了一下,但不到一分钟后,他却又感到左右为难起来。因为亚琴和我五六年的友谊以来,虽然还没有私订什么嫁娶的盟约,然而确实已经心心相印的了。昨天爱仁和我跳了几次舞,她已经向我表示醋意,如今若给她知道我亦有爱上徐小姐的意思,那么她那小小的心灵里不是要感到深深的悲哀了吗?光迪经过这一阵子思忖,他觉得一个人到了太幸福的地步,心头也会感到不如意的,所以望着紫褐色的天空,忍不住微微地叹了一口气。爱仁似乎觉到他的叹气，心头感到有些奇怪，遂抬起头来，绕过无限媚意的俏眼，向他瞟了一下，低低地问道：

"齐先生，你为什么又叹气了？"

光迪握了她纤手，抚摸了一会儿，用了很感激的目光凝望着她粉脸，说道：

"我觉得徐小姐待我太好了，所以我感到……欢喜。"

爱仁明明知道他是感到难受，但为了不要使他矛盾起见，所以他是把这欢喜两字硬加上去的，她这就哧地笑道：

"齐先生，你是避免矛盾，然而结果总是逃不掉矛盾的，既然你心里感到欢喜，但为什么却偏又叹气呢？"

光迪道：

"你不知道，我是因为太欢喜了，所以我心头也会感到一些悲哀。"

爱仁听他说奇怪，倒向他愕住了一会子。光迪望着她又笑道：

"徐小姐，你懂得我这两句话的意思吗？"

爱仁被他一问，她原是个聪敏的姑娘，这就猛可地理会过来了，点头道：

"我懂得，我明白，齐先生，你确实是个多情的少年。"

她说完了这两句话，也微微地叹了一口气，她心头也有些黯然的感觉。两人只管说着话，不知不觉已到了味美酒家了。光迪道：

"我们到里面吃饭去吧。"

爱仁点了点头，于是携手进内，侍者招待入座。光迪取了菜单，瞧了一会儿，递过去道：

"徐小姐，你爱吃什么菜？你点几只吧。"

爱仁道：

"那么我点，你写吧。"

光迪答应，拿了铅笔，只听爱仁念道：

"锅炉烧鸭，炸八块，红烧鱼头，高丽虾仁，百珍凤爪汤。好了，这几样也尽够我们两人吃了，你瞧怎么样？"

光迪道：

"点得很好，那么我们喝什么酒呢？"

爱仁道：

"你爱喝什么？我想拿两瓶黑啤好不好？"

光迪道：

"也好，别的酒太凶一些。"

说着，向侍者吩咐下去。不到一会儿，烧鸭和炸八块端上来。光迪给爱仁倒了一杯啤酒，提了杯子，和她碰了一碰，笑道：

"徐小姐啤酒有几杯可以喝？"

爱仁笑道：

"多也喝不了，两瓶还可以。"

光迪道：

"那你的酒量也不算差了。"

两人边说边喝，菜也都端了上来。光迪道：

"一瓶喝完，那么你还想再喝吗？"

爱仁眼和水样地动荡着，两颊红得像一朵鲜丽的玫瑰，微笑道：

"不喝了，我们吃饭吧。假使你有兴趣再喝的话，那么我总可以奉陪的。"

光迪笑道：

"留些量也好，喝足了心头就会难受的，我们还是吃饭吧。"

爱仁点了点头，于是吩咐侍者拿饭了。吃毕了这餐饭，钱是爱仁付的。光迪见时已八点半了，遂向爱仁道：

"晚上舞厅不要去了，我头怪痛的，还是回家去早些睡吧。"

爱仁笑道：

"你真不中用，再去坐一会儿，保你头痛就好了。"

光迪笑道：

"回头睡倒在舞场里，那不是被人笑话。我以为无论哪一件事，总应该适可而止的。徐小姐，你以为我这话的意思对吗？"

　　爱仁听他这样说，生恐引起他的反感，遂也不敢强劝他，和他握了握手，各自分手了。爱仁和光迪别开，却并没有回家，她依然独个到舞厅里来闲坐，一面听着音乐，一面细细地想着，觉得光迪的话中虽然不肯全忘情于亚琴，但对我却也未始不是没有爱的意思。他不是说因为有两个姑娘爱上他，所以太幸福了，也会感到悲哀了吗？那么他心中既然也有我这么一个姑娘在着，只要我努力地追求他，不是总可以有达到目的的希望吗？世界上的事情，男子想女子总比较困难，女子想男子，那当然是容易得多了。爱仁这样想着，她心里是十分兴奋，遂到舞池里搂了舞娘，也去作那婆娑的欢舞了。爱仁在舞厅里直玩到十二时相近，方才兴尽回家。不料走到金光咖啡室的门口，肚子又觉得饿了起来，于是她便推门走了进去，不料一眼瞥见的那边桌子旁却坐了一男一女，女的还有些模糊，男的很清楚，明明是齐光迪，一时也不知为了什么缘故，只觉有股子酸气触鼻，心中就感到怪难受的。她走了上去，就冷笑着道：

　　"哦，你们原来是早约好的了！"

　　光迪突然见了爱仁，心里也是非常惊异，遂站起向菊卿介绍道：

　　"这位是秦小姐，这位是徐小姐。"

　　爱仁把嘴一噘，秋波逗给他一个怨恨的娇嗔，说道：

　　"你不要急糊涂了，秦小姐难道我还不认识吗？"

　　菊卿见她放着自己面前，竟公然对光迪显出一脸的酸气，一时真觉得非常好笑，同时也感到十分稀罕。她和齐先生算什么关系呢，却要她喝这一罐子隔壁醋吗？遂向爱仁逗了一瞥轻视的目光，也冷冷地笑道：

　　"徐小姐，请你不要误会吧，我和齐先生是根本没有约好的。这也是个巧，我在金光戏院瞧电影，不料齐先生也在那边，所以就一同来吃些点心的。徐小姐，你请坐，是怎么的一回事呀？"

　　爱仁听菊卿这样说，一时想到自己到底不是光迪的妻子，如何可以显出这一副态度来呢？于是立刻又堆满了笑容，向菊卿笑道：

"秦小姐，你别见气，我是和齐先生闹着玩的。其实你们约好瞧电影，与我也没有什么相干呀。"

菊卿听她偏这么说，两颊不免添上了一圆圈娇红，说道：

"徐小姐，不是这么地说，我以为事实上是怎么样就怎么样，那是一些用不到瞒骗人的。"

爱仁向她摇了摇手，笑道：

"秦小姐，你不知道，我告诉了你，你就明白了。"

光迪一面吩咐侍者再添一客咖啡火腿吐司，一面向爱仁笑道：

"我原预备回家去睡的，后来见这张战争片是非常有名，所以便不知不觉地弯了进去。"

爱仁却不去听他，自管和菊卿说道：

"我和齐先生晚饭是在外面一块儿吃的，吃好了饭，我说大家再到舞场里去玩一会儿，不料他却装头痛，说要早些回家去睡了。我不便强留，所以和他各自分手了。现在突然给我瞧见了你们俩人坐在一块儿吃点心，你想，就是换了你，不是也要疑心齐先生和你是预先约好的吗？"

菊卿听了爱仁的告诉，方才明白原来其中还有这一回事，遂微微地一笑，"哦"了一声，笑道：

"那倒也怪不了徐小姐的，原是齐先生说话不作准，一会儿说回家去睡了，一会儿怎么地又会到金光戏院去瞧电影了呢？"

说着，秋波又向光迪斜乜了一眼，忍不住抿着嘴哧哧地笑。光迪道：

"那么徐小姐怎的也不回家？你又在什么地方玩呀？"

爱仁道：

"我这人说话有一句说一句，不是早对你说还要在舞场里听一会儿音乐吗？"

正在说时，侍者端上三杯咖啡和三客火腿吐司。光迪一杯送到

96

爱仁面前，一杯送到菊卿面前，笑道：

"我觉得社会上的事情真是不可捉摸的，我在吃午饭的时候，确实做梦也想不到晚上十二时会和你们两位坐在一块儿喝咖啡的。"

光迪说这一句话的意思，就是自己原和亚琴约好一同瞧电影的，不料约好的人倒没有在一块儿，没有约好的人却相聚了一天，那不是意想不到的事情吗？菊卿听他这样说，遂也说道：

"人事沧桑，本来变幻莫测的。假使个个人往后的生命都可以意料得到的话，那么大家还用做什么人呢？"

光迪听菊卿这几句话，心头这就有个感触，暗想：我心中爱的原是亚琴，但到结果，我们不知能不能成功一对夫妇呢？这真是所谓人事沧桑，变幻莫测，事固不能预料的了。想到这里，自不免轻轻地叹了一口气。爱仁喝了一口咖啡，向光迪瞟了一眼，笑道：

"你有什么心事？怎么地又叹气了呢？"

光迪忙又笑道：

"谁叹气？徐小姐莫非听错了？"

菊卿哧地一笑，爱仁噘了噘嘴，却逗给他一个娇嗔。吃毕点心，菊卿为避免自己和光迪根本没有一些关系起见，所以她先站起身子，向光迪道了一声谢，又和爱仁点头说声再见，便匆匆地走了。回到家里，母亲还坐在灯下干活针，见了菊卿，遂放下活儿，含笑问道：

"映的什么片子？情节还好吗？"

菊卿道：

"是战争片，谈不到什么情节两字，只不过故事的主题很有意义，确实是值得一看的。"

秦老太听了，微微地叹了一口气，说道：

"人老了，思想也会转变的。从前我年轻的时候，也很爱瞧这一类影片，然而现在提起战争两字，我心头都会感到害怕的。"

菊卿对于母亲这两句话，当然也很表示感慨，觉得青春实在是可宝贵的。她坐在写字台旁，也忍不住轻声地叹了一口气。秦老太见女儿为自己又难受起来，她这才向她微笑道：

"睡了吧，明天一早地又得到医院里去服务了。"

菊卿纤手按在小嘴，打了一个呵欠，她便移步到床边去了。这晚菊卿睡在床上，思潮是非常复杂。她想明德是怪可怜的，好好的一个青年，却会患了这样可怕的肺病，也不知究竟能不能好起来呢。不过我相信上帝是慈爱的，他既信了教，上帝一定能够搭救他。想到这里，她微闭了眼睛，给明德默默地又代为做了一个祷告。一会儿，她又想自己的眼力到底不错，光迪这人究竟有些滑头的。照理，他有了亚琴这么一个可爱的姑娘，他如何再能和爱仁这么地亲热呢？于是她又想起明德一句话来，徐小姐太热情了，未免有些浪漫，以她的人才而说，给人家做情人而有余，然给人家做妻子却不足。这几句评语实在太不错了，从这一点看来，益信明德是个见识高人一等的青年。

"谢谢上帝赐给我的恩典，愿惠先生的病快快地好起来。"

菊卿心里是爱他到了极顶，情不自禁地又低低地自语了这两句话。因为晚上入睡得迟，当然第二天未免贪了睡，还是秦老太喊醒了她，方才匆匆地起身了。菊卿一见时已七点敲过，她也来不及吃早粥，遂挟了两本《圣经》，急急坐车赶到医院里来了。苏曼萍一见了她，便向她悄声笑道：

"昨天惠先生问你什么时候回家的。"

菊卿道：

"你怎么回答他？"

曼萍道：

"我说她中午就回家的，本来要和你说一声，因为房中客人多，所以叫我代回一声。"

菊卿其实并没有和她叮嘱过，今听曼萍说得好，心里又喜悦又感激，遂握了她手，说道：

"昨晚还安静吗？你也够辛苦的了，我来了，你早些回家休息吧。"

曼萍笑道：

"昨夜倒睡得很好，不过似乎在说梦话。"

菊卿听了，忙追问道：

"他说些什么？你可听得清楚吗？"

曼萍很神秘地一笑，低声地道：

"很模糊，我只听他低低地喊了一声菊妹。"

菊卿两颊一阵子热燥，顿时绯红起来，向她啐了一口，恨恨地把手向她扬了扬，做个要打的姿势。曼萍咯咯地一笑，一骨碌转身，早已逃跑了。菊卿知道她故意取笑自己，也忍不住笑了一笑，遂轻步地走进病房。只见明德已经倚坐在床上了，他望着窗外柳树丛中对对的飞燕，呆呆地出神，听了脚步声，便回眸过来，见了菊卿，便笑着道：

"秦小姐，你早，拿的什么书呀？"

菊卿笑盈盈地走到床边，把《圣经》放在他的枕旁，说道：

"这是《圣经》，你空闲的时候，可以翻着看看。"

明德把《圣经》翻了一会儿，依然放到枕旁，明眸望着她白里透红的娇靥，柔声地道：

"秦小姐，昨天你回家身子很乏的吧？"

菊卿掀着酒窝儿，一撩眼皮，摇头笑道：

"还好，后来睡了一会子，直到黄昏时候才醒来的。惠先生，你药水喝过吗？"

明德把她纤手拉过来，温和地抚摸着，说道：

"刚喝过。秦小姐，说起来也奇怪，昨天下午你没有在身旁，我会感到很冷清似的。"

菊卿听他这样说，粉脸上透现了一圆圈红晕，赧赧然地笑道：

"你这话奇怪，不是还有苏小姐在着吗？"

明德笑道：

"我说怪就怪在这儿，可不是一样有个人伴着我吗？但是我心头感到不同的。"

菊卿芳心是不住地荡漾，她不等明德说完，秋波逗给他一个倾人的媚眼，身子已是别过去了。她一会儿又别转脸去瞅了他一眼，笑道：

"你不要胡说吧！"

说完了这句话，不知怎的，她难为情地又奔出病房外去了。谁知方才一脚跨出门槛，却和一个来人竟撞了一个满怀。

第六回

痴妮子无意窥秘

徐爱仁在菊卿的面前还算是竭力地忍熬着，她见菊卿走后，便把秋波恨恨地白了光迪一眼，冷笑道：

"我想天下的事情也不至于巧到这个地步吧！"

光迪见她还要向自己吃醋，这就望着她笑起来，说道：

"假使我是和秦小姐早就约好的，那么我就要和汽车香面孔，你难道还不相信我吗？"

爱仁听他念了重誓，一时倒也急了起来，忙说道：

"我并不是怨你和秦小姐一块儿瞧电影，我是怨你不该装头痛。何苦来？好好说这些气话来给我听！我也不是你的什么人，能管得了你的自由吗？"

说着，站起身子来，好像也预备走了的样子。光迪慌忙付了账，也从后面急急地跟出。只见爱仁还在前面慢步地走，遂加快了几步，去拉她的手，说道：

"徐小姐，别生气吧，这样子大家不是很感到没趣吗？"

爱仁不回答，低了头只管向前走。光迪见她并没有挣脱自己拉着她手，可见她还不是真的和自己生气，遂索性停止了步，把她身子拉了回来，两人的脸这就瞧了一个正着。光迪在月色之下，发现她的眼角旁竟展露一颗晶莹莹的泪水。女人的眼泪，也是一件很厉害的法宝。光迪的心中也会感动起来，向她低低地道：

"徐小姐，别难受吧，说来说去总是我的不对。"

爱仁听他这样说，一时也不知为什么要这样地悲酸，她的泪水竟像雨点儿一般地滚下来了。不过她又觉得在一个男朋友的面前，未免太失了女孩儿家的身份，所以立刻又别过脸去了。光迪见她哭起来，显然这位徐小姐也是个痴心的姑娘，她所以怨恨我，也不是为了爱我的缘故吗？于是拿了手帕，又把她肩胛扳了回来，亲自给她拭去了泪水，笑道：

"徐小姐，你总还是脱不了孩子气，给路人瞧见了，不是很难为情的吗？"

爱仁无限哀怨的目光在他脸上逗了一瞥，说道：

"我们本来还不是小孩子吗？难道你就可算大人了？"

光迪笑道：

"不过哭究竟太不好意思了。"

爱仁道：

"我们女孩是爱哭的，谁像你们男子，都是心肠硬的狠心人。"

光迪笑道：

"我也不曾欺侮过你，怎么说我狠心？唉，那真是天晓得。"

光迪叹了一口气，倒引得爱仁扑哧的一声笑起来了。光迪见她挂着眼泪会笑，一时也感到她的天真可爱，遂握着她手，摇撼了一阵，说道：

"徐小姐，你也别气我了，明天我一定再陪你跳舞去好不好？此刻时候太晚了，天气也有些转冷了，我还是送你回去吧。"

爱仁秋波睃了他一眼，说道：

"我不是惠小姐，送我回去我怎么敢当？"

光迪知道她在说自己昨天曾经送亚琴回家的，遂望着她笑道：

"惠小姐和徐小姐不是一样的吗？你说这话，我今晚一定送你回家去。"

爱仁笑道：

"正经的，我家路太远了，你送我回家，回头你一个人回来，我倒又不放心。所以我们还是走一截路，大家各自回家吧。"

光迪从她这两句话中听来，倒又觉得她的多情，遂挽了她的手臂，在人行道上默默地踱了过去。是子夜十二时多了，四周是静悄悄的。街上没有白天里那么热闹，瞭望过去，像洗过了那么冷清。月亮筛着人行道旁树叶儿的影子，很清晰地映在地上。是晚风吹动的缘故，那影子也不住地摇摆，同时还奏出来窸窣的声音。这音调听在他们的耳中，在两人善感的心灵里，至少是觉得包含了一些凄凉的意味。光迪回眸望了她一眼，低低地问道：

"徐小姐，你这样晚地回去，爸妈不会说你的吗?"

爱仁笑道：

"在外面马路上确实已很晚，但回到家里，也许还早哩。"

光迪不明白她这几句话的意思，望着她发怔，笑道：

"你这是什么话? 我可有些听不懂了。"

爱仁笑道：

"爸爸是个抽大烟的，妈妈又是个爱一百三十六张的人，所以家里夜夜非到子夜两三点不睡觉的。你想，我此刻回去，不是还太早吗?"

光迪"哦"了一声，这才恍然明白过来，暗想：徐小姐的家庭既然如此，那么也就怪不得她要玩舞场到十二时后才回家了。遂说道：

"天天这个样子，对于身体是会有伤害的，我劝徐小姐还是早些睡觉，比较有益。"

爱仁秋波凝望他一会儿，频频地点了一下头，说道：

"你的话当然很对，我也未始不知道，不过我的四周环境太不好一些了。"

光迪微微地叹了一口气，说道：

"这个年头儿，什么地方有好的环境呢? 但是环境虽然恶劣，我们总不要让它来支配才好。"

爱仁点头道：

"我听从你的话，以后我总要改良自己一下私生活了。"

光迪听她这么柔顺地依从自己，一时爱她的成分又渐渐地深厚起来，握了她的手，抚摸了一会儿，向她微微地笑了。爱仁道：

"女子总是痴心的多。"

说到这里，红晕了两颊，秋波斜乜了他一眼，似乎这句话含有些作用似的。光迪笑道：

"不过痴心的男子也很多。"

爱仁听他这样说，忍不住扑地一笑，说道：

"常言道，痴心女子薄情汉，哪里有痴心男子薄情女吗？"

光迪道：

"这是因为社会上以男子为重心而言的，不过我相信世界上痴心男子薄情女的事情，当也不在少数的。"

爱仁白了他一眼，笑道：

"你是男子，你说出来的话总是庇护男子的。"

光迪也笑道：

"这倒也并不是，我说世界上的事情什么都有，是不能一概而论的。"

爱仁这才点头笑道：

"这句话才说得中听，因为人生是太复杂了。"

说着，不知不觉已步到了一家汽车行。爱仁遂向他又道：

"现在我们都该回家了，你是往哪儿的？"

光迪把四周望了一望，笑起来道：

"这儿不是大陆路吗？对面新民村三号就是我的家了。"

爱仁笑道：

"那就凑巧，我们明儿再见吧。"

说着，她已跳上一辆汽车去。光迪向她招了招手，遂也自管步进新民村去了。爱仁到了家里，母亲果然还在打牌。她平素是不爱打牌的，所以瞧也不要瞧地回到自己卧房里去。经过嫂嫂的房中，只见里面还亮着电灯，遂弯进去坐一会儿。她的嫂子魏月华和衣躺在床上，却静悄悄地睡着了。爱仁生恐她受了寒，便坐到床边，把她身子推了两推。谁知月华猛可回过身子来，向她倒竖了柳眉，娇嗔着道：

"你真是玩得没有魂儿了，天天叫我等得你这样晚……"

话还没有说完，忽然一眼瞥见了爱仁，这就回嗔作喜，忍不住扑哧的一声笑起来了。爱仁起初倒是一怔，后来仔细一想，方知嫂嫂把我错认哥哥了，遂问道：

"哥哥还没有回来吗？"

月华从床上坐起，轻轻地叹了一口气，说道：

"二妹，你也不要提起这人了，我想他外面一定有了女人了，不然何以时常这样晚回来呢？有几晚他还不回来的。刚才我以为是他了，谁知是二妹，你倒被我吓了一跳吧？"

说到这里，两颊不免起了一朵红晕。爱仁见她又哀怨又羞涩的神情，想起哥哥对她这样地冷淡，一时也颇感到她的楚楚可怜，遂拉了她手，笑道：

"我倒没有吓，只是哥哥这样地在外面好玩，你难道不可以劝劝他的吗？"

月华颦蹙了柳眉，摇了摇头，说道：

"一个人靠劝是劝不好的，我也几次三番地跟他好好地说，瞧他可曾听过我的话吗？"

爱仁道：

"那么你总也要想法子对付他，不然你不是太受一些委屈了吗？"

月华见她心直口快，遂瞟了她一眼，笑道：

"二妹，你有什么好法子可以教教嫂子，也好让我出一口怨气。"

爱仁道：

"我平素最恨的就是做丈夫的没有情义对待妻子，哥哥这样好玩，明儿待他在家的时候，你当着他面前打扮得非常漂亮，也预备出外的样子，那么他一定会问你上哪儿去。你只说朋友约你跳舞去，他一定会向你吃醋，这时候你不是可以和他理论了吗？"

月华听爱仁想出这个法子来，觉得倒也很不错，遂含笑点头道：

"明天我听二妹的话，就这样试试他，看他和我说些什么话！"

姑嫂俩闲谈了一会儿，见时已一点，料想圣望不会回来了，两人道声晚安，遂也各自去安寝了。次早爱仁倒起得很早，用过了早点，她便匆匆地又到医院来瞧明德。在她的目的，倒并非专会瞧望明德而来的，当然在她心中至少还含有些深刻的作用。谁知爱仁刚欲跨步进房，忽然和菊卿撞了一个满怀，两人定睛一瞧，都微微地一笑。菊卿心虚，说声徐小姐早，她便自管走了。爱仁见了菊卿，不知怎么地心里就觉得有些妒忌，望着她远去了的身影，却是撇了撇嘴，然后她走进病房里去。明德见爱仁这样早又来了，一时还以为爱仁对自己确实非常地多情，心里不免也感动起来了，遂忙叫道：

"徐小姐，你天天地来瞧望我，我心里真太感激了。"

爱仁走近床边，秋波向他一瞟，笑道：

"这几天学校里齐巧放春假了，反正没有事情，你何必客气？惠先生，你今天神色比昨天又好了。"

明德很喜欢地道：

"真的吗？徐小姐，你请坐，我们谈一会儿。"

爱仁听了，遂在他床边坐了下来，说道：

"惠先生，你要和我谈什么呀？"

明德听她这样问，倒愕住了一会儿，笑道：

"随便谈些什么，你这几天舞厅里去玩过吗？"

爱仁沉吟了一会儿，摇头笑道：

"一个人没有什么兴趣，从前你在学校里的时候，叫你伴我去玩玩，你又老是不答应的。"

说着，脸上显出很怨恨的样子。接着又道：

"假使你肯常常和我去跳舞的话，也许你不会患这个肺病哩。"

明德笑道：

"你这话倒也未始没有道理，那么我这次肺病能够痊愈的话，我一定常常伴你去跳舞了。"

爱仁听他这样说，芳心倒是一动，明眸脉脉含情地望着他俊美的脸庞，笑道：

"这也很快的事情，只怕你好起来的时候，又不肯答应哩。"

明德道：

"不会了，现在我有些想明白了，一个人不能太用功，最要紧的还是保重身子。没有了身子，就是没有了所有的一切，这句话是对的。但我怕这次肺病是很不容易痊愈的了。"

说到这里，心中非常地难受，忍不住又深深地叹了一口气。爱仁听他这么说，一时情不自禁地伸手把他嘴按住了，埋怨他道：

"惠先生，你怎么说出这样颓丧的话来？医生不是说最多也不过住一年就可以出院了吗？"

明德见她这样多情的举动，遂握了她手，说道：

"医生要安慰病人，他总是这么说的。我觉得患肺病的青年，他的前途总是很黯淡的了。"

爱仁听他这么说，觉得他这话很对，因为肺病是容易传染人的，假使和他结婚的女子，恐怕也要丧失终身的幸福了。爱仁心中既然有了这么的一个感觉，她虽然和他表示十二分的同情，但心里便更加和他疏远了，说道：

"惠先生，你何苦存着这样悲观的思想？好起来也很快的事情。"

明德没有回答，摇了摇头，他的眼角旁却有些润湿的样子。爱仁究竟也是个富于情感的少女，她见明德悲哀，心头亦觉难受，遂取出手帕来，按到他的眼角旁去擦揩，笑道：

"你和我谈一会儿，应该喜欢才是呀，怎么伤心起来？那叫我心头不是也辛酸吗？"

谁知正在这个时候，亚琴手捧了一束鲜花，也走进病房来了。病人的心理，大都喜欢新鲜的花草。明德见妹妹拿了鲜花进来，心里转悲为喜，遂扑哧地一笑，叫道：

"妹妹，这花是花园里采来的吗？"

亚琴点了点头，忽然她的明眸瞥见了爱仁手中拿着的这方绢帕，她倒是愣住了一会子。原来这方红白相镶的丝帕，正是和自己给光迪换错的一方一式一样。她在沉吟了一会儿之后，芳心中这才恍然大悟了，暗想：光迪昨日失了我的约，原来他是被爱仁缠住了呢！亚琴心里当然非常地生气，不过表面上还竭力镇静了态度，显出毫不介意的样子，一面把鲜花插入那只胆瓶里，一面和爱仁点头招呼。爱仁见了亚琴，遂离开了床边，笑道：

"还是你送束鲜花给哥哥，这花好鲜丽的，不知叫什么名儿？"

亚琴道：

"阿三告诉我，说是野蔷薇，我瞧怪可爱的，遂拿来了。"

明德道：

"母亲不是说有些头痛吗？不知今天可曾好了？"

亚琴道：

"好了，她说哥哥既然好得多，她老人家也懒得来了。"

明德道：

"母亲是不必来的，有妹妹天天来望我一次，我也很安慰的了。"

这时爱仁忽然心生一计，她拉了亚琴的手，悄悄地告诉道：

"琴妹，我告诉你一件事情，不知你愿意听吗？"

亚琴微蹙了眉尖，很奇怪地问道：

"是什么事情啦？"

爱仁道：

"我告诉了你，可是你不能生气的。"

亚琴勉强笑道：

"你说吧，我绝不会生气的。"

爱仁道：

"昨天我见齐先生和这儿秦小姐一块儿在金光咖啡室吃点心，看他们神情好像很亲热，不知他们是怎么样认识的？"

亚琴平静了脸色，很坦白地道：

"那也算不了一回稀奇的事，齐先生也不是我的什么人，我凭什么可以去生他的气呢？"

爱仁被她碰了一个钉子，当然很感到没趣，也勉强笑道：

"我是好意告诉你，你可不要误会了。"

亚琴淡淡地一笑，秋波斜乜了她一眼，说道：

"你虽然是好意，不过和我没有什么关系，那你也多费这份心了。"

爱仁听她话中有讽刺的意思，一时两颊不免绯红起来，遂也不言语了。这时候室中是很静悄的，各人心中都在暗暗地思忖。亚琴因为已经发现了自己和光迪换错的手帕竟到爱仁手里去了，她就明白昨天光迪的失约，当然是和爱仁在一块儿游玩，心中对于爱仁已经恨入骨髓。如今又听她这么告诉，你想，她如何会相信呢？以为爱仁存心和自己夺爱，所以故意圆了这个谎话，来离间我和光迪的感情，她便从中可以向光迪亲热了。因此她对爱仁告诉光迪和菊卿在一块儿吃点心的事，是绝对不相信的。

床上的明德，他听了爱仁的告诉后，心里倒有些相信了，暗想：像菊卿那么一个美丽的姑娘，谁不想去爱上她呢？莫非光迪见了菊卿后，真的在追求她了吗？说起来事情有些很相像，因为昨天菊卿不是很早走的吗？而且光迪也没有吃饭走的。这样瞧来，很显明两人预先约好了。想到这里，心中自然很不快乐，但不知有了一个什么感觉之后，他却又深深地叹了一口气。爱仁因为被亚琴碰了两个钉子，心里也很生气，她呆呆地坐了一会子，也就匆匆地告别走了。明德待爱仁走后，便向亚琴招了招手，说道：

"妹妹，你以为徐小姐的话确实的吗？"

亚琴鼓着脸腮子，冷笑了一声，说道：

"确实也好，不确实也好，反正和我有什么相干？"

明德见妹妹口中虽然这样地说，不过从她愤激的表情上瞧来，显然她是多么生气呢，遂微笑道：

"人各有志，妹妹也不必难受。"

明德这一句话，原也是譬解自己的。因为自从认识了菊卿以后，他把菊卿当作了唯一的知音人，现在听了爱仁的话，心里当然很感叹，所以拿劝慰自己的话去劝慰妹妹了。亚琴听哥哥这样说，粉颊上透现了一圆圈羞涩的红晕，笑道：

"哥哥怎么说这些话？我为什么要难受呢？齐先生和我也不过是个同学关系，各人有各人的自由，那算得了什么？"

明德听妹妹这几句话，仿佛也在和自己说的一样，心中暗想：这话不错，我和秦小姐还是个病人和看护的关系呢，那更算不得一回事了。于是点头笑道：

"妹妹这话很对，你是个年轻的姑娘，前途着实有光明的希望，切不要为了恋爱问题而自寻烦恼。因为一个正在求学时代的青年，把恋爱的事情总要看得淡一些的。"

亚琴赧赧然地一笑，说道：

"我也不懂什么是恋爱，其实男女朋友也是一件很普通的交际罢了。"

正说时，菊卿匆匆地拿着一枚针进来。她见房中徐小姐已换作了惠小姐了，遂"咦"了一声，笑道：

"惠小姐多早晚来的？徐小姐走了吗？"

亚琴道：

"才来一会儿，这枚针给哥哥注射哪儿的？"

菊卿道：

"注射在左臂上，惠小姐，你拿块药水棉花，浸了火酒，先给哥

110

哥臂上擦一会儿好吗？"

菊卿照了亚琴的口吻，说了一句哥哥，但既说了出来，她却又感到非常地难为情，俏眼向他斜乜了一下，忍不住嫣然地一笑，忙把身子别了过去，拿针管子去吸针内的药水了。明德见她这样可人的意态，心里自不免又狐疑了一会子，暗想：菊卿早晨把《圣经》拿来，此刻又对我这么情景，照理她是不会变心的，爱仁这话不是很令人感到奇怪吗？回头我倒要向她探问探问哩。其实亚琴心中是很明亮的，她对于菊卿却表示非常的好感，所以听了菊卿的话，遂答应了一声，把药水棉花去按到哥哥的左臂上，回眸向菊卿又含笑问道：

"秦小姐，可是这一部分吗？"

菊卿道：

"再上去一些。"

亚琴笑道：

"打针最好学会了，那么要注射补针的时候，就不用请教医生的了。"

菊卿道：

"注射皮肤针原很容易的，像惠小姐很聪敏的人，多瞧了几次也就会了。"

亚琴笑道：

"只不过我胆子很小，似乎没有把握，总不敢轻易尝试的。"

菊卿笑了一笑，见亚琴已在明德臂上擦了好一会儿，遂把针头戳到他的皮肤里去。明德望着菊卿的娇靥，呆住了一会儿。菊卿被他瞧得不好意思，遂很快地注射完毕，她的身子又走到病房外去了。但她走到房门口的时候，忽然又回头向亚琴说道：

"惠小姐，你给我在他针头处代为揉一会儿吧。"

亚琴听了，遂用药水棉花又在哥哥臂上打针处揉摸了一会儿，微笑道：

111

"哥哥，我瞧这位秦小姐不但容貌美，性情更好，她待你真小心，我想她倒是哥哥病中的一位良伴哩！"

明德听妹子又这样说，一时也猜不透妹子是什么意思，望着她怔住了一会子，然后又摇了摇头，很黯然地说道：

"我是个患肺病的人，人家是个活泼的姑娘，所以我也不忍有这个幻想。"

亚琴听哥哥这样悲观，遂也凄然不悦地睃了他一眼，说道：

"你这肺病是会好起来的，不但会好起来，而且还会断根的。你前途真还有幸福的乐园哩，为什么要说这样使人难受的话呢？"

明德没有回答什么，握了她的手，却是深深地叹了一口气。亚琴又安慰了他几句，遂告别走出医院来。她一路走，一路暗暗地细想，觉得爱仁这个女子真是不要脸孔，前天在舞厅里我见她的样子，就知道她要勾引光迪的，不料果然被我猜中了。一时又想光迪也不是个人，我和他这几年来的情分，他竟会变了心，可见世界上的男子一个都靠不住的。亚琴正在低了头，暗自地怨恨，忽然听得有人叫道：

"惠小姐，惠小姐！"

那声音听到亚琴的耳中是很熟悉的，分明就是齐光迪，遂低了头只管走路，却不去理睬他。但光迪已走到她的面前，亚琴当然不得不停住了步，抬起头来，睃了他一眼，冷笑道：

"哦！原来是齐先生！"

说着，避过了身子，她便向前又走了。光迪对于亚琴这一下子举动倒是出乎意料之外的，遂急忙把她手拉住了，说道：

"惠小姐，你这算什么意思？那不是太使我难堪一些了吗？"

亚琴柳眉微微地一竖，秋波逗给他一个娇嗔，恨恨地说道：

"你以为这样就难堪了吗？可是你却不替我想想，你使我到底难堪不难堪呢？"

说到这里，心中一阵悲酸，她的眼皮忍不住红了起来，但是她又感到不好意思，回身向前又走了。光迪听她这样说，心中很奇怪，就是我昨天失了约，她也何必显出这个模样来呢？莫非我和徐小姐跳舞的事情她已经知道了吗？遂把她手紧紧地拉住了，不让她走路，说道：

“惠小姐，你预备走到什么地方去呢？”

亚琴哼了一声，说道：

“你管我走到什么地方去？你还不快放手，我可捶你了。”

说着，把左手举起来，向他一扬，做个要打的姿势。光迪却也不躲避，反把身子挨近去，说道：

“惠小姐，你要打只管打，我绝不敢哼一声的。不过你应该原谅我昨天的失约，实在有不得已的苦衷呢！”

亚琴嘴噘了一噘，向他啐了一口，可是却也打不下手了，说道：

“苦衷？哼！说什么鬼话？反正不干我什么事，任你来不来，那有什么关系？我早就和你说过了，你有了一个又美丽又聪敏又会跳舞的好朋友了，还认得我做什么呢？”

光迪听她这样说，方知亚琴确实已经晓得昨天我和爱仁跳舞的一回事了。不过稀奇得很，这是谁告诉她的呢？遂忙又说道：

“惠小姐，你不用生气，我们找个地方坐一会儿，我要跟你好好地说一说了。”

亚琴把手狠命地挣扎着，冷笑道：

“不用说了，我觉得还是不说干净。”

光迪因为在马路上不好意思，所以拉着她手，就跟她走了一阵子路。亚琴见他把自己手不放松，一时恨到了极点，遂把左手去拧他的手背，说道：

“你放不放手？”

光迪道：

“你拧死了我，我也不放手的。你走到哪儿，我亦走到哪儿呢！”

亚琴听他这样说，这就再也拧不下手了，恨恨地道：

"我跳黄浦去死了，你难道也跟我一块儿去死吗？"

光迪道：

"假使你真的跳黄浦，我也情愿和你一块儿去死的。"

亚琴被他缠绕得没了法，一颗芳心也不免软了下来，遂不作答，毫无目的地向前默默地走了一截路。光迪在她气愤头上，也不敢向她再说什么，只管静悄悄地跟她走路。约莫穿过了两条街道，在一家酒楼的门口，光迪乘势向她轻轻地一拉，说道：

"惠小姐，你到底要跑到什么地方去？难道不怕脚酸吗？好了好了，时候也不早了，我们且进去吃了午饭再谈吧。"

亚琴这时已没有了和他翻脸的勇气了，她想不到光迪竟有这样好的忍耐性，一时也就不由自主地跟他步进酒楼去了。侍者招待他们入座，光迪还亲自给她脱了大衣，披在椅子的背上，拿了菜单送到亚琴的面前，说道：

"惠小姐，你喜欢吃什么菜？你点吧。"

亚琴想起刚才自己愤激的神情，此刻若忽然又柔顺起来，那究竟太难为情一些了，所以红晕了两颊，摇了摇头，说道：

"我很饱，不想吃什么饭，你自己吃好了。"

光迪听她这么说，显然是十分矛盾。不过他也明白这是因为她怕羞的缘故，遂赔了笑脸，说道：

"惠小姐，千错万错总是我的错，你说这话，叫我心里很难受。你应该气平一平，我们吃过了饭，再向你好好地解释，那么你就会原谅我了。"

亚琴鼓着小嘴，怒气未平地兀是不说话。光迪知道叫她点菜是不肯的，遂自己随便地点了几样，吩咐侍者拿下去，一面给她倒了一杯碧绿的龙井茶，送到她的面前，很温和地说道：

"惠小姐，你喝茶。"

亚琴见他这举动仿佛是舞台上的小丑一般，一时再也忍熬不住要笑出来。不过一个女孩儿家，在一个自己认为情人的年轻男子面前，一会儿恼，一会儿笑，这不是太失了姑娘的身份吗？所以她竭力又绷住了脸，依然没有回答他。光迪见她又要笑又要恼的那一副情景，在一个美丽姑娘的脸上，当然是有说不出的娇媚可爱，所以望着她海棠花那么的脸颊，倒扑哧的一声笑起来了。亚琴被他一笑，方才恨恨地白了他一眼，说道：

"你还笑得出？昨天我等得两脚发了酸，心头的焦急真比什么都痛苦呢！你既然不存心和我瞧电影，那你又何必约着我？算故意捉弄我？还是算和我开个玩笑吗？"

光迪被她问得无话可答，不禁愕住了一会儿，觉得完全从实告诉，她一定要更加生气的，所以不得不圆一个谎，说道：

"说起来也真要命，我昨天不是说有个朋友约我十二时吃饭吗？原来他的儿子周岁，我一些没有知道，所以只好立刻补送礼物。他们一共有四桌，两桌都是女眷，大概她们在烫头发，所以一等两等，直等到两点钟才吃酒筵。我那时候虽然在吃丰富的酒筵，但真所谓有些食而不知其味的了。因为我心中的焦急，也正和你一样地痛苦哩！"

亚琴听他说得好认真的神气，一时倒也有些将信将疑了，但她仔细一想，立刻又啐了他一口，冷笑道：

"鬼相信你这些话！我问问你吧！你昨天有没有和爱仁在一块儿跳舞？你得实说，你若说一句谎话，你就得烂嘴巴的。"

光迪笑道：

"你别急呀，我话还没有说完哩！当时我也不待终席，就向主人匆匆道别走了。不料等候电车又花了一刻钟，直到大华戏院门口，已经两点三刻了，门口一个人影子也没有，我知道你当然等不及走了，心里真难过得了不得，所以只好回了出来。谁知事有凑巧，在马路上竟遇见了徐小姐，她拉我到舞场去坐一会儿，这事情的确有的，我并没有说半句谎话。"

亚琴听了，雪白的牙齿微咬着殷红的嘴唇皮子，呆呆地沉吟了一会儿，说道：

"这个就算你是没有了办法，不过我还得问你一句，你要送给徐小姐手帕，这当然也是你的自由，不过为什么却把我的一方绢帕送给她呢？既然你不喜欢我这绢帕，你何必要和我调换？现在我把你这方帕还你，你也把我自己的还给我好了。"

亚琴说着，把大衣袋内那方雪白的帕取出，掷到光迪的面前去。光迪听了她的话，还弄得莫名其妙，再瞧那方帕，果然是自己的东西，一时他目瞪口呆地说道：

"咦！我何曾把你的绢帕送给徐小姐啦？"

亚琴呸了一声，说道：

"假惺惺的有什么装腔作势呢？那么你把我的这方绢帕拿出来呀！"

光迪听了，沉思了一会儿。他伸手摸到自己西服小袋内去，早已空的了。忽然他想起来了，不禁"哦"了一声，说道：

"是了，惠小姐，我告诉你，你这方手帕在公园里原也是无意换错的。后来遇见了徐小姐，我们不是又到舞场里去玩的吗？在舞场里，徐小姐说我那方绢帕好漂亮，竟随手地给我抽去了。我正欲问她讨还，不料音乐停止了。唉，我这人真糊涂，当初还不知道这方绢帕是你的东西哩！惠小姐，我没有骗你，确实不是我自己送给她的。假使我知道这方绢帕是你和我换错的话，我还肯给她拿了去吗？"

亚琴听他这样说，冷笑了一声，说道：

"你也不用抵赖了，事实胜于雄辩，何必还要这个枪花呢？现在我什么都不管，你和她跳舞，你送她绢帕，这都是你的自由，我绝没有能力可以来干涉你的，况且我也不需要干涉你。只不过你送情人的东西，总要自己的才称心。现在把我绢帕去送给情人，在你根本没有什么意思，在我倒觉得有些不高兴。所以请你把这方手帕去向她换了回来，还给了我，我便什么都不管了。"

光迪听她这样说，愕住了一会子，说道：

"这是我的粗心所致，确实使你要生气了。不过绝不是我有意送给她的，那我倒可以发咒给你听的。"

亚琴忙拦阻他道：

"不必罚什么咒，你无心也好，你有意也好，不过你总不该拿我的绢帕送人呀！你讨厌它，你也该还给我才是的。"

光迪急道：

"我假使存心送给她的话，我一定没有好死的。"

亚琴俏眼无限哀怨地白了他一下，说道：

"何苦来说这些气话给我听？反正我若冤枉了你，我也没有好死的。"

说到这里，心中有些悲伤，忍不住淌下一滴眼泪来。光迪见她哭了，心中也有些辛酸，因此眼角旁也涌上一颗泪水，默默无语。亚琴对于光迪的淌泪，自然也瞧得十分清楚，因此她的眼泪愈加大颗地滚下来了。两人淌了一会儿泪，光迪把那方雪白绢帕依然掷了过去，原是给她拭泪的意思，说道：

"惠小姐，你这方绢帕依然拿着，你这一方帕，我总给你问徐小姐要回来是了。别哭了，被人家瞧见了，还以为我们是在吵嘴呢。"

亚琴听他这样说，暗想：我们不是在吵嘴吗？你这话倒好像我们没有吵嘴似的。一时忍不住又好气又好笑。因为侍者已把热菜端上，亚琴遂拿了帕，也就收束泪痕。光迪又问她酒喝吗，亚琴摇了摇头，光迪遂也不敢劝她。两人吃毕了这顿饭，时已两点相近了。光迪付账的时候，望到自己手背上那块紫血，遂向她低声笑道：

"惠小姐，你倒真的忍心拧得下手的。"

亚琴虽然有些肉疼，但表面上还恨恨地道：

"那时候我手中没有拿小刀，假使拿着的话，我也会向你戳下来的，谁叫你自己不放手的？"

光迪舌一伸，笑道：

117

"惠小姐，你说这话也未免太狠心一些了。那么你手中假使有枪的话，难道也会向我开放了吗？"

亚琴眸珠一转，嫣然一笑，鼓着小腮子说道：

"当然啰！我把人开死了，情愿再自杀的。"

光迪笑道：

"那么大家一块儿死去，倒也是件好事。"

说着，两人携手出了酒楼，光迪道：

"我们到哪儿去坐一会儿？舞厅怎么样？"

亚琴道：

"你叫徐小姐一同到舞厅去好了，我是没有资格去的。"

光迪道：

"那么上公园去，你总喜欢了。"

亚琴这才点了点头，两人乘车到了公园。不料走进公园，迎面就见一男一女，那少年见了亚琴，便"咦咦"地叫起来了。

第七回

大丈夫何患无妻

亚琴那天从医院里先回到家中，把哥哥病情向母亲告诉了一遍后，方才坐车到大华影戏院。她瞧手表上的时针已指在两点，在她心里以为光迪一定等候在门口的了，不料车到大华门口，在里面找了一会儿，却不见有光迪的影子。一时心里好生奇怪，或许他有事情迟到一步了，遂先在售票处购了两张票子，静静等在售票处的旁边，心想光迪若一到戏院，他必定先要买票，那么我们不是就可以遇见了吗？

大概是在春假期内，所以看客非常拥挤，而大半都是些年轻的男女学生。亚琴在旁边等了一刻钟点，楼上楼下早已客满了。眼瞧着许多人都一个一个地走进去入座，而光迪却依旧没有到来，你想，亚琴这时心中的焦急，真也不是作者一支秃笔所能形容其万一的了。

等人本来是一件最心焦的事，更何况是等候意中人呢，所以亚琴一会儿翘首远眺，一会儿低头徘徊，真像热锅上的蚂蚁一般不安静。但时间是无情的，不知不觉地早已到了两点半了。亚琴知道今天光迪一定是失了约，照理是他自己约我瞧影戏，原不该再失我的约，不过想起来总是要紧事把他缠住了吧？亚琴这样想着，心里自然很懊丧，所以她一个人也不愿再瞧了，遂走到买票处去退票。谁知这时已经开映了，售票员说不能退了，因为既然挂出上下客满的牌子，那两张戏票退下，是戏院当局要受损失了。亚琴没有办法，

119

谁知正在这时，后面走来一个西服少年，他见亚琴手里拿了两张花楼对号票子，遂含笑问道：

"请问小姐你要退票吗？让一张给我好不好？"

亚琴回眸向他瞟了一眼，暗想：倒是个挺俊美的少年。遂把戏票递一张过去，点了点头。那少年见她答应了，心里很是喜欢，一面伸手接过，一面又给她钞票，并且含笑又向她谢道：

"谢谢小姐。"

亚琴见人家这样客气，遂也说了一声没关系。她心里又想：反正我此刻也没有事，若不上楼去瞧，那张戏票不是损失得莫名其妙吗？于是她也情不自禁地和那少年一块儿步到楼上去了。因为楼上是对号入座，票子又是亚琴预先一人买下的，那不用说，当然是连号的了。所以亚琴和那少年也就坐在一并排。这时银幕上已在开映了，大家都静悄悄地瞧着影片，谁也没有说一句话。直到休息的时候，院内又亮了电灯，两人偶然回眸望了一眼，大家忍不住都微微地一笑。但既笑出来后，似乎又感到一些难为情，彼此都垂下头来。亚琴见他也会显出羞涩的样子，显然这人也是很嫩脸的，猜度过去，年纪总不出二十岁的。谁知正在暗想，那少年忽然俯下身子去，把地上那个皮包拾起来，交到亚琴的手里去。原来亚琴把大衣放在身怀里，把皮包又放在大衣的上面。因为刚才只管瞧影片，皮包掉落在地上，自己却一些也不知觉。此刻那少年低头的当儿，就发觉了，于是给拾了起来。亚琴连忙接过了，一撩眼皮，低声说道：

"对不起。"

那少年微笑道：

"别客气。"

他说着话，又在袋内摸出一包留兰香糖，抽出一片，递到亚琴的手里。亚琴见他一笑的时候，那白净的脸蛋儿还印现了一个浅浅的笑窝儿，实在令人感到十分的可爱，她那一颗芳心里，不免也和他表示一种好感的印象，所以对于他送过来的这片留兰香糖，却是含笑接受了。那少年见一个年轻的姑娘肯接受一个陌生少年送给她的东西，显然她的心里也愿意和自己有交个朋友的希望，所以他心中这一快乐，那笑窝儿更深深地浮了上来，向她柔声问道：

"恕我很冒昧，请问小姐贵姓？"

亚琴赧赧然地答道：

"敝姓惠，你先生呢？"

那少年听了，遂在袋内取出一张名片，笑道：

"莫非魏小姐和我同姓吗？"

亚琴接过名片一瞧，见是魏文翰三字，下面北平的字样，遂也笑道：

"不，我是恩惠的惠，但说起来倒是同乡。"

魏文翰笑道：

"原来惠小姐也是北平籍，怪不得说得一口很好的北平话，想是还在学校里求学吧？"

亚琴含笑点了点头，秋波瞟了他一眼，说道：

"那么魏先生呢？"

文翰道：

"我在青华中学读书，这几天放春假，没有事情干，只好出来瞧电影。像我们这样青年，说起来似乎很惭愧的。"

亚琴听他这样说着，便微笑道：

"我认为不上舞厅的男女，总还不失是个好青年。"

文翰点头道：

"惠小姐这话也对，瞧电影到底还能算是正当娱乐的一种吧。"

亚琴觉得这位魏先生既然认为瞧电影也是感到惭愧的，那么他的私生活当然很俭朴了。对于这点，倒正合着自己的脾胃，所以心中对他更表示好感一些，遂情不自禁地向他问道：

"魏先生府上也都在上海吗？"

文翰摇头说道：

"不，都在北平，上海只有我的姊夫在着，所以我是住在学校里的。惠小姐呢？"

亚琴道：

"我们在北平也有房子，这几年来却全家迁居在上海。那么魏先生一个人在上海求学不是很冷静的吗？"

文翰笑道：

"可不是？有时候到姊姊那儿去玩玩，有时候也只瞧瞧电影罢了。惠小姐，你今天约朋友一同瞧电影，大概他没有来吧？"

亚琴听他这样问，虽然不知他说的是他还是她，不过瞧他神秘的样子，当然说的是他了，一时很觉难为情，粉脸上不免盖上了一层娇红，乌圆眸珠一转，嫣然笑道：

"可不是？这妮子真也会失信的，昨儿原约得好好的，不料今天她却不来了。"

文翰听她虽然没有告诉是男朋友抑是女朋友，但听了这妮子三个字，已很显明是同性的了。说也奇怪，文翰既知道她约的是女朋友，他心头会感到一种希望，遂笑道：

"大概有要紧的事情把她缠住了吧？"

亚琴并不作答，只是微微地笑了一笑。正在这时，那院内的电灯又熄灭了，于是两人终止谈话，大家的视线又注意到银幕上去了。瞧毕了这场电影，时候还只有四点半。两人并肩在人行道上默默地走了一截路，照文翰的意思，是很想请亚琴去吃些点心，但在一个初次见面的女朋友跟前要说出这个话来，当然是感到十分不好意思，所以他欲语还停地却是始终鼓不起这个勇气。亚琴的芳心中虽然和他也有恋恋不舍的意思，但她猛可想起自己到底是个女孩儿家，和一个年轻的男子这样舍不得似的在马路上走着，那似乎太失了一个姑娘的身份，于是她停止了步，回眸望了他一眼，说道：

"魏先生，舍间是李梅路八十八号，有空请过来玩玩吧。我们再见。"

亚琴说着话，和他又弯了弯腰，嫣然地一笑，便回身匆匆地走了。文翰被她临去那秋波一转，一时倒不禁为之神往，暗自想道：她叫我到她家里去玩玩，那么照此瞧来，她不是很有和我交个朋友的意思吗？既然她有这个意思，假使今天我请她去吃些点心，恐怕也不会遭她的拒绝吧？唉，我真是个胆小的朋友呢！想到这里，便自己埋怨了自己一句，也就兴冲冲地回到学校里去了。

到了第二天下午，文翰从学校里出来。他的本意是很想去瞧望惠小姐的，但他究竟感到难为情，所以便改变方针，到他姊姊家里去了。原来他的姊姊就是徐爱仁的嫂嫂魏月华。当时月华见了弟弟到来，心里正是又喜又悲，遂亲热地拉了他的手，叫道：

"弟弟，你为什么这许多日子不来瞧望姊姊呀？姊姊天天想念你哩！你午饭吃过了没有？"

说着，又亲自给他斟了一杯玫瑰花茶。文翰见姊姊眼皮红红的，似乎要哭出来般的神气，遂向她说道：

"我午饭吃过了，姊姊别忙，你有什么不如意的事情吗？"

月华被他这么地一问，眼泪真的夺眶而出了。她微微地叹了一口气，身子却坐到沙发上去了。文翰倒是吃了一惊，遂也在她身旁坐下了，扳着她的肩胛，急急地问道：

"姊姊，是谁给你受了委屈？你快告诉给弟弟听吧！"

月华拿手帕擦眼皮，低低地说道：

"弟弟，总是姊姊命苦，所以才会嫁到这样一个无情无义的丈夫呢！"

文翰听了这话，沉着脸，很生气地说道：

"原来是姊夫待你不好吗？他怎么样欺侮你？我倒要向他评一评理呢！"

月华见弟弟脸涨得红红的，可见他是代我多么生气，遂向他温和地道：

"弟弟，说欺侮两字，老实说一句，他也不敢。只不过他天天十二时后才回家，而且有时候还整夜不回的。我劝他他也不听，和他吵吧，我又吵不惯。你想，他在外面不是另外有女人的吗？"

文翰听了这话，方知姊夫有了外遇，所以姊姊在暗暗地伤心，觉得这是夫妻间的事情，外面人就很不容易干涉，遂沉吟了一会儿，向她劝慰道：

"姊姊，你也不要伤心，姊夫现在是着了人家的迷，只要你待他好一些，他当然也会回心转意想明白过来的。"

月华听弟弟说一句只要你待他好一些的话，一时倒又觉得很难为情，红晕了娇靥，说道：

"你叫我还待他怎么样好法呢？老实说一声，姊姊的脾气，你也知道的，虽然不喜欢吵闹，却也不肯拍马屁的。"

文翰道：

"这些你就自己吃亏了，男子的心理，都是吃软不吃硬的。你自己太骄傲，那么做丈夫的自然也和你冷淡起来了。"

月华见弟弟本来是同情自己的，此刻忽然又埋怨自己起来，遂把秋波逗给他一个娇嗔，忍不住笑道：

"他不来理睬我，难道我倒去理睬他吗？"

文翰笑道：

"夫妻终究是夫妻，何必在这一些小事上计较？也并不是说女子低贱一些，不过做妻子对于丈夫总要温柔一些才对的。"

月华听弟弟这么说，遂啐了他一口，含笑嗔他道：

"你说这话，可见男子的心理都是虚浮的多，并没有一些实际的。"

文翰笑道：

"那也并不是这样说，要维持夫妇间的感情，那也是一件没有办法的事情。"

月华伸手在他脸上一划，羞他笑道：

"才十八岁的孩子，你就懂得夫妇间的事情了吗？羞也不羞的？"

文翰被姊姊这么地一来，真个羞得两颊绯红起来，赧赧然地笑道：

"我也无非劝劝姊姊罢了，你又向我取笑了。"

月华瞅他一眼，笑道：

"还有二妹也向我劝说，叫我在她哥哥面前，故意打扮得特别漂亮，谎说和男朋友一块儿去玩了，可以使他省悟，也会不敢再去玩女人了。这个办法虽然是好，但我一个人就始终感不到什么兴趣。今天弟弟来得正好，我也闷烦极了，你伴我到外面去走一会儿好吗？"

文翰点头笑道：

"好的，这样风和日暖的天气，苦闷在家里，恐怕会生病的呢。姊姊，你是应该听从爱姊的话，因为这也未始不是一件很好的御夫术，你不妨试试，也许有相当的效果。"

月华听他这样说，又向他啐了一口，笑道：

"弟弟，你这人在上海读书越读越坏了，什么御夫术？我明儿写封信去告诉爸妈，看你又要挨骂了呢！"

文翰笑道：

"别人家姊姊多疼爱着弟弟的，只有你老向我进谗的。"

月华听他这么说，恨恨地白了他一眼，说道：

"我几时进过你什么谗？你说你说！"

文翰偎向她的怀里去，顽皮地笑道：

"好姊姊，你饶了我吧，我原说错了呢！"

月华娇嗔道：

"谁和你涎脸？你快站起来，给我换一件旗袍，快些出去了。"

文翰听了，这才坐正了身子。月华于是站起身子，她便走到床后的垂幕里去了。约莫十分钟后，月华换了一件湖色条子花呢的旗袍出来，向文翰道：

"计算起来，你差不多有一个月没有来了。外面女朋友一同玩玩，把姊姊也就压根都忘怀了。"

文翰道：

"姊姊，你这话是天晓得的，学校里功课真忙哩，哪里分得开身吗？现在放了春假，才算空闲得多了。"

月华走到梳妆台旁，一面对镜梳发，一面笑道：

"姊姊正经地劝你，求学时代，总不要过分地荒唐，舞厅千万不要跑，因为意志薄弱的青年，往往会弄得身败名裂的。将来姊姊也许会给你介绍一个很好的女朋友。"

文翰看着镜子里姊姊的粉脸，却是扑哧地一笑。月华见他很神秘的样子，遂回头瞅了他一眼，问道：

"你笑什么？是不是姊姊这话有些不中听的吗？"

文翰笑道：

"并不是，我笑姊姊说话有些具有外交的手腕，因为这也许两字，我觉得有些靠不住。"

月华听他这样说，可见弟弟的心中也很需要有一位女朋友的了，遂笑道：

"这儿的二妹现在长得可真漂亮，只不过年纪比你长了三岁，似乎太大一些。假使你喜欢的话，我倒可以给你做说客的。"

文翰道：

"那可是要给我做老婆娘了。"

月华呸了他一声，秋波逗给他一个娇嗔，笑道：

"长了三岁，就可以做你的娘了吗？那么我给你介绍一个才吃乳的姑娘好不好？"

文翰笑道：

"这个我倒喜欢，宁愿等她十六年的。"

月华纤手在颊上向他划了一划，两人忍不住都笑起来了。文翰站起身子，说道：

"姊姊，你大衣穿不穿？那么我们走了吧。"

月华开大橱的门，取了一件薄花呢的单大衣，说道：

"带要带的，晚上冷起来可不是玩的呢！"

说着，两人遂一前一后地走出房外去了。在人行道上，文翰又问道：

"姊姊，你喜欢上哪儿玩去？"

月华道：

"春天的季节，玩公园正得时，这儿兆丰公园不是很近吗？我们就这样慢慢地踱过去好了。"

文翰点头说好，于是两人遂向前面走了过去。月华见文翰颊上酒窝儿一掀一掀，似乎很喜悦的样子，遂向他低低地问道：

"弟弟，我瞧你今天的神情似乎分外高兴，不知心中有一件什么得意的事情吗？"

文翰笑道：

"有是有一件，说起来很凑巧的，真所谓人生何处不相逢了。"

月华听他这么说，秋波瞟了他一眼，抿嘴笑起来，说道：

"到底遇见了一位什么贵人？弟弟能不能告诉给我听听吗？"

文翰遂把昨天的事情向月华哧哧地告诉了一遍。月华笑道：

"那么你何不到她家里去玩玩呢？不知她家是住在什么地方的？"

文翰想了一会儿，说道：

"什么李梅路八十八号。"

月华眸珠一转，笑道：

"这地址是惠家的府上呀，你遇见的莫非就是惠家二小姐吗？"

文翰听姊姊这么说，脸上显出无限的惊异，忙说道：

"不错，她果然是姓惠的，姊姊难道认识她的吗？"

月华笑道：

"她的爸爸和我爷爷是很要好的朋友，去年爷爷做寿，他们全家都来的，所以我也认识她。她确实生得很美丽，弟弟若能和她配成一双，真是玉人一对哩！"

文翰听姊姊这样说，一颗心只觉甜蜜蜜的滋味，遂笑问道：

"姊姊，你知道她叫什么名儿？不知道她今年几岁了？"

月华道：

"她的名儿叫亚琴，东亚的亚，琴棋诗书的琴。说起年纪，比你正巧小一岁，你是喜欢女子年龄小的，这不是一头美满的好姻缘吗？"

文翰红晕了两颊，笑道：

"姊姊别这么一厢情愿地说吧，也许惠小姐自己有意中人哩。"

月华笑道：

"不会的，假使她有意中人，她还会叫你到她家里去玩吗？可见她的心中是很爱你哩。"

文翰被姊姊说得好生羞涩，因此低了头，也扑哧地笑起来了。姊弟俩人边说边走，不知不觉地已到兆丰公园的门口了。文翰买了两张票，遂走了进去。只见公园里游人如云，真是十分热闹，有许多小孩子，都在草地上奔跑游玩。文翰笑道：

"明年春天的时候，姊姊的麟儿也会在草地上奔奔跳跳哩！"

月华笑道：

"可不是，现在已经很吵的了。"

两人说着，在树荫下坐了一会儿。忽然见公园门口走进来两个青年男女，月华眼尖，便站起来，向文翰说道：

"弟弟，你瞧那个姑娘就是惠家的二小姐，不知你昨天遇见的可就是这个人吗？"

文翰连忙跟着站起，随着姊姊手指的地方望去，果然就是这个少女。他点了点头，拉了月华的手，便走上去向亚琴"咦"的一声叫起来了。

且说亚琴和光迪走进公园，迎面就见一男一女来向自己招呼。亚琴瞧那男的就是昨天的这位魏文翰，再瞧女的却是爱仁的嫂子魏月华。因为自己身旁有着光迪，她就先向月华笑盈盈地叫道：

"密昔司徐，你也在公园里游玩吗？"

问了这句，忽然乌圆眸珠一转，又向文翰笑道：

"哟！原来魏先生就是密昔司徐的弟弟吗？"

月华扑地一笑，点头说道：

"对了，惠小姐，你怎么好久不来玩了？请介绍这位是……"

她说着话，把俏眼便掠到光迪的脸上去。亚琴于是显出洒脱的态度，把手一摆，含笑介绍道：

"这位是我的同学齐光迪先生。这位就是徐爱仁小姐的嫂子魏月华女士，这位是魏女士的弟弟魏文翰先生。"

众人见她絮絮地说了一大套，这就都笑起来。光迪于是和月华点了点头，一面伸手又和文翰握了一阵手，大家说了几句仰慕的话。亚琴笑着拉了月华的手，说道：

"我们找个地方大家坐一会儿好吗？"

月华说好的，于是四个人走到一丛树荫下的长椅上坐下。光迪和文翰谈着报上的时事新闻，这里月华也和亚琴悄声笑道：

"昨天你和我弟弟在影戏院里遇见得很巧吧？"

亚琴微红了脸，似乎有些难为情的样子，也低低地笑道：

"可不是？想不到还是你的弟弟哩，怪不得他说在上海只有一个姊姊在着哩。"

月华笑道：

"弟弟告诉我，他说碰见了一位姓惠的小姐，人真好，还叫他到家里去玩。我一听他说出你家的地址，我就知道是惠家的二小姐了，谁知果然不错哩。"

亚琴听她这么说，一颗芳心别别地乱跳，那粉颊上的红霞也就愈加地堆上来了，遂打岔着笑道：

"你的麟儿呢？怎的不带了一块儿出来玩呀？他一定会叫爸妈了吧？"

月华笑道：

"带出来拉尿拉粪，那就麻烦死人了。惠小姐，这位齐先生和你很知己吧？"

亚琴听她末了这一句话，觉得至少是问得含有些神秘的作用，遂微笑道：

"也说不上知己两字的……"

她回答了这一句，不免又有些赧赧然的神气。月华知道她怕难为情，抚摸着她的纤手，也微微地笑起来了。这时文翰却回眸过来笑问道：

"姊姊和惠小姐谈些什么？怎么这样地高兴呀？"

月华笑道：

"那么你和密司脱齐谈些什么？你们不是也满面春风地在笑吗？"

这句话说得众人又笑起来了。大家又闲坐了一会儿，光迪站起身子，拉了亚琴的手，说道：

"你们还玩一会儿吗？我们先走一步了。"

月华和文翰也站起身子，点头笑道：

"也好，那么再见了。"

亚琴遂和月华握了一阵手，同时还向文翰招了一招，送过来一个倾人的娇笑。文翰望着亚琴远去的影子，兀是怔怔地出神。月华见弟弟这个情景，遂拉了他一下手，低声地笑道：

"弟弟，已经去远了，你还瞧什么呢？"

文翰听姊姊这样取笑着，遂红了两颊，回眸望了姊姊一眼，有些失望的样子，说道：

"可不是？我早就知道像惠小姐那么美丽的人才，还会没有心爱的意中人吗？"

月华遥头笑道：

"你别心灰，也许她和齐先生没有什么意思吧。"

文翰奇怪地问道：

"姊姊，你怎么知道的？刚才他和你谈些什么话呀？"

月华道：

"我问她和齐先生很知己吧，她回答我说也不十分知己的，从这一点看来，她不是并不十分爱齐先生吗？"

文翰听了这话，不禁扑的一声笑起来了，说道：

"姊姊，你这样聪敏的人，怎么也会糊涂起来了？难道人家一个姑娘就直接地回答你齐先生是她的爱人吗？你只要瞧齐先生对待惠小姐的情形，你就可知道他们关系的密切了。"

月华听弟弟这样说，遂沉吟了一会儿，又道：

"我想你是因为心里妒忌，所以愈加见他们好像亲热了，其实他们也未必这样密切。不信，你明天到她家里去瞧望一次，那你就知道姊姊这话不虚了。"

文翰叹了一口气，摇了摇头，说道：

"那又何必？即使惠小姐给我夺了来，那么在齐先生心中的感觉，又将如何难堪呢？所以我认为夺人之爱，这是小人之行为，乃吾人所不取。大丈夫只怕事业不成，何患无妻呢？"

月华听弟弟这几句话，觉得弟弟光明磊落，真不愧是个达人，遂赞美道：

"弟弟有此美德和志气，将来不难找到一位比惠小姐还聪敏美丽的姑娘呢！时候不早，我们到外面去吃些点心吧。"

文翰点头说好，于是姊弟两人慢步地走出公园去了。

光迪和亚琴别了月华姊弟俩人，他们先走出了公园。亚琴见光迪的脸上似有不悦之意，因为在亚琴心中的意思，也还想和月华姊弟再谈一会儿，今被光迪拉着走出，芳心里也有些不自在，所以彼此只管走着路，默默地谁也没有说一句话。经过了好一会儿，光迪向她望了一眼，微微地笑道：

"惠小姐和密司脱魏怎么认识的？"

亚琴毫不介意似的说道：

"我们认识也很久了。"

光迪听她这么回答，便又问道：

"不知他平日爱玩什么的？"

亚琴道：

"他是不爱跳舞的……"

说着，瞟了他一眼，似乎有些神秘的意思。光迪对于她这一句话，当然是非常刺心，不免有些酸溜溜的滋味，遂笑道：

"那么他和你性情倒很相合的。"

亚琴有意气气他，遂扬着眉毛，点了点头，笑道：

"可不是？所以我们平日的感情也很好。"

光迪听了她这一句话，他的脸顿时热辣辣地绯红起来了，遂冷笑道：

"确实，密司脱魏是比我长得漂亮。"

亚琴哼一声，说道：

"不但漂亮，人也好得多了。"

光迪气得想和她吵起来，但他究竟竭力把愤怒的情绪镇压着，淡淡地一笑，说道：

"可不是？像我这样卑劣的青年能有几个？"

亚琴笑道：

"那么你干吗不改过好一些来呢？"

光迪生气地道：

"生成是这一副无赖的骨头，如何还会改变得好？像密司脱魏天然的好模样好性情，真是不可多得的好青年哩！"

亚琴听他这样说，她心里感到胜利的得意，忍不住又咻咻地笑起来了。光迪见她这个意态，倒是愕住了一会子，怔怔地问道：

"你笑什么？"

亚琴噘着小嘴儿，秋波逗给他一个妩媚的娇嗔，说道：

"我以为你总是个不爱吃醋的人了，谁知道你是个醋东西啊！"

说着，抿了嘴又咻咻地笑。光迪听她这么地说，一时若有所悟，暗想：原来亚琴是故意叫我吃醋的吗？这样说来，她和魏文翰也没有什么深厚的交情了。心里这就又感到亚琴的可爱，觉得我们自小认识至今，一向心心相印，我也实在不该疑心她的了。于是拉了她的纤手，轻轻地打了一下，笑道：

"你真不是个好东西！"

亚琴瞅了他一眼，恨恨地道：

"一个人的良心要放在当中的，你自己知道难堪，那么我就不感到难堪了吗？空口说白话那是没有用的，什么我没有了你我心头就会感到空虚，这些都是骗骗小孩子的话，能够真心赤裸裸地待人，这就不容易了。"

光迪听她这样说，方知亚琴实在是个多情痴心的姑娘，一时想起和爱仁跳舞的情景，觉得实在有些对不住她，但表面上还向她反问道：

"你说这一些话，叫我听了难受，我哪一处待你不是真心的？"

亚琴冷笑了一声，秋波斜乜了他一眼，说道：

"待我真心的，所以才会把我的绢帕去送给别人。我知道一个男子都是喜新嫌旧的多，世界上能够懂得真爱的恐怕是很少很少的了。"

光迪笑道：

"虽然很少很少，不过到底还有两个人。"

亚琴怔怔地问道：

"是谁？"

光迪指了指亚琴，又指了指自己，笑道：

"还不是我们两个人吗？"

亚琴啐了他一口，白了他一眼，嗔道：

"谁和你涎脸？"

光迪笑了一笑，忽然又正了脸色，很认真地道：

"惠小姐，你放心，我对于徐小姐根本没有一些意思，假使我在

133

存心追求她的话，我总没有好结果的。"

亚琴叹了一口气，却没有回答，低了头，两眼瞧着自己的脚尖，在地上一步挨一步地走。光迪见她这样黯然的样子，遂向她又低低地道：

"惠小姐，你难道还信不过我吗？"

亚琴这才抬起粉脸来，明眸脉脉地含了无限哀怨之情，向他逗了一瞥，说道：

"我当然知道你是个不平凡的青年，大概不会有始无终的吧！"

光迪听她这样说，心里很感动，遂也柔和地道：

"以你的眼光瞧来，我到底是不是这一类青年呢？"

亚琴道：

"只怕……"

说了两个字，却没有说下去。光迪急道：

"只怕什么？你说吧！假使我负了你……"

亚琴听他又要罚誓的样子，遂伸手把他嘴扪住了，说道：

"你不用说了，我知道你是了。"

光迪把她纤手紧紧地握住着，很感激地道：

"惠小姐，我赤裸裸地和你说，我心中除了你一个人外，就绝没有第二个人。"

亚琴道：

"我何尝不是和你一样……"

说到这里，不知怎的，忽然又难为情起来，红晕了粉脸，却是低下头来。光迪心里是微微地荡漾着，他只觉得无限的甜蜜，笑道：

"惠小姐，你的疑心徐小姐，正和我疑心你的魏先生是一样的。仔细地想，我们为什么要疑心？还不是为了彼此相爱的缘故吗？所以我说男女间的爱情，最最怕的东西就是误会，误会若没有明白的一天，那么裂痕也就永远不会平复的了。"

亚琴瞅他一眼，说道：

"你这话虽然说得是，不过你的疑心是凭空的，我倒并不是疑心，因为这是有实据的。"

光迪道：

"你又说这个话了。徐小姐给我绢帕取去，当初原想问她拿还的，不料齐巧音乐停止，她却先走上来了，后来这事情不知怎的也就一直地忘记了。你想，是你的绢帕，我如何肯送给他人呢？"

亚琴道：

"那么你明天要给我向她取还的，我才相信呢！"

光迪点头道：

"假使她还带在身边的话，我当然向她讨还的。"

亚琴噘了噘嘴，秋波斜乜了他一眼，说道：

"你这话就有些靠不住，我料想你没有勇气敢向她讨还的。"

光迪听她说得好刁的，便忙笑道：

"你急什么，我总给你讨还就是了。"

两人说时，已走到公共汽车的站头，于是两人跳了上去，光迪道：

"我们乘到什么地方去？"

亚琴道：

"到南京路下车再说好了。"

光迪点了点头，遂买了两张到南京路的车票。足足坐了半个多的钟点，方才到了南京路，两人携手下车，光迪笑道：

"已经五点钟了，你肚子可曾饿吗？"

亚琴道：

"没有饿，我们还可以再去瞧一场电影呢。"

光迪笑道：

"假使不瞧电影，那么我们就去玩一会儿茶舞，七点钟出来吃饭不是也很好吗？"

亚琴瞅了他一眼，向他娇嗔道：

"我也真觉得奇怪的，难道不跳舞，脚就会发痒的不成？"

光迪笑道：

"其实跳舞也不是一件坏事情，假使为跳舞而跳舞的话，倒也是全身运动之一呢。可惜世人都是色不迷人人自迷的，这当然是一件最大遗憾的事情。"

亚琴道：

"你知道社会上的青年是怎么样堕落的？他们个个都是很聪敏的，在他们的心中，也未始不知道跳舞是一件堕落的基本工作，然而他们都会明知故犯地去沉醉，这大半当然还是为了习惯成自然的缘故。假使你有两个月不上舞场的话，我可以保险你不会再想上舞场来了。"

光迪笑道：

"你是个时代的新女性，我当然很佩服你的思想的不平凡。不过我们逢场作戏，这到底也是一件难得的事情。惠小姐，你就答应了我吧！"

亚琴听他这样说，当然不忍再拒绝他，遂含笑向他轻轻地打了一下，也就跟着他一同走进舞厅里去了。两人坐在沙发椅上，光迪见她凝眸望着舞池里出神，遂笑道：

"我和惠小姐五六年朋友以来，一同到舞厅游玩，计算起来到今天一共还只有第三次。"

亚琴笑道：

"可不是？和徐小姐才认识了三天，倒一同玩了两次哩！"

说着，又向她神秘地瞟了一眼。光迪听她这句话，似乎说得又有些作用似的，遂也笑道：

"从这一点看来，我就觉得惠小姐的不平凡。"

亚琴扑地一笑，却又逗给他一个娇嗔，说道：

"用不到你给我戴炭篓子，晓得像我这样落伍的女子是不会受人欢迎的。"

光迪笑道：

"何必谦虚呢？我们去舞一支好吗？"

说着，便去拉她的手。亚琴不肯，说道：

"我不会跳的，你不是可以去找个舞女跳吗？"

光迪也不依，一定要她去跳。亚琴缠不过他，只好和他去跳了一次。待茶舞散场，两人方到外面馆子里去吃晚饭。那夜两人分手的时候，已经有八点三刻了。亚琴回到家里，仆妇告诉她，太太到张公馆打牌还没有回来，只有老爷一个人在书房中看报。亚琴点了点头，遂悄悄地步进书房。只见爸爸坐在写字台旁，手里拿了一张相片，在暗暗地淌泪。亚琴走到他的身后，文标亦已发觉了女儿，遂收束了泪痕，说道：

"琴儿，你回来了，今天你哥哥的病情怎么样了？"

亚琴知道爸爸又在伤心大妈妈了，遂说道：

"哥哥倒好得多了。爸爸，你是上了年纪的人，自己的身子也得保重呢。"

文标叹了一口气，说道：

"我想着你哥哥患了这种危险的病症，所以使我又想起他的亲娘来了。"

亚琴眼皮有些红润，凄然地说道：

"哥哥这病倒不要紧的，爸爸只管放心是了。至于大妈的死，事已多年，你还想她做什么呢？"

文标点头不语，亚琴向他又劝慰了几句，父女两人方才各自就寝了。次日，亚琴匆匆地又到医院里去瞧望哥哥，不料一脚跨进病房，却见菊卿和哥哥相对淌着眼泪。亚琴突然瞧此情景，心里当然是不胜奇怪，一时望着他们，不禁怔怔地愕住了。

欲知本书以后详情，请读者注意《并蒂莲》，自有分解。

并蒂莲

第一回

纨绔儿百般引诱

菊卿第二次进病房来的时候，只见亚琴已经没有在了，上前含笑问道："惠先生，你妹妹也回去了吗？"

明德点了点头，说道："她们都是活活泼泼的人，谁高兴在这病房里冷清清地坐着呢？能够天天来探望我一次，我就很喜欢的了。"

菊卿走近床边来，秋波瞟了他一眼，微笑道："那么你也嫌冷清吗？"

明德道："如何不嫌冷清呢？在我心中最好立刻就可以出院读书了呢。"

菊卿瞅了他一下，带有些嗔恨他的口吻向他说道："惠先生，你也不能这样性急的呀，才住了三四天，你就想出院了？虽然我也希望你能早些出院，不过事实上又哪里能够呢？你这病症比不了别的，就是性急也没有用。大概你心里怨妹妹和徐小姐走得太早一些吗？既然你嫌冷清，那么我就在床边伴着你谈一会儿，好吗？"

明德听她这几句话的温柔，真仿佛是一个妻子安慰丈夫的口吻，心里这一感动，把她真是爱到心头。遂拉了她的手儿，叫她在床边坐下了，说道："秦小姐，说病我现在也没有什么病，吃得下饭，那总是一个好的人。但好好的人要在病房里住上这么长久的日子，你想，那叫我心中如何不焦急呢？"

菊卿道："就是照医生说，住一年吧，那也是转眼之间的，你怎么说悠久的日子呢？古人有一句话，小不忍则乱大谋。你若不肯静养，急急地又欲出去读书做事，那么病根一深，恐怕你后悔又要来不及了。"

明德听她这样安慰，遂点了点头，明眸很多情地向她凝望了一会儿，却是微微地叹了一口气。菊卿一撩眼皮，显出娇媚的神情，笑道："别叹气吧，你瞧这花朵多鲜美，是你妹妹送来的吧?"

明德知道她是一味地要引逗自己高兴，遂也抚摸着她纤手，笑道："妹妹是很懂得病人的心理，所以她送我这一束鲜花，我瞧了那美丽的花朵，使我可以想起你那比花更艳丽的两颊。今天晚上虽然你回家了，我心头一定会感到很安慰的……"

菊卿听他这样说，心里又喜又羞，粉颊真像出水芙蓉那么地红晕起来，"嗯"了一声，秋波逗给他一个白眼，恨恨地打了他一下手背，却垂下头儿来了。

明德见她还像小孩子似的"嗯"起来，一时忍不住笑了，说道："为什么打我? 你恨我说得不对吗?"

菊卿不回答，依然低了粉脸出神。明德见她如此娇羞万状的意态，遂索性伸手去抬她的下巴，笑道："秦小姐，你说呀，干吗不回答我呢?"

菊卿这才略偏了脸，瞅了他一眼，笑道："我不要你把我去像花朵，因为花朵总是轻狂的东西。"

明德道："这也不能一概而论。譬如花中之兰，是多么幽雅; 花中之菊，又是多么清高。你的名字叫菊卿，真是象征清高的菊花，所以能够博得每个人敬爱的。秦小姐，你说我这话不是很有意思的吗?"

菊卿听他说得真的很有意思，遂掀着酒窝儿，嫣然地笑了。明德瞧着她可人的意态，觉得愈瞧愈美，愈瞧愈爱。古人所谓秀色可餐，这句话真也不虚的了。

菊卿被他这样地呆瞧，当然很难为情，乌圆的眸珠一转，瞅了他一眼，笑道："为什么老瞧着我出神？"

明德被她一问，倒又想起一件事情来了，遂向她低低地问道："秦小姐，你瞧我这肺病到底有痊愈的希望吗？"

菊卿忽然听他又说出这个话来，一时就怔了一怔，觉得他这句话至少问得有些作用的，遂连忙说道："当然能够痊愈的，你怎么又问出这句话来？"

明德见她粉脸似有不悦之意，遂握了她的手，笑道："因为我在想着我们两人的相识，也可说一见如故。这次肺病好了，我们当然很喜欢，将来可以做个永久的朋友。假使不会好了的话，我倒也可说完全脱离了苦海，在你的心坎里倒是划上了一条痕迹了……"

菊卿听到这里，把手去捂住了他的嘴，她脸上笼罩了一层愁云，眼皮儿也红润起来，说道："你快不要给我再说下去了……唉，为什么老喜欢想这些悲观的事呢？你是明达的人，凡事都有一个大数，请你静养，请你说些乐观的话给我听听。不然，我的心头真感到难受极了。"

明德见她盈盈欲泣的神情，又听她这么说，一时把要探问她和光迪一块儿吃点心的话，却再也没有勇气说出来了。遂把她手摇撼了一阵，笑道："你心头难受什么？正如你所说，凡事都有大数的，有命的总会好，没命的就是有卢扁之医，恐怕也难收回春之效了。"

菊卿唉了一声，秋波白了他一眼，说道："叫你不要说，你偏要说这些话。你若再说，我可走了……"说到这里，她便站起来了。

明德把她手儿拉紧了，连忙笑道："我不说是了，你别走呀！"

菊卿被他猛地一拉，一时站脚不住，身子又倒向床沿边去，险些偎到他的怀里去了，遂坐正了身子，红了脸笑道："我不走，你别拉住着，我该给你喝药水了。"

明德听她这样说，遂放了她的手。菊卿于是倒了药水，服侍他喝了。明德道："秦小姐，你平日喜欢什么游玩的？"

菊卿道："我也没有什么嗜好，从前在学校里的时候，和同学踢踢毽子，星期日也瞧一次电影。说起来昨晚我倒曾在金光戏院瞧电影，是张战争片子，倒很有些意思。"

明德听她这样说，觉得这是一个机会，遂很随口地说道："是不是和齐先生一块儿在瞧呢？"

菊卿听他这样说，芳心自然十分地惊异，便怔怔地问道："你怎么知道？是谁告诉了你？"

明德听她这样说，显然爱仁的话是并没有说谎，心中未免有些酸味，但表面上兀是显出笑容，瞟了她一眼，说道："虽然我躺在床上，但你们约好的事情，我却早已知道了。"

菊卿当初以为是光迪告诉的，不过光迪今天并没有来医院，同时听了明德这两句话的口吻，她就明白是爱仁在进谗了，遂正色地说道："哦，我明白了，一定是徐小姐告诉你的，对不对？不过你别误会了，我并没有和齐先生约好的。据我所知道的，她自己和齐先生倒真的在舞厅里玩了一天哩。"

明德见菊卿说话的意态有些薄怒含嗔，似乎很气恨的样子，因为她向自己解释不要误会，而且又说爱仁和光迪玩了一天，一时心中就奇怪得目瞪口呆，忍不住笑起来，问道："秦小姐，到底是怎么一回事？她说你和齐先生在玩，你又说她和齐先生在玩，我真有些弄不懂了。"

菊卿道："昨天我回家就睡了一个中觉，晚上心头很烦闷，所以便到金光戏院去瞧一场电影。说起来事情真太凑巧，我的身旁齐巧坐的是齐先生。瞧毕影戏，齐先生请我到金光咖啡室吃些点心，我因情面难却，所以只好答应他了。不料我们才坐下一会儿，徐小姐也匆匆地进来了。惠先生，我说给你听，你也许会不相信。徐小姐一见了我和齐先生，她便满脸醋意，向齐先生娇嗔起来，说我们是早已约好的。当时我心里就觉得奇怪，亚琴小姐是齐先生的情人，要她吃这一罐子醋做什么？所以我就向她解释，彼此原是无意相遇的，并没有预先约好。她听了我的话，方才也告诉我，她和齐先生

144

下午玩了半天舞厅，在外面吃了晚饭，还叫齐先生去玩晚舞。齐先生装头痛，所以分手了。此刻又见我和齐先生在一块儿，所以她便疑心我们是预先约好的了。"

菊卿告诉到这时，才顿了一顿，秋波向他掠了一下，接着又道："徐小姐这人就太不应该，既然知道我们是无意相遇的，她却偏还向你告诉约好的，她这算什么意思呢？"

明德听了她这一篇话，凝眸沉思了一会儿，方才有了个恍然大悟，暗想：对了，爱仁一定爱上了光迪，她知道光迪是妹妹的好朋友，所以便利用菊卿的人向妹妹离间和光迪的感情。因为爱仁刚才这话不是向我妹妹告诉的吗？她的目的倒还不是在于我和菊卿的相爱呢。一时便拉了她的手，微笑道："秦小姐，你不必生气。即使你真的和齐先生约好在一块儿瞧戏，那也不是一件犯法的事情，这有什么关系呢？"

菊卿对于明德这一句安慰的话，心头却并不感到怎样欢喜，明眸脉脉地在他脸上逗了一瞥哀怨的目光，却是微微地叹了一口气。她低头暗自沉吟了一会儿，忽然想起明德刚才问自己这肺病到底能不能好的，照此瞧来，这句话当然也含有些作用的。一时觉得自己对待他这样的情分，不料他还要如此多心，所以一颗芳心真有万分的难受。她别转身子，就向病房外慢慢地走了。

明德见她听了自己的话，并不作答，此刻忽然又回身走了，心中也知道她有些生气，倒也懊悔不该向她说这几句话，遂柔声叫道："秦小姐，你怎么走了？回来呀，我还有话跟你说呢。"

菊卿并没有回过脸来，依然向前走，纤手抬到颊上去，低低地回答道："惠先生，话谈得很多了，我怕你乏了精神。你且躺一会儿，我等会儿和你再聊天吧。"

明德望着她的背影，虽然不知道她撩上手到颊旁去做什么，不过那是很显明的事，她定要擦眼泪。明德心中有些悲哀的滋味，他感到秦小姐的可怜。虽然他没有再喊菊卿回来，但是他的眼角旁不知怎么的也涌上了一颗晶莹的泪水了。

这时他确实有些疲劳，遂躺下了身子，在床上静静地养了一会儿神。不料他这一躺下来，倒是真的睡着了。等他醒来的时候，已经三时多了。他睁开眼睛，只见菊卿坐在沙发上出神，遂向他轻轻地喊了一声秦小姐。菊卿这才站起，笑盈盈地走到床边来，说道："惠先生，这一觉睡得好香甜的，是不是肚子饿了？"

明德想不到一句话就说到自己的心眼里去，遂含笑点了一点头。菊卿遂匆匆地走到外面去，约莫五分钟后，只见端了一盘饭菜进来。她放在桌子上，把菜碗端出，盘子推过一旁。明德见那碗饭还是热气腾腾的，心里很是奇怪，遂问她说道："已经三点了，厨房里的饭怎么还不曾冷吗？"

菊卿摇了摇头，微笑道："不，我在两点半的时候，在这儿用洋油炉子另外给你烧起来的。我知道你睡得差不多大概就要醒来了。"

明德听她这样说，心头在无限感激之余，而且又更增了他一番爱她的心，很感激地向她脉脉含情地凝望了一会儿，握了她的手，一时却也说不出一句什么话来才好。菊卿是知道他心中的意思，当然她是感到十二分的喜悦，乌圆眸珠在长睫毛里一转，掀着酒窝儿嫣然笑道："怎么了？你可以吃了吧？要不我再服侍你吃？"

明德道："秦小姐，我也不向你说什么感激的话，我心头记着你是了。"

菊卿听他这样说，遂在床边坐下来，拿起了饭碗，一面服侍他吃饭，一面低低地叹了一声，哀怨地道："惠先生，你何必还用说这些话呢？"

明德在她拿着的羹匙中吃了一口饭，听她叹气，遂又问她道："秦小姐，你心中还气恨着我吗？"

菊卿听他这样问，心头倒真的有些悲酸，眼皮儿也红了起来。但她竭力又镇静了态度，勉强地笑了一笑，说道："我为什么要恨你呢？"

明德道："我刚才有失言的地方，总得请你原谅才好。"

菊卿道："你不用再提这些话了，我是明白你心中的意思，所以我并不怨恨你。"

明德听她这么说，心中当然愈加感动，遂也不提这些过去的事了。

晚上，菊卿懒洋洋地回到家里，秦老太很高兴地向她告诉道："菊卿，这真是意想不到的事情，下午四点钟的时候，那个徐先生又到我们家里来了，而且还送来许多礼物。你瞧，这许多盒子全是的呢。"她一面说，一面走到衣橱旁，把里面许多盒子捧出来，放在桌上，给女儿瞧望。

菊卿骤然听了这话，望了望母亲满脸喜悦的样子，又回头到桌上瞧着那些大大小小的盒子，她那两条翠眉不禁紧紧地颦锁起来，很不高兴地说道："妈，你怎么把它都收下来了呢？"

秦老太道："我原不要收的，叫他拿回去。可是他却偏不肯，说一点儿东西，无论如何要赏他一个脸的。我听他说得这样客气，因为情意难却，所以只好收下了。"

菊卿瞅了母亲一眼，带了埋怨她的口吻说道："妈，你这人也太糊涂了，我们和这位徐先生既不是亲戚，又不是朋友，他凭什么要送我们这许多的礼物呢？况且我们无缘无故又如何好意思接受一个陌生男子的东西？"

秦老太被女儿这两句话一埋怨，竟是弄得哑口无言，向她怔怔地愕住了一会儿，良久，方才徐徐地道："虽然他还是初次来我家，不过他和你的舅爹不是已认识很久了吗？我见他情意真挚，人品也很不错，说年龄也并不十分大，就是和他交一个朋友，那也不是一件很好的事吗？"

菊卿听母亲这么说，她的两颊不免盖上了一圆圈微微的红晕，冷笑了一声，说道："谁要和这种人交朋友，那除非是瞎了眼睛了。"

菊卿因为他的妹子既如此浪漫刁恶，所以对于圣望更有一种恶感的印象。秦老太听了，自然很感到惊异，遂奇怪地问道："你这话说得令人不解，难道徐先生在什么地方已经得罪过你了吗？为什么你要这样地讨厌他呢？"

菊卿走到写字台旁坐下，回眸瞅了她一眼，问道："那么妈是不是知道他很好啊？"

秦老太道："这个我也不敢说他是好的，不过瞧他的意思，是很想和我们交个朋友。我想我们娘俩在上海也没有一个亲戚，也没有一家朋友，对于儿女的婚姻，更有谁来作伐呢？就算在外面年轻的好青年也很多，自由恋爱将来也有很好的结局，不过现在人心究竟是坏的多，一不小心就有失足的可能。像徐先生这样的人品，虽然不知他心眼儿究竟如何，但日子一久，总也可以瞧得出来。若好的，那么倒也是缘分，若不好的，再远而避之，这也不迟啊。"

菊卿恨恨地说道："妈，你快不要再给我说下去了。这种人若是好的话，我就知道他绝不会冒昧地送东西来了。"

秦老太听了，却不以为然，说道："照你说来，他倒是送东西送错了？人家花了钱，送给你这许多东西，这也总是一片好心，你怎么反而怨他不该送给你呢？"

菊卿听母亲一味地庇护他，心中真有说不出的怨恨，遂啐了一口，哼道："好心？这心也不知好到哪儿去呢！妈，这些东西，我是绝不接受他的，明天他再来的时候，你就给我统统地还给他好了。"

秦老太见这孩子的脾气真是古怪，遂也有些不快活，望着她粉颊说道："我已经收了人家，怎么好意思再说不收了呢？"

菊卿道："你不是可以推在我的身上吗？"

秦老太道："这话我倒说不出口，反正他回头也许还要来的，你跟他自己说好了。"

菊卿听了母亲的话，便蹙了眉尖，"咦"了一声，说道："他晚上还要干什么来呀？"

秦老太道："他说在黄金大戏院买好了四张票子，晚上请我们听戏去。你舅爹也一同去的。"

菊卿冷笑了一声，沉吟了一会儿，骂道："都是这断命舅爹不好，引鬼入门。现在我瞧他真不知要缠到什么时候才肯罢休呢!"

秦老太听她这样说，摇了摇头说道："我也真不明白你到底存的什么意思，莫非你在外面已有了要好的朋友了吗?"

菊卿被母亲这么地一问，她那颗芳心不免像小鹿似的别别地乱撞起来，绯红了脸颊，但她兀是镇静了态度，说道："妈这话问得奇怪，在外面做事的人，有几个朋友原算不了什么稀奇的。不过我在医院里成天地服务，除了几个同伴外，哪里还有闲工夫去结交要好的朋友呢？所以我的心中，认为事业重，交朋友轻，这些无谓的应酬，我是不愿意干的。"

菊卿这一篇正义的理由，当然说得秦老太无话可答，望着她玫瑰花朵似的两颊，频频地点了点头，说道："孩子有这样前进的思想、伟大的抱负，做妈的听了，也未始不敬爱你。只不过在妈心中，想着一个女孩家的结果，总还是脱离不掉一个嫁人的。像我们这样人家，要配一份好好的亲眷，实在也是一件不容易的事。我是听了你舅爹的话，觉得像徐先生这样人才，若和你配成一对，也不算辱没了你的好模样了。"

菊卿知道母亲也不是个思想落伍的女子，在从前确实她也有不平凡的思想，只是为了年龄和环境关系，所以使她变成了现在这么的一个人了，当然对母亲这一篇话，也表示十分的同情，遂柔和地说道："妈，我也不是不知好歹的人，妈所以存了这个心，当然也是为了爱我的缘故。不过妈是被舅爹一篇鬼话迷住了，要知道现在社会的人心真是十二分的险恶。妈固然为了爱我，但恐怕将来反而要变成害了我吧。"

秦老太听她这样说，不免愕住了一会儿，说道："孩子，你难道肯定徐先生是个无赖的少年吗?"

菊卿道："这个我也不能肯定他，但是他这种行为看起来，我觉

149

得总有些靠不住。"

秦老太奇怪地道："什么行为呢?"

菊卿"咦"了一声，说道："一会儿送礼物，一会儿请听戏，这还不是他用的手段吗?"

秦老太笑道："你这妮子真也过分地猜疑了，人家这份情意对待你，到底也算是一些小心，你怎么偏说他是用的手段呢? 再说在徐先生的心里，他当然是为了爱你的缘故。我们总不能说人家爱你，难道就是在害你吗? 我想这些废话也不用说了，那么回头他来了，你到底和他一同去不去呢?"

菊卿听着母亲连说爱你的话，心里觉得十分难受，便噘着小嘴恨恨地道："我是不高兴去。妈和他一同去瞧好了。"

秦老太听了这话，望着她愣住了一会儿，几乎要笑出声音来，正欲再向她劝慰的当儿，忽然听得一阵皮鞋的声音已是响进房中来了。菊卿抬头望去，齐巧和进来的那个人打了一个照面，不是别人，正是在说他的徐圣望。因为心里有了憎恨他的意思，所以别转脸去假装不瞧见。圣望却早已先向秦老太招呼了，秦老太忙也站起倒茶。

菊卿心中暗想：这是我的家，那么我也是主人之一，对于他的到来，如何能不理睬? 反正我的主意打定了，表面上乐得和他客气一些，于是也含笑站起说道："徐先生，妈说你下午送来了许多东西，这我们怎好意思领受呢?"

圣望笑道："秦小姐，你别客气，这一些儿东西算得了什么? 只怕你心中未必瞧得欢喜吧?"

菊卿道："我还只有刚回家不多一会儿，也没有瞧过是什么东西，我想全领是太不好意思了，所以最好请徐先生带一些儿回去吧。"

圣望忙道："秦小姐，已经送到府上了，你若不赏个脸，那你就是瞧不起我了。总共也没有什么，还分一半叫我带回去，那不是不送好吗?"

秦老太把茶送到他的面前，瞟了他一眼，笑道："徐先生，你是不知道我菊卿这孩子的脾气，她素来就很是古怪的，所以假使她有什么地方得罪了你，请你还得不要生气吧。"

圣望笑道："秦老太别这么说，我瞧秦小姐的性情是再好也没有的了。"

菊卿听他拍马屁，忍不住嫣然地一笑，却不说什么。

圣望道："我此刻是特地来伴两位上戏院里去的，阮先生他已先等在那边了。"

秦老太望了菊卿一眼，有些带了央求的口吻，向她说道："菊卿，徐先生这样诚心诚意地来请我们，那么你到底去不去呢？"

菊卿就在这时不知有了怎么一个感觉之后，她便一撩眼皮，乌圆眸珠转了一转，笑道："那我当然去的。徐先生这份盛情，若拒绝了，人家不是也很扫兴吗？"

秦老太听女儿忽然间又这么说，心中虽然放下了一块大石，但却暗自想道：这妮子真也刁得可恶的，原来她是口硬心软地假惺惺作态哩。遂瞅了她一眼，微笑道："那么时候也不早了，你们要走该开步了。"

圣望听她的口吻，遂很奇怪地问道："秦老太，你难道不愿意去吗？"

秦老太点头道："我今天觉得太累了，反正往后的日子正长，不是总有去听的日子吗？"

菊卿心中当然很明白母亲的用意，遂也不去劝她，自管地披上大衣。圣望对于秦老太的不去，这真是一件求之不得的事情，所以心这一快乐，差不多连心花儿也乐得朵朵地开起来，遂说道："秦老太既不愿意去，那我也不十分勉强你，反正下次我再可以请你的。"

秦老太笑道："可不是吗？那么菊卿瞧毕了戏就回来吧。"她一面叮嘱，一面已送他们到房门口来了。

圣望回头说道："老太太，你放心，我一定送她回家是了。"说着话，和菊卿已步到楼下去了。

菊卿随他出了弄口，只见人行道旁停着一辆簇新的汽车，圣望走上去拉开了车门，向菊卿含笑点头，这是请她上车的意思。菊卿于是也不客气，遂也跳进车厢内去。圣望跟着跳上，砰的一声关上了车门。车夫早已揿了一声喇叭，便向前疾驰地开去了。

菊卿是坐得端端正正的，明眸望着车窗外马路上的夜的景色，却是默默地出神。圣望是坐在她的身旁，虽没有依偎在一起，但却也并不十分远，所以略为别过头去，对于菊卿的脸庞当然瞧得分外清楚。一个鹅蛋脸，两条如蹙非蹙的柳眉，确有西子捧心那么妩媚的意态。最够令人魂销的是那张又薄又小的樱嘴儿，他瞧得几乎有些想入非非，觉得假使能够和她亲个嘴儿的话，那就是死了也情愿哩。

菊卿偶然回眸过来，忽然瞥见到他这样呆望的神情，心里当然很难为情，遂微笑着先开口道："徐先生，你爸不是开洋行的吗？不知是哪一家？"

圣望道："是鲁士洋行，并不是我爸独开的，只不过有些股子罢了。"

菊卿点头道："那么你在里面办些什么事情的呢？"

圣望道："我爸是大班，我就在他下面做个秘书。外国有什么电报到来，都是我起稿回复的。"

菊卿道："徐先生的英文是相当好了。"

圣望听了，心里有些荡漾，忙笑道："也不见得，因为在洋行里办事，和西人接触的机会多，慢慢地也学会了。"

菊卿点了点头，微微地一笑，她的视线便又望到车窗外面去了。

不多一会儿，车到黄金大戏院门口，两人一同跳下，遂匆匆地步了进去。圣望定的是包厢座位，菊卿一脚步入的当儿，果然见舅爹早已先坐在里面了。他见圣望伴着菊卿一个人到来，心中真是十分喜悦，遂即站起相迎，笑叫道："菊卿，你妈怎的没有来呀？"

菊卿道："她说很累，所以要早些休息了。"

圣望把座椅拉开，请菊卿坐下。菊卿见前面已放着四盆糖果，舞台上也早已开锣多时。此刻演的是一出大刀阔斧的武戏，锣鼓喧天，震耳欲聋，但不知是什么戏，及至瞧了戏单，方知是《大闹嘉兴府》。圣望是坐在菊卿的旁边，他把奶油太妃糖从盆上抓了一把，交到菊卿的手里去，说道："秦小姐，你吃些儿。"

菊卿回眸过来，见此情景，既不好意思拒绝，又不好意思全拿，所以用两指只取了一粒，还向他道了一声谢。圣望笑道："秦小姐，那也值得道谢的？你真也太会客气了。"

菊卿秋波瞟了他一眼，掀着酒窝儿，却是抿嘴笑起来。阮彬森是坐在圣望的旁边，他见两人的情景似乎很亲热的样子，心里也暗暗地好笑，觉得女孩儿家都是惯会戴假面具的，昨天说得嘴多硬，此刻在一个年轻男子的面前，就柔顺得像一头驯服的绵羊了。

三个人静悄悄地瞧了一会儿，《大闹嘉兴府》后面，就是全部《玉堂春》，梅兰芳的苏三，马富禄的沈延林，叶盛兰的王公子，人才济济，当然听得很够味儿。圣望遂向菊卿有一搭没一搭地说着剧情，菊卿不好意思全不理睬，所以有时候也不免说了几句。圣望这时忽然见阮彬森已不在旁边了，他是很知道彬森的意思，遂把座椅移近了一些过去，向菊卿低声笑道："秦小姐，我听你妈告诉，说在上海亲戚朋友也很少的吗？"

菊卿回眸瞟了他一眼，点头道："因为我们原籍北平，所以在上海没有人认识。况且我的爸爸又很早地没有了。"

圣望很表同情地道："一个没有爸的青年，她当然是非常地痛苦。那么秦小姐做看护不知有谁介绍的呢？"

菊卿摇头道："没有什么人介绍，是我自己考进去的。"

圣望道："我想做看护也不是一条出路，秦小姐何不找一些别的事情做做呢？"

菊卿向他笑了一笑，说道："你觉得像我们这么学识浅陋的女

153

子，还有什么事情可以干呢？"

圣望笑道："不，你太客气。我觉得秦小姐是最聪明的了。我的意思，就是秦小姐有志学医的话，做看护也没有什么多大的成就，你不会上医科专门学校里去求深造吗？"

菊卿这回却没有回答，她情不自禁地轻轻地叹了一口气。

圣望见她若有无限隐痛的样子，遂向她低声地问道："秦小姐，不知你心里有什么为难的事情吗？假使你认为我是个实心眼儿的人，那么就不妨和我谈。我若有能力可以帮助你的话，虽赴汤蹈火，我亦不辞的。"

菊卿到底是富于情感的姑娘，她听圣望这样说，芳心不免微微地一动，明眸望着他笑了一笑，说道："徐先生的意思我很感激，不过我也没有什么为难的事情……"说到这里，顿了一顿，她却没有再说下去。

圣望听她这两句话，似乎意犹未尽，觉得在下面至少还要说一句什么，可是她却没有说下去，一时望着她也自不免愕住了一会儿。良久，方才又低低地道："我自从在医院里见了秦小姐一面之后，我就觉得你的人很好，不料当天无意中就会到你府上来，所以我心里感到十分的喜欢，不知秦小姐也愿意跟我交一个朋友吗？"

菊卿听他这么说，两颊倒是透现了一圆圈红晕，忽然想到包厢里还有一个舅爹在着呢，遂立刻回眸去瞧，方知已经不在了，遂也微笑道："只怕高攀不上吧。"

圣望道："我以为年轻的人，大家最要紧的是实心眼儿相待，千万不要说什么客气的话。我对秦小姐不敢说一句谎话，不但想跟你交个朋友，而且更希望和你结交一个比朋友更知己一些儿的。确实秦小姐太令人感到可爱了，昨晚回到家里，我就整整的一夜没有好睡，仿佛见到了秦小姐之后，你就是我的生命之火一样的了。"

菊卿听了他这几句话，心头未免感到有些儿肉麻，不禁哧地一笑，说道："徐先生，我以为你这些话都是盲目的，既不曾和我有一年半载的认识，怎么就知道我是个好性情的人了呢?"

圣望道:"秦小姐，你这话不对。你难道不听得有一句'一见倾心'的话吗?"

菊卿红晕了娇靥，秋波斜也了他一眼，笑道:"徐先生，我听不懂，'一见倾心'这四个字怎么解释?"

圣望被她这样一问，脸皮虽厚，也不禁难为情起来，笑了一笑，说道:"秦小姐，你又开玩笑了……"说到这里，他把菊卿手儿慢慢拉了过来，一面在袋内摸出一枚亮晶晶的钻戒，正欲套到菊卿手指上去的时候，不料却被菊卿发现了，连忙把手缩回，沉着脸向他很认真地问道:"徐先生，你这算什么意思呢?"

圣望红了脸，说道:"秦小姐，这无非是我对你的一番心，你不要使我失望才好。"

菊卿冷笑道:"徐先生，你应该明白地想一想，假使你是一个女孩儿家的话，你肯贸然接受一个陌生男子的约指吗?"

圣望见她一脸娇嗔的意态，不禁羞得面红耳赤，嗫嚅着却回答不出什么来好，一会儿才支吾着道:"秦小姐，我完全是一片痴心。你假使可怜我的话，那么就请你接受了我吧。"

菊卿道:"我以为接受你这约指的时候还太早。徐先生，这个是只要请你原谅的了。"

圣望见她不肯接受，自己不好强迫叫她收下，遂望着那枚亮晶晶的钻戒呆住了一会儿。他竭力镇静了态度，显出毫不介意的样子，把约指藏入到袋内去，说道:"秦小姐这话也说得对，所谓日久见人心，只要我对待你是一万分的真情，那么你日后当然也会明白我这个人的好坏了。"

菊卿却没有作答，冷笑了一声，两眼望着舞台上出神。大约不到五分钟后，菊卿忽然站起身子，皱起双眉，说道:"徐先生，不知怎么的我竟头痛起来了，很对不起，我想先回家了。"

圣望见她要走了，显然她心中是生了气，一时深悔不该太以性急，欲速则不达，这句话真是不错的了。遂也站起道："既然秦小姐有些头痛，那么我送你回家吧。"

菊卿道："不必送，你只管瞧一会儿是了。"

圣望道："没有关系，反正我对于这些戏也感不到什么兴趣。"

说着，两人已走出包厢去。不料掀起帷幔的时候，却见阮彬森匆匆地走来，说道："怎么你们都走了？这样有骨子的好戏不听，你们还到哪儿去呀？"

圣望向他苦笑了一下，说道："秦小姐有些头痛，所以我送她回家去。"

彬森见此情景，知道圣望一定有什么地方得罪了菊卿，意欲打一个圆场，但菊卿已很快地走下扶梯去了。圣望道："阮先生，你去坐着吧，我回头来瞧你。"说着，遂追着下去。

到了戏院门口，把菊卿衣袖拉了拉，说道："你别走得那么快呀！"

菊卿道："我自己会讨街车的，无须徐先生劳驾陪伴了。"

圣望道："我有汽车在着，何必还讨街车呢？"

菊卿瞅了他一眼，笑道："徐先生，你别笑话，因为我汽车坐不惯的。"说时，她已跳上一辆人力车，遂匆匆地走了。

圣望站在黄金大戏院的门口，瞧着人力车的影子已在黑暗里消失了后，他心头有些气愤，恨恨地骂道："真是个抬举不起的贱骨，谁稀罕你？难道一定要瞧中你的吗？大少爷有的是钱，再比你美丽的女人，亦要弄她到手哩！哼，你这贱货！"他骂了几句，似乎有些心灰，遂懒懒地回到里面瞧戏去了。

菊卿怀了一颗气恼的芳心回到家里，秦老太坐在灯下，仍是干着活儿。她见菊卿此刻回来，心里当然十分惊异，奇怪地问道："菊卿，怎么就回来了？没有在听戏吗？"

菊卿脱了大衣，向沙发上一坐，也不回答，却恨恨地骂了一声："真是个无赖的东西！"

秦老太听了这话，把活计放过一旁，急急地问道："菊卿，你在骂哪个呀？"

菊卿冷笑了一声，秋波向母亲逗了一瞥怨恨的目光，说道："骂哪个？骂妈心中认为是个好人的徐先生呀！"

秦老太失惊道："徐先生向你做什么了？那么你舅爹有没有在一块儿呢？"

菊卿道："都是这鬼做好的圈套，不用说了，明天姓徐的再来，你把这些东西全叫他拿回去，谁要他这种东西？"

秦老太皱了眉毛，愕住了一会儿，又问道："到底为了什么事情？你不是也该说给我听一个明白吗？"

菊卿遂把圣望肉麻的话，又把他送约指的事，向母亲告诉了一遍，鼓着小嘴儿，犹恨恨地道："他把我们女孩儿家太不当是个人看待了，这种浪荡子还是个好人吗？"

秦老太听了，方才明白是为了这一些事，她心中却不以为然，反怨女儿太认真了。徐先生因为爱你，所以才送约指给你，那如何可以说瞧轻了你呢？所以说道："菊卿，你这话也未免太偏激一些了。徐先生送给你约指，这当然是因为爱你的缘故。你说他侮辱了你，我觉得这句有些不解。"

菊卿已经是十分气愤，谁知母亲不但不同情自己，而且还要埋怨自己，因此在气愤之中又掺和了悲酸的成分。女孩儿家受了委屈，总是爱哭的多，所以菊卿掩着脸儿，再也忍不住，哇的一声哭起来了。

秦老太想不到菊卿会哭，一时也着了慌，说道："妈也不曾说你什么，好好的你伤心干吗？"

菊卿一面抽噎着哭，一面拭着泪水，说道："姓徐的是妈的亲儿子吗？要你帮他这样紧？妈若喜欢收他送的东西，那么从此我就不想再回来了。"

秦老太急道："好啦好啦，何苦来和我赌气呢？明天我一定全退给他，那么总好了？"

菊卿不作答，她走到床边，倒向床上，却是呜呜咽咽地泣个不停。秦老太弄得没了法儿，只好走近床边，向她说好说歹地叫她脱了衣服睡去了。

次日起身，秦老太望着菊卿的脸笑道："你这妮子究竟太孩子气了，何苦来为了这些事眼睛哭得红红的，那也犯不着呀。"

菊卿依然不答，匆匆洗了脸，遂坐车到医院里去了。

这天明德见菊卿眼皮儿有些红肿的样子，心里很是奇怪，凝眸向她望了一会儿，低低地问道："秦小姐，你哭过吗？"

菊卿见他好细心的，遂摇头道："没有哭过，你又胡猜了。"说着，一面拿药水杯子凑到他的嘴边，一面向他娇媚地笑起来。

明德喝完了药水，说道："我不相信，你哭过的痕迹还留着呢。为了什么事情伤心？或许你受了谁的委屈了吗？"

菊卿既被他猜中了后，芳心里顿时又酸楚起来，眼皮儿一红，她的泪水又在眼角旁晶莹莹地显露了。但是她兀是竭力镇静了态度，一面放下杯子，一面抬手上去揉擦眼皮，忍不住轻轻地叹了一口气。

明德见她这个意态，可见她的心里真有什么不如意的事情，遂握了她的手，柔声地问道："秦小姐，你告诉我，到底为了什么呢？"

菊卿道："真的没有什么。"

明德道："既然没有什么，怎的哭呢？"

菊卿笑道："谁哭的？我眼皮儿发痒，揉红的。"

明德道："你骗我，你一定有事情的，莫非我这肺病不会好了吗？"

菊卿失惊地道："你别胡说吧，这是打哪儿说的呢？"

明德道："我昨夜做了一个梦，仿佛我病已十分地沉重，而且有人在说，这肺病是不会好的了。我听了这话，当然很惊心，所以就一觉醒来了。"

菊卿听他这样说，一时也不知为什么缘故，心头更加感到悲酸，淌泪说道："这都是你日有所思，因此夜有所梦了。我劝你千万别想这样悲观的事……"菊卿说到这里，喉间竟有些哽咽的成分。

明德瞧她海棠着雨般的粉脸，倍觉楚楚可怜，眼皮儿一红，也不禁流下泪来，说道："那么你干吗伤心呢？"

菊卿道："我的环境太不良，所以我感到伤心，其实也没有什么事……"

明德抚着她纤手，叹了一声，说道："虽然环境恶劣，但是我们得奋斗呀！秦小姐，你叫我不要悲观，但你自己的思想怎么也这样的悲观呢？"

菊卿点了点头，两人默然了一会儿。正在这时，忽然见亚琴步入病房来了。

第二回

情切切月夜订鸳盟

亚琴突然瞧见哥哥和秦小姐相对淌泪的情景，心里当然是万分惊异，一时倒不禁为之愕住了一会儿。明德因为脸是向着外面的，所以先发觉了亚琴，他遂叫道："妹妹，你早呀。"

菊卿听明德这么说，遂慌忙收束了眼泪，回身向亚琴含笑一点头，便退出房外去了。

亚琴慢步地走到床边，秋波脉脉地含了猜疑的目光，向明德逗了一瞥，低声地问道："哥哥，你和秦小姐为什么淌泪呀？"

明德听妹妹这样问，一时也回答不出一个所以然来，呆了一会儿，方才说道："我昨夜做了一个梦，说我肺病是没法可救了。我告诉了秦小姐，秦小姐却代我伤心起来。"

亚琴蹙了翠眉，向明德瞅了一眼，埋怨着道："梦中的事情怎做得了准呢？那也值得难受的？"说到这里，忽又哧地一笑，说道，"那么听哥哥说来，秦小姐和你感情不是很好的吗？我想这位秦小姐倒实在是我一个很多情很贤德的嫂子呢。"

明德被妹妹一取笑，心里的悲哀才消失了，微红了脸，拿手帕去拭了泪痕，笑道："妹妹，你说得轻声些吧，被人家听见了，不是很难为情的吗？"

亚琴道："那也没有关系，假使秦小姐真爱上你的话，她听了我这几句话，一颗芳心中也许是只有感到喜悦的分儿吧？"

明德觉得妹妹这几句话也说得是，遂回眸向房外去望了一眼，忽然他又想到了一件事般地别过脸，和亚琴说道："妹妹，昨天徐小姐不是告诉你齐先生和秦小姐在一块瞧电影吗？后来我问了秦小姐，方知是这么一回事情哩。"明德说着，遂把菊卿昨天告诉的话，向亚琴又诉说了一遍。

亚琴冷笑一声，点头道："哥哥，你还只有现在知道吗？其实我心中早已雪亮的了。你难道不听见我昨天给徐小姐碰钉子的话吗？"

明德听了，方才也有个恍然，说道："徐小姐这行为未免欠光明一些。"

亚琴笑道："情场中的事情，原也谈不到光明两字的。"

明德忍不住也微微地笑了，一会儿，又向她叮嘱道："妹妹，过几天春假满了，你就不用天天来瞧望我了。学校里的功课不是也会忙起来吗？"

亚琴点头道："我理会得，反正学校离这儿也很近，下午放晚学的时候，我也可以和哥哥来做一会儿伴呢。"

明德听妹妹这样说，心里自然很感激，遂点头答应了。

光阴像水一般地流去，明德躺在医院里，从春天到夏的季节，不知不觉已有四个月的光景了。在这四个月的日子中，明德和菊卿的感情是像日子一样增加。爱仁虽然未能忘情于明德，但她却也放不了光迪。光迪既要应酬爱仁，又要和亚琴周旋，所以也是左右为难。圣望虽然有时还常到菊卿家里去走动，不过菊卿待他非常冷淡，所以他也慢慢地死了心，近来也不常去了。

这是一个黄昏的时候，因为这个月菊卿换了夜班，所以白天是苏曼萍在医院服务的。亚琴穿了一个麻纱旗袍，从家里沐过了浴，匆匆地到医院来望哥哥。

明德含笑向她问道："妹妹，外面天热吗？"

亚琴道："太阳下了山，今天有几阵风，所以倒还很凉爽的。"

明德笑道："你额角上还淌着汗哩，快息一会儿吧。"

亚琴拿帕儿拭了一拭额角，望着明德的脸，说道：“哥哥，我今天来告诉你一件事，说不定我们全家又要回到北平去了。”

明德很惊异地道：“这是谁的主意？那么你读书和我的养病怎么办呢？”

亚琴道：“这当然是爸妈的主意。他们说我反正中学毕了业，到北平也好去考大学的。至于哥哥的养病，到西山别墅去休息，比上海不是更要好得多吗？”

明德点了点头，说道：“好是确实好得多，只不过……”

亚琴不待他说下去，就笑道：“哥哥不用说了，我给你接下去吧，只不过有些舍不得离开秦小姐罢了。”

明德微红了脸，笑了一笑，忽然又道：“妹妹，你这消息和光迪也可曾说起过吗？”

亚琴道：“这两星期来我就没有碰过他的脸，也不知他在忙些什么。反正他的朋友也很多，我也没有什么意思。”

明德道：“不过他也没有什么待你错，你总不要多猜疑他。因为朋友的感情往往在猜疑中而破裂的。”

亚琴噘着小嘴儿，哼了一哼，说道：“这也不是我喜欢猜疑，原是事实放在眼前的。”

明德笑道：“爱情真是小气的东西，其实他和爱仁玩几次，原也没有什么多大的关系。只不过在妹妹心中似乎总感觉不快活吧？”

亚琴粉脸上盖上了一圆圈的红晕，瞅了明德一眼，笑道：“谁不快活？哥哥又瞎说了。我认为男女间的朋友，算不了一回怎么稀奇的事。”

明德点头道：“妹妹这就想得明白，那么我们回北平去的消息不知准确的吗？”

亚琴道：“爸爸说三天之内便要决定了。照我瞧来，总是去的成分多。”

明德皱了皱眉毛，却是微微地叹了一口气。亚琴当然明白哥哥叹气的原因，遂向他安慰着笑道："哥哥的肺病原也好得差不多了，只要在北平再养息几个月，你不是依旧可以到上海来瞧望秦小姐的吗？"

明德听妹妹这样说，遂摇头强辩道："妹妹，你不要误会，我并不是为了这个事情。"

正说时，一阵皮鞋声响进来，两人抬头望去，原来是齐光迪。他今天穿了一套白哔叽西服，头上还戴了一顶金丝草织成的草帽，见了亚琴，便脱了草帽笑道："很凑巧的，你也在这儿。"

亚琴给他一个娇嗔，冷笑道："有什么凑巧？我是天天在这儿，倒是你这位贵人，今天不知是什么风吹来的呢。"

明德也插嘴笑道："大概是东南西北四角风吹来的吧。"

光迪道："天晓得，你们也不要取笑我了，人家病得差不多连小性命都送掉了呢。"

亚琴听他这么说，芳心倒是一惊，遂向他急急地问道："你患了什么病？那么现在你可完全地复原了？怎不写封信来告诉我们呢？"

光迪笑了一笑，说道："你倒也惯会说现成话的？我病得快要死了，还有气力来提笔写信呢？"

亚琴听他这两句话中，觉得至少是包含了一些怨恨自己没有去瞧望他的成分，一时反而无话可答，只好向他娇媚地憨笑。明德道："那么你到底患了什么症候？莫非是泻症吗？"

光迪道："这就被你猜中了，大概吃下了细菌，所以便泻起来。你瞧我的脸，瘦削得像个什么？"

明德和亚琴凝眸向他细望，觉得果然清瘦得许多，遂说道："泻症本来是很厉害的，你还是个强健的身子，若换了我，那真的要命哩。"

亚琴抿嘴笑道："我知道你这病一定是跳舞跳出来的，这也许是乐极生悲的一句话吧？"

光迪道："哪里来闲工夫去跳舞？你说这话怎么总有一股子酸气

味的?"

亚琴因为哥哥在前面,自然非常地羞涩,绯红了两颊,向他却是恨恨地啐了一口。明德听了,忍不住也好笑起来。

三人说了一会儿,曼萍把明德的饭菜端上,明德道:"你们也在这儿用些怎么样?"

光迪道:"我们还是到外面去吃的好。"

明德知道两人有这许多日子没有见面,今天自然要到外面好好地去叙一叙了,所以也不留他们,随他们走了。

明德吃毕饭,时已入夜,曼萍方欲回家,菊卿也齐巧匆匆地来了。今天菊卿穿了一件湖色士林布的单衫,和衣服同样料子的鞋子,头上系着一条元色的丝带。因为是夏季的缘故,她的两颊白里透红,更像芙蓉花朵那么娇艳。

明德望着她道:"你在家里吃过饭了?"

菊卿频频地点了点头,酒窝儿一掀,说道:"吃过了,你呢?"

明德觉得她身子挨近到床边来的时候,鼻管内就闻到了一阵细细的香气,遂握了她手笑道:"我刚吃过,你也洗过浴了吗?"

菊卿赧赧然地一笑,乌圆眸珠转了转,说道:"你问这干吗?"

明德笑道:"因为我闻到一阵细香,仿佛是从你身上发散出来似的。"

菊卿听他这么说,红晕了两颊,啐了一声,秋波向他却逗了一个妩媚的娇嗔。明德笑了,菊卿也笑起来,两人相对凝望了一会儿,明德觉得菊卿的脸庞真可说是百看不厌的,一时忽然想起妹妹说要回北平的话,他心头感到有些难受,情不自禁微微地叹了一口气。

菊卿见他好好的又叹气了,遂颦锁了蛾眉,低低地问道:"惠先生,你怎么又不快乐了?"

明德向她凝望了一会儿,说道:"秦小姐,你不知道,我和你也许要离别了……"

这一句话听到菊卿的耳中,她那一颗芳心顿时别别地乱跳起来。

她猛可地在床边坐下来，扳住了他的肩胛，急得几乎要哭出来似的神气，问道："惠先生，你这是什么话？你要到什么地方去了呢？"

明德见她急得这个样儿，遂忙安慰她说道："秦小姐，你别急呀。刚才妹妹来告诉我，说我们也许全家要搬回到北平去，不过事情是还没有一定哩。"

菊卿道："你是有病的人，怎么也回到北平去吗？"

明德道："我们在西山原造有房屋，那边空气既好，地方又清静。爸爸的意思叫我到那边去养病。"

菊卿听了这个消息之后，她一颗芳心只觉得空虚和悲哀，垂下了粉脸，却是默不作声。明德很凄凉地道："别难受，我们虽然暂时分别，将来总有相聚在一块儿的日子。"

菊卿没有回答，她依然垂了粉脸出神。明德遂伸手去抬她的下巴，谁知眼睛望到她脸的时候，却已被泪水整个地占据了。明德蹙了眉尖，沉吟了一会儿，说道："秦小姐，你不要伤心，也许我不回北平去也说不定。"

不料明德话声未完，菊卿伏在他的肩上，已忍不住哭出声音来了。明德见她这样难受的神情，因此也被她引逗得双泪交流。要想安慰她几句，偏喉间仿佛有什么东西哽住着，再也说不出一句什么话来了。手抚着她的背脊，两人默默地淌了一会儿泪，方才低声地道："菊卿，不要哭吧，我被你哭得心也碎了。再说被人瞧见了，那也很不好意思的。"

菊卿听他这样说，这才抬起海棠着雨似的粉颊，明眸中含了无限哀怨之情，向他脉脉地逗了一瞥，却是深长地叹了一口气。明德在枕下取出一方手帕，亲自给她拭泪，说道："菊卿，你放心，我总不会忘记你对待我那番的情分。"

菊卿点头道："我知道你的心，并不是你到北平去了，我就怕你忘记了我。这是很奇怪的，我自己也说不出一个所以然的缘故。我听了你这消息，我心头仿佛会失却了一件什么珍贵的东西……"

明德听她这么说，当然是把她爱到心头、感入骨髓，遂紧紧地握了她的手，说道："不过我在北平再养息几个月后，我自然也完全好了，只要身子复了原，我就可以到上海来瞧望你的。菊卿，我和你成天相伴着有四个多月的日子，一旦分离，你固然悲伤，我又何尝不心痛若割呢？"

菊卿听他此刻已喊自己的名字了，知道他是要和我表示亲热的意思，遂说道："那么你能不能可以一个人留在上海呢？在上海休养不是也一样的吗？"

明德道："虽然我也有这个意思，但爸妈若不答应，我也是没有办法的。"

菊卿明白留他在上海养病的希望是没有了，她心头有些隐隐作痛，泪珠在她眼角旁又滚滚地掉下来了。明德道："菊卿，你不要伤心，我这时的精神倒很好，我想起来和你到院子里去步一会儿月，不知你肯答应我吗？"

菊卿道："不，你别太兴奋了，我想你还是静静地躺着吧。我想明白了，反正我们往后见面的日子正长呢，那又何必伤心？惠先生，你说是不是？"

明德握了她手，点头道："菊卿，我们彼此喊了四个多月的先生和小姐，事到今天，我希望你别再称呼我先生了，好不好？"

菊卿白嫩的脸庞上透现了一层青春的色彩，秋波有些羞涩般地逗给他一瞥多情的目光，低声地道："那么你愿意我喊你什么好？"

明德听了这话，心里未免又有个神秘的感觉，倒是微笑起来，说道："你说吧，你愿意怎么喊，你就喊什么吧。"

菊卿听他说得刁滑，露着雪白的牙齿，倒也不禁为之破涕了，说道："我也不知该喊你什么是好，假使你情愿做我哥哥的话，我就喊你一声哥哥，不知你愿意接受我这个称呼吗？"

明德心儿有些荡漾，他有些情不自禁，拿了她的纤手，放在嘴边去闻了一下，笑道："妹妹，我有你那么一个美丽的妹妹，我心里实在是太快乐一些了。"

菊卿又喜又羞，红了两颊，笑道："你不是本来有个美丽的妹妹吗？"

明德笑道："可是你比我本来这个妹妹更要美丽一些呀！妹妹，我实在很高兴，你伴我到院子里去散一会儿步吧，这是很难得的一回事。妹妹，你千万要依顺了我。"

菊卿听他这样说，遂也不忍过分拂他的意思，扶着他下了床，给他披上了一件睡衣，便搀扶他走到院子里散步去了。

今夜的月色是分外光明，整个院子的景物是很显然地透露出来，夏季的树叶绿得碧油油的，在清辉的月光笼映之下，更添了一层幽美的色彩。菊卿搀着他走到一个水塘的面前，那边有一把长椅，遂柔声地说道："哥哥，你去坐着息一会儿吧。"

明德点了点头，于是两人相倚相偎地走到椅子旁边坐下了。池塘里有青青的莲蓬，有粉红的荷花，有绿绿的浮萍，衬着水银样的波纹，确实是非常好看。明德回眸望着菊卿的娇容，只觉容光焕发，和池水中的荷花一样红粉可爱，遂说道："妹妹，人生的聚散，本来是偶然的，像天空中的浮云一样，捉摸不定。但是我和你在这儿相聚了四个多月，彼此赤裸裸地相待，这也岂是偶然的事吗？我觉得你我之间至少是有些缘分在其中的……"

明德说到这里，固然有些不好意思，同时听得菊卿也感到难为情起来，秋波脉脉含情地望着他俊美的脸蛋，频频地点了点头，说道："当然，我们并不是偶然相识的，因为我一见了你，我心里就激起同情的悲哀，希望上帝能够搭救一个有用的青年。现在你居然一天一天地好起来，你想我是多么快乐、多么安慰！不过我所难受的，是和你中途的要分离罢了。但是你应该知道，我是个孤苦的姑娘，希望你身子复原的时候，出来瞧望我一次，我实在是很感激的了。"菊卿说到这里，只觉有股子辛酸陡上心头，她眼皮儿一红，泪水又在粉颊上晶莹莹地展现了。

明德见她的悲哀的意态，心里也很难受，遂把手半环抱了她的身子，向她柔和地道："妹妹，我并非是木石，这几个月来妹妹待我的情分，我不怕妹妹生气的话，大胆地敢说，确实也胜过夫妇的情分了。你想，我如何又不感到心头呢？妹妹是个孤苦的姑娘，你不知道我也是和你一样的伶仃哩！"

明德叹了一口气，手按着她的肩胛，低低地说道："菊妹，我现在全都告诉了你吧，我和妹妹并未是同母所养的呀。"

菊卿听了，"哦"了一声，若有所悟似的暗想：怪不得这几个月来，他的母亲也只不过来了三四次，照理，自己爱儿患了肺病，做母亲的不是要天天地来伴在病床边了吗？遂一撩眼皮，低声地道："那么你的娘大概是很早地就过世了？"

明德有些伤心，眼皮儿一红，说道："在我不到周岁的时候就死了。我是乳娘抚养长大的。妹妹，你想，我的命不是比你还苦吗？"

菊卿道："不过你到底也还有一个亲生的爸爸，而且你妹妹也和你亲热，我在旁边瞧着，觉得她对待你的情景，处处都显出很真心的样子。我想这也是不容易的一回事。"

明德点头道："妹妹从小就和我说得来，我们也从来不曾吵过一回嘴。记得我十一岁的时候，被妈打了一顿，打得很厉害，亚妹陪着我淌泪，连眼睛都哭肿了。"

菊卿点了点头，说道："这就难得……"只说了一句，她也不知道为什么心中总有一股郁气，忍不住又叹了一声。

明德道："菊妹，你不要难受，在四个月以前，我就存了这么一个心。现在四个月以后的今天，我们的情感不是更加地深厚了吗？所以我赤裸裸地向你说，我今生除了妹妹一个人外，再不去爱上一个人，虽然我的发儿也白了，但我也总得见了妹妹后才结婚的。菊妹，我向你说了这几句话，你现在总可以明白我的真心了。"

菊卿两颊是一层一层地红晕起来，秋波又喜又羞地斜乜了他一眼，柔声道："我知道哥哥对待我的真心，我当然很信得过你……"

她说到这里，粉脸不禁羞得垂下来了。

明德道："不过我希望你……"菊卿不等他说下去，猛可地抬起粉颊来，秋波哀怨地逗了他一瞥，很急促地说道："哥哥，你不用说下去，菊卿不是个三心二意的女子，除非我死了，那是没有办法的，否则，我总等候你的到来……"说到这里，泪水又在眼角旁透露了。

明德知道她的痴心，一时深悔不该向她说这一句话，遂伸手去抹她颊上的泪痕，笑道："菊妹，你错理会我的意思了。我并不是说你不要忘记我呀，我希望你我走之后，切不要忧愁，依然要高高兴兴的，那么我才安慰哩。"

菊卿点头道："那我知道的，不过请你常常写封信给我，告诉我你的身子一天一天地健康起来，不是叫我心中可以更快乐吗？"

明德点头道："这个自然，我一星期写一封信给你好吗？"

菊卿微笑道："一星期一封，一个月只有四封信，那似乎太少一些吧？"

明德见她说完后，又显出不胜娇羞的意态，一时真感到她的可人，遂抚摸她的纤手，也笑道："那么一个月写十封信给你，平均三天一封，你瞧怎么样？"

菊卿抿嘴笑道："那就差不多了。"

明德道："那么你回复我几封？"

菊卿乌圆眸珠一转，瞟了他一眼，笑道："当然不会少，也是十封哩。"两人说着，都微微地笑起来。

夜是静悄悄的，四周像睡过去了一样地沉默。天空是紫褐色的，也飘浮了几片灰白色的云儿，随了风力，毫无自主地来去不停。月亮姑娘圆圆的脸儿，一会儿躲藏在浮云堆里，一会儿显露在天空。她的光芒是那么玉洁，那么清辉。

菊卿笑道："月圆如镜，我想我们的结果总有像月儿那么团圆吧？"

明德也笑道："这还用说的吗？菊妹，我们往后的生活，真有说不出的甜蜜呢。"

菊卿听明德这一句话，未免有些乐而忘形，这就秋波逗给他一个妩媚的娇嗔，不禁赧赧然地笑起来。明德见她粉脸白里透红，实足显出处女的优美，微风一阵一阵地扑送，鼻中只觉得芬芳细香，令人心神欲醉。对此美人，怎不叫明德心中荡漾起来呢？他把菊卿的脖子慢慢地挽到了，菊卿是很明白他的意思，她的粉脸微微地仰起，在她那颗芳心中，是愿意接受他这一吻的。但明德低头正欲把嘴凑到她红红嘴唇去的时候，忽然他又抬起头来。菊卿见他这个举动，倒不禁为之愕然，明眸瞅住了他，似乎有些不明白的神气。明德这就笑道："我忘记自己是个患肺病的人了……"

菊卿听了这话，方才知道他是怕把肺病传染给自己的意思，从一点看来，显然明德不是一个好色的青年，同时也可以知道他确实是爱我的人了。菊卿芳心是非常感动，把娇躯偎在他的怀里，微笑道："你这肺病已好得多了，大概不会再传染人了吧……"

在菊卿所以说这两句话，原是为了感激他的意思，不过既说了出来，仔细地一想，她又难为情得连耳根子都红起来，暗想：他不肯吻我的嘴，是为了怕传染了我，我现在说这肺病不会传染人，那不是明明地叫他只管和我接吻的意思吗？菊卿心中有了这一个感觉之后，她羞得连望他一眼的勇气都消失了。

明德见她这个神情，便握着她纤手笑道："虽然你这么说，不过我总小心一些比较好。万一传染给了你，那我心头不是太残忍了吗？"

菊卿听他这么说，伸手轻轻地打了他一下，秋波在逗给他一个娇嗔之后，也不禁哧哧地笑起来了。

明德见她娇媚的神情，心里当然很得意，但想起自己这肺病不知到底能不能痊愈，一时未免又有些悲哀。他望着自己无名指上那枚亮晶晶的钻戒，却是深深地长叹了一声。

菊卿忽然听他又叹气了，遂抬起玫瑰花儿似的脸，纤手扳住他的肩胛，很奇怪地问道："哥哥，你怎么又不高兴了呢？"

明德向她凝望了一会儿，却是默不作答。菊卿见他这个神情，显然是有些缘故的，遂急道："怎么不回答我？难道你心中还有不可以告诉我的事情吗？"

明德被她这么一追问，方才低声地说道："菊妹，我们到北平去的事大概是确实的了。我想在未离开你之前，我俩总有一个明白的表示，而且更应该有个形式上的交换，那么我们彼此的心灵上方始有个切实的安慰。在我的意思，是很想把这一枚钻戒交给你，把你手上的那枚红宝石戒交给我，算我们俩在今夜明月之下，私订了一个婚约。假使我没有患肺病的话，我是早已向你实行了。但我既患了肺病，我就觉得不敢再贸然了。因为肺病这样东西，变化无定，说好了吧，像真的好了，不过突然之间，也许会厉害起来。我倘若真的有痊愈的把握，那么我俩当然尽早总有团圆的日子，只怕拖延着日子，那么岂不是害了你的终身吗？所以我是爱你而又不忍爱你，因为我不忍一个聪明美丽的姑娘，为了我自己而陷入悲哀的途径呀。"

菊卿听了他这一番话，方才明白他所以叹气的原因了。她那芳心在万分感动之余，又有些悲酸的滋味，颦蹙了柳眉，秋波逗了他一瞥哀怨的目光，说道："哥哥，你千万不要说这些话。你现在不是已经好得多了吗？"

明德听她这两句话的意思，当然她是愿意和我订一个婚约的，遂说道："妹妹，承蒙你这样真心地爱我，我实在感激涕零，现在我把那枚钻戒脱给了你，不过我预告向你声明一句，万一我不幸死了的话，那么我们这个婚约就不作为准，请你留下这枚钻戒做个纪念好了。"明德一面说，一面把钻戒脱下，亲自套到她的手指上去。

菊卿听了，眼皮儿有些红润，叹了一声，说道："好哥哥，你为什么偏要说令人难受的话？我总相信你会完全复原的。假使你真的死了，我也情愿跟你一块儿死去的，那么也不枉我俩相识了一场……"

明德骤然听她说出了这两句话，这就猛可地把她身子抱住了，偎住了她的粉脸儿，感动得淌下泪水来，叫道："妹妹，妹妹，天下哪有这种话的道理？有这两句话，也就是了。"

菊卿泪水也夺眶而出，低低地说道："我相信上帝绝不忍病魔来夺去社会上一个有用的青年，哥哥，我们不要想那些悲哀的事，我们应该想未来的快乐。"她说到这里，又有些赧赧然的样子，挂着泪水，望着明德娇媚地笑。

明德因为是爱她到了极点，所以凑过嘴去，在她粉颊上默默地吻了一会儿。菊卿柔顺得像一只驯服的绵羊，尽让他默默地温存了一回。良久，明德才离开了她的粉颊，望着她得意地笑了。

菊卿秋波斜乜了他一眼，把她那手上的红宝石戒也套到他的指儿上去，低低地说道："哥哥，我们回房去了吧，你多坐怕累乏了。"

明德点了点头，于是站起，和菊卿依偎着一同步进病房中去了。

到了病房，菊卿扶他躺到床上，明德道："什么时候了？"

菊卿瞧了瞧手腕上白金的手表，说道："九点多了，你也该静静地休息一会儿吧。"

明德笑道："不知怎的，我却有一些肚子饿，妹妹烧些牛奶我喝好吗？"

菊卿点头答应，她便悄悄地走到病房外去了。

明德倚在床栏旁，两眼望着那盏淡蓝色的灯泡，不免想了一会儿心事，觉得菊卿待我之情，真可说海无其深、天无其高的了。我究竟是个有肺病的人，她却不管一切地要痴心地爱上我，而且还说出这样我死她也死的话来，这叫我心头除了感激还有什么可以形容的吗？唉，我真太幸福了，但是也太悲哀了。天哪，你也难道忍心社会上要发生这一件大惨剧吗？不然，你应该让我病快快地好起来……明德暗暗地自念了这几句话，他又感到人到无可奈何之时，往往也会无聊起来。天是茫茫的太空，它会来管我们这些的事情吗？

想到这里，忍不住深长地又叹了一口气。

这时却见院役拿进来一只奶油面包放在桌上，便自管匆匆地走了。明德明白这当然是菊卿吩咐他去买来的，一时觉得菊卿待自己的情分，确实已深过了贤妻的成分了。不多一会儿，菊卿端了一杯牛奶进来了。明德道："这面包是妹妹叫院役买来的吗？"

菊卿把牛奶杯子放在他的床边桌上，点了点头，眸珠转了一转，微笑道："你不是说肚子饿吗？光喝牛奶也不会饱呢。"

说着，她把小刀拿出，遂站在桌边切面包。也许是因为心太急了一些的缘故，那小刀却切到她的手指上去，菊卿"哟"了一声，放下了小刀，慌忙把手指提了起来。明德急道："怎么啦？伤了手指吗？"

菊卿紧锁了眉尖，背过身子去，说道："没有……还不要紧。"

明德俯了身子，忙着又道："你怎么不回过身子来给我瞧呀？到底伤得如何了？"

菊卿听了，索性走到病房外去了，一面说道："你不用急的，我去敷些红药水就好了。"

明德叹了一声，暗想：为了自己肚子饿，倒又累她切伤了手指，那也真叫人难过极了。

约莫三分钟后，菊卿方才含笑走进房来。明德见她左手食指上已缠了一条雪白的纱布，不知怎的，心里也会感到一阵肉疼，遂说道："不知伤得怎么样，瞧也不肯给我瞧一瞧，我真是该死哩。"

菊卿听了，反而秋波逗给他·个妩媚的娇嗔，笑道："这是我自己做事不小心，怎么能怪到你的身上来呢？"说着，拿了小刀，继续切她的面包。

明德忙道："妹妹，你不用切了，我用手撕着吃也可以的。"

菊卿听他这样说，虽然知道他是为了怕我再切伤手的意思，但在她想起来，总感到很难为情，瞅了他一眼，笑道："你放心，不会再切伤了。"

明德道："我倒不是怕你再切伤，因为伤了手指再做事会累痛的，我心里感到舍不得。"

菊卿芳心荡漾了一下，红晕了两颊，扑哧一笑，秋波又逗给他一个倾人的媚眼。她切好面包，拿到他的面前，说道："你既肚子饿，那么快些吃吧。"

明德道："我吃不了这许多，你也给我一块儿吃几片。"

菊卿点了点头，含笑在他床边坐下了，遂拿了一片面包，自己也吃了。明德喝了一口牛奶，他把玻璃杯递过去，菊卿知道他叫自己也喝一口的意思，遂把嘴也凑过去。不料明德忽然把杯子又缩了回去。菊卿以为他和自己开玩笑，遂红晕了两颊，白了他一眼，笑道："你这人又顽皮了。"

明德笑道："并不是和你开玩笑，我又想着自己是个患肺病的人了。"

菊卿听他这么说，很怨恨地说道："你不是已经好了吗？我偏喝一口，看它会不会传染呢！"说着把手去抢他的杯子。

明德不依她，把杯子藏到床里去，说道："那可不是儿戏的事，别的事情可以试一试，这事情是没有试验的道理，你要喝再去煮一杯吧。"

菊卿听他这样说，遂也作罢了，说道："其实我原没有饿，无非陪着你吃，做个伴儿罢了。"

明德喝完牛奶，吃了两片面包，菊卿拿手巾给他抹嘴擦手。明德瞥见她包扎纱布的手指，遂温柔地握住了，低声地问道："妹妹，痛不痛？"

菊卿憨然地笑道："没有十分痛，还好。"

明德把她手拿到自己脸颊上去亲着，明眸脉脉含情地凝望着她玫瑰花样的娇靥，说道："我知道你一定痛得厉害的。妹妹，真的，我觉得肉痛。"

菊卿忸怩了一下腰肢，"嗯"了一声，两人都会心地笑了。

第二天早晨，菊卿给明德喝了药水，她便向他低低地道："曼萍已来了，我该回家了。"

明德握着她白胖的纤手，说道："你就多伴我一会儿走吧，因为我们相聚的日子也许不多的了。"

菊卿听他这么说，心里又觉得悲酸，眼皮儿一红，说道："在我意思也很想整日整夜地陪着你，但给院中同事瞧了，不是要当笑话讲吗？我们往后相聚的日子正长，你也别难受了。"

明德也不忍勾引她的伤心，遂点了点头，说道："那么你晚上来的时候，最好拿两张照相给我，我在北平的时候瞧了这小照，也就仿佛见了你一样的了。"

菊卿点头说好，她便匆匆地走了。明德望着窗外的树丛，呆呆地出了一会儿神，约莫一刻钟之后，只见妹妹亚琴挥着额角上的汗水，又急急地走进病房里来了。

第三回

意绵绵酒楼醉别离

亚琴和光迪一同步出了医院的大门，这时黄昏已笼罩了大地，宇宙间布了一层轻罗那么的薄暮，凉风拂拂，吹在身上只觉遍体皆爽。亚琴低了头，望着自己那双白麂皮的鞋尖儿，在地上一步一步地移动着，默默地出神。光迪回眸瞟了她一眼，低声笑道："惠小姐，我们到哪儿去吃饭？"

亚琴这才抬起红晕的娇靥，绕过媚意的俏眼，向他脉脉地逗了一瞥，说道："随便什么地方，金门酒楼好吗？还只有前天开幕呢。"

光迪点头道："很好，我还不曾去过呢，今天不妨去见识见识，听说里面设备也不见得怎么考究的。"

亚琴笑道："我昨天和同学去吃过一次饭，菜烧得不错，而且也很便宜，所以生意倒很好。"

光迪笑道："这当然因为价廉物美、经济实惠的缘故了。"

亚琴听他这么说，秋波睃了他一眼，也不禁抿着嘴儿笑起来了。

两人到了金门酒楼，光迪见里面四周壁上都装着暗灯，灯泡大概用淡蓝的，所以虽然瞧不到有一盏电灯，室中却透露了柔美的光芒，身入其中，好像在月光下一样。侍者见了两人，便即招待入座。光迪见里面尚有小小一间，用霓虹灯装着两个"容膝"的字样，遂向亚琴说道："里面是什么？"

侍者在旁把手一摆，弯了弯腰，先答道："里面也可以坐，两位

176

请里面坐吧。"

光迪和亚琴遂跟侍者进内，招待坐下，问喝什么茶。亚琴道："两杯都泡菊花好了。"

侍者答应一声，遂匆匆走出去了。光迪向四周打量了一下，见里面也安置了十个座桌，遂笑道："他们倒也聪明，大概恐怕客人厌憎这儿地方小，所以先备了'容膝'两字了。"

亚琴道："地方虽小，不过总算还设计得有些美术化。"

光迪点了点头，伸手拿过菜单，送到亚琴的面前，笑道："计算起来，和惠小姐差不多有一个月没有在一块儿吃饭了吧？今天难得的会遇在一块儿，我们应该喝几杯。"

亚琴乌圆眸珠转了转，抿嘴笑道："照理今天原该喝几杯，不过你病才痊愈，酒就别喝了。"

光迪听她这"照理"两个字中，觉得至少还含有些意思的，遂凝眸望着她脸庞，怔怔地问道："惠小姐，我听你话中似乎还有些什么缘故般的，莫非你要离开上海了吗？"

亚琴点头道："你也真聪明的，确实，我们全家恐怕就要回北平去了。"

光迪听果然是的，他脸上顿时浮现了忧愁的神色，说道："你这话可真的吗？那么你的哥哥难道也回北平去吗？"

亚琴道："是的，爸爸说反正西山别墅里地方既清静又幽雅，给哥哥养病只有比上海更好的。"

光迪道："那么几时动身启程？不知日子可曾定出吗？"

亚琴道："这主意在春天里爸爸就发动了，所以说不定这几天就要走的。"

光迪忽然想到了什么似的，"哦"了一声，说道："是的，我记起了，春天里我和你在公园里的时候，你不是曾经也向我说起这个话吗？那么现在是确定的了。"

亚琴点头道："可不是？光阴过得真快，春天里的话，一忽儿已到眼前了。"

光迪道："既这么说，我们是更应该喝一些酒了。"

这时侍者把菊花茶送上，亚琴笑道："拿茶也可以代替酒的，我劝你还是不要喝的好。"

光迪道："我这病和喝酒是没有什么关系的，你放心是了。惠小姐，那么点菜吧。"

亚琴不忍过分地拂他意思，遂点了四只冷盆、两只热炒、一只冬瓜盅，一面又向光迪说道："既然你一定要喝酒，那么就喝一瓶强身露好不好？这是补血的。"

光迪点头道："很好，反正我只要有一些酒喝，那也就是了。"

亚琴遂把点好的酒菜吩咐侍者拿下去，侍者弯了弯腰，他便悄悄地退出去了。

光迪望着亚琴的粉脸儿，说道："惠小姐，不是我埋怨你，你真也不应该，就说我这许多日子没有来瞧你，你不是也可以到我家来望一次吗？说起来也真可怜，我在病中早也盼你来，晚也盼你来，可是却总不见你到来……"说到这里，不禁又微微地叹了一口气。

亚琴见他那种怨恨的神情，一时也很感到抱歉，遂柔声地道："我也不知道你是生着病。假使知道的话，我还会不赶着来望你吗？"

光迪笑了一笑，说道："我知道你的意思了，是不是你以为我和徐小姐在一块儿玩呢？怪不得你刚才还怨我这病是跳舞跳出来的。其实这真是冤枉极了。"

亚琴想不到他这几句话直说到自己的心眼儿里去，两颊不免透现了一圆圈的红晕，说道："我也没有这个意思，况且你和徐小姐在一块儿玩儿，这也是你的自由，我能管得了你吗？"

光迪道："惠小姐，你说这些话，我觉得难受。我和你自小儿同学到现在，彼此的心难道还有个不知道吗？今天你既然要回北平去，我们在未离别之前，我很想和你赤裸裸地表白一番。假使你认为我不是个浮滑的青年，那么我希望你能够给我一些安慰。"

亚琴见他说得非常认真，一时芳心也不免软了下来，觉得过去自己确实是多疑心他的，因为凭着我俩五六年的友情而言，光迪也可说是我理想中的一个青年。于是垂了眼皮，望着那杯菊花茶，低低地说道："本来我原很信任你的，不过近来你似乎变了。这我也并不怨恨你，因为你现在不是多了一个比我更好的朋友了吗？"

光迪听她还是这样说，遂蹙了眉毛急道："你这是什么话？我究竟哪儿变了？你也该给我说出一个理由来呀！"

亚琴听了，却是并不作答，拿起玻璃杯子，微微地喝了一口。光迪望着她接着又道："惠小姐，假使我心坎儿上没有你一个人的话，我一定没有好的结果……"

亚琴这才回眸瞟了他一眼，微笑道："齐先生，你那又何苦来？因为我们究竟还不是朋友以上的关系，根本你还无须有发咒的必要呀。"

光迪听她这样说，心头有些失望的悲哀，叹了一声，说道："惠小姐，我觉得你的人近来倒真的有些变了。在我们过去的友谊而说，你似乎不应该使我这样难受。惠小姐，我的心是完全交给了你，只要你肯接受我的话，我绝不会有负你的深情。"

亚琴听他说到这里，眼皮儿有些红润的样子，一时心中也不知为什么缘故，只觉无限悲酸，泪水竟也从眼角旁涌了上来。光迪见她也淌泪，从这一点看，显然她的芳心里也未始不是没有爱上我的意思，遂向她柔声地又说道："惠小姐，请你不要误会我和徐小姐有什么意思，这误会能使我们感情破裂到完全宣告破产的地步，那是一件令人感到多么遗恨的事呀！记得春天里我们是曾经彼此谅解过，我也向你做恳切的解释，你也把疑窦涣然冰释了。但是现在你怎么又不信任我起来了呢？你想，像徐小姐这样浪漫的姑娘，我也高攀不上她呀！"

亚琴听他这样说，方欲回答一句什么，这时侍者已把四只冷盆和强身露送上来了。光迪拿过瓶子，给亚琴倒了一杯，送到她的面前，说道："惠小姐，这一杯你总可以喝得下的吧？"

亚琴点了点头，伸手把瓶子接过去。光迪不明白她是什么意思，遂怔怔地问道："你做什么？"

亚琴一撩眼皮，秋波逗了他一瞥娇媚的目光，笑道："你也不用怨恨我了，我给你倒一杯酒，算向你赔一个不是，那么总好了？"

光迪听了她这一句话，心头才算得到了无上的安慰，脸上浮现了笑容，把玻璃杯送了过去，笑道："其实你也没有什么错，向我赔不是我怎么敢当？惠小姐，这句话我是早已跟你说过了，你所以疑心我爱上了徐小姐，你也还不是为了爱我的缘故吗？唉，大家都是很相爱，因了一猜疑，以致生出许多的是非来，所以我感到真是危险。"

亚琴微红了脸，把玻璃杯向他举了一举，笑道："这些话我们别谈了，大家还是喝酒吧。"

光迪点了点头，把玻璃杯凑过去，和她碰了一碰，遂喝了一大口，握起筷子，在盆上一点，望了亚琴一点，当然这是叫她用菜的意思。两人默默地喝了一会儿酒，彼此都没有开口。

光迪在喝下一杯强身露之后，他似乎把过去的话都想起来了，望着亚琴脸含春色的两颊，说道："惠小姐，你叫我这些话别谈了，可是在我想起来，却是越想越要谈了。记得四个月前，我们的感情实在比现在更要好一些，四个月后的现在，你似乎和我倒反而生分得多了。在法国公园里，你说起下半年或许要回北平的话，我听了很忧愁，当时我曾向你说一句玩话：只怕再见面的时候，你就变了。那时你听我这么说，便很急地回答我，说你是不会变的，就是五年十年以后，也还是现在那么的一个亚琴，只要我不变心，你是永远不会变的。我听了当然十分安慰，也曾经向你说海可枯石可烂、此心绝不变的话……惠小姐，对于这些事情，你总也不会完全忘记。而且我想起来，似乎还在眼前。所以我说在我俩之间，实在不应该有误会两字的。"

亚琴听了他这一番话，心里也记得过去确实有这几句话，遂把秋波脉脉含情地向他瞟了一眼，低声地道："齐先生，不过你要明白，爱情这样东西是最小气的。它和眼睛一样，眼睛里容不得一粒细微的灰沙，爱情又怎么能容得下一个第三者呢？所以我俩感情忽然会淡薄起来，这绝不是我的责任，完全是你的责任呀。齐先生，这种话本来我也不好意思跟你说，不过你既然谈起了，我就也不妨向你说几句。"

光迪喝了酒后的脸本来是红了，此刻就更红晕一些，说道："惠小姐，你这话也说得是。不过我可以向你发誓，假使我和徐小姐真有什么爱情的话……"

亚琴听到这里，把手摇了摇，说道："你不用说下去，因为我听你发誓也不止今天第一次了，所以我很相信你。齐先生，我以为大家只要一条心，没有在一块儿，和天天在一块儿是一样的。"

光迪握了第二杯的酒，又喝了一大口，说道："现在我也没有别的希望，总希望你到北平之后，常常寄给我几行字，我心里就很安慰的了。"说到这里，微微地叹了一口气，大有凄然泪下的神情。

亚琴道："那我当然会写信给你，不过你也别疏懒才好。"

光迪道："春天里你说回北平的话，我听了就很难过。你说就是真的去了，也还得再过四个月，叫我不用忧愁。现在事情已到眼前了，想不到你真的要回去了，你想，怎不要叫我感到黯然呢？"

亚琴虽然恨他常常和爱仁去跳舞，不过一颗芳心始终还是爱他的。今听他这么说，一时也不免伤心起来，眼皮儿有些红润，望着他清秀的脸，低低地道："你不用难受的，在过去我也曾经向你劝慰过，我们是在求学时代，虽然暂时相别，那是没有什么关系的，因为我们的年龄还不是很轻吗？就说再过五年吧，你也不过二十七岁，我还只二十二岁，何况也绝不会隔别得那么久长的。现在我在临别之际，要向你说几句话。本来一个人的行为都要自己做主的，靠旁人劝说，那无论如何也劝不好的。我在上海的时候，叫你不要上舞场去，你尚且不能依我，那么我不在上海了，单靠留了几句话，当然是更不中用的了。不过我对你总尽我的一份心，你听从我也好，不听从我也好，在离别之前，我总熬不住要向你劝慰几句。并不是说跳舞完全是堕落的事情，因为在跳舞的人也不知有多多少少，难道人家都堕落了吗？话不是这样说的。在这灯红酒绿的场所，到底能够消沉青年人的志气，尤其在求学时代的青年，更不应该去跳舞。因为一面跳舞，一面求学，这学就是求到头发白牙儿脱，我相信也永远求不成的。你听了我这话，不要笑我是个思想陈旧的人，因为年轻的人谁不希望温柔的享乐呢？然而我们应该知道我们目前的环境绝不是歌舞升平的时候，我们是社会的一分子，那么我们所做的行为、我们的良心，是该要对得住社会的。"

光迪听她絮絮地说了这一大番话，一时心里在万分感动之余，又觉得十二分的羞惭，遂连连地点头道："惠小姐，你不但是个多情的姑娘，而且也是个思想不平凡的女性。我听了你这番话，我还有什么话好说呢？唉，惠小姐，你才不过是个十七岁的姑娘，有这样伟大的思想，我不但敬佩，而且更是惶恐。我一定听从你的话，假使日后若再有给你知道我在跳舞的话，那么你就是打我骂我，我也不会再来怨恨你的了。"

亚琴听他这么说，心头也感到十分的安慰和痛快，抿嘴笑道："打你骂你，我也不是你的长辈，怎么敢呢？不过在我也很明白，你是个勇敢的青年，我为你的前程着想，所以我不得不忠告你几句。因为我们既已认为知音了，那么你的成就还不是我的光荣吗？"亚琴说到这里，粉脸也像玫瑰花似的红起来，秋波盈盈地逗了他一瞥娇羞的目光，忍不住憨憨地笑。

光迪对于亚琴末了这两句话，他心头是兴奋到了极点。至此他方知亚琴实在是个很痴心爱我的姑娘，她对我是存了多么的期望啊！他情不自禁地把那大半杯酒喝了下去，望着她的脸说道："惠小姐，从今以后，我一定将好好地努力做一个人，我总不使你那颗小小的心灵中感到失望的。"说到这里，向侍者一招手，吩咐再开一瓶强身露来。

亚琴见他这举动，分明是感到十二分兴奋的表示，虽然也很欢喜，不过却怕他病后多喝酒又伤身子，遂向他劝阻道："齐先生，喝急酒是容易伤身子的，我瞧你酒量也不是好的，脸已经这么红了，还是别喝了吧。"

光迪笑道："不，我并没有醉。今晚我觉得就是喝一千杯酒也不会醉的。惠小姐，这是很难得的，请我答应我吧。"

亚琴听他这样说，一时也不忍再阻止他，笑道："我倒不是怕你喝醉了，因为你病不是还刚刚好吗？"

光迪道："没有关系，在病中记得有四五天不曾吃东西，现在复原了，胃口好得不得了，见什么东西就想吃，往往总觉得好像吃不饱似的。"

亚琴听他说得有趣，忍不住扑地一笑，说道："这就是荒食了。不过你也得小心一些，不会消化的食物少吃些，还有油腻的也别多吃。你不见我今天给你点的菜都是很素净的吗？"

光迪听她这样说，心中愈加感动，明眸脉脉地望着她娇容，说道："我一定听从你的话，惠小姐，确实你待我太好一些了。"

亚琴听了这话，把小嘴一噘，向他啐了一口，秋波却逗给他一个妩媚的娇嗔。就在这时，侍者把第二瓶强身露开上，光迪在自己杯中倒满了后，又向亚琴望了一眼，笑道："惠小姐，我给你杯中加满了可好？"

亚琴摇头道："我是喝得差不多了，再喝恐怕要醉倒。因为我头已经有些昏昏的了。"

光迪笑道："那么我给你加满了，大家喝一满杯就吃饭好不好？惠小姐，我们今晚相聚吃了一餐饭，也不知要再过多少日子方才又可以在一块儿相聚呢。"说到这里，收了笑容，忍不住又微微地叹了一口气。

亚琴听他这样感慨，就把杯子也不由自主地递了过去，让他加满了，凑在嘴唇上，呷了一口，低低地安慰他道："这也很快的，最多也不过两年罢了。说不定明年春天哥哥肺病痊愈了，我们又到上海来求学，那就更快了。"

光迪点头道："但愿能够如此。这当然叫我喜欢极了。"

两人情意绵绵地一边谈话，一边喝酒，直到九点敲过，才算把这顿饭吃毕了。两人并肩走出金门酒楼的时候，大家都有些醉意。夏夜的风虽然是那么热情，但吹送在他们脸颊上的时候，心头也会感到有阵说不出的凄凉。挽了手儿，在清静的人行道上默默地走了一截路。临别，亚琴向他说道："你明天到医院里去一次，大概就可以知道我们几时动身的消息了。"光迪点头答应，遂匆匆握手作别。

亚琴回到家里，走进上房，只见爸妈正在商量回去的办法。文标见亚琴脸儿红红的，遂问道："你在哪儿喝了酒？"

亚琴一面在沙发上坐下，一面拭着额角上的汗水，说道："几个同学听我要回北平去了，所以都向我饯行，大家聚了一次餐。"

文标道："虽然我说要回去，但到现在我还委决不下。琴儿瞧怎么样呢？"

亚琴听爸这么说，倒不禁愕住了一会儿。但惠老太早先说道："一样是养病，在上海多住一天医院，你知道要多花费多少钱？那么还不是回北平去好吗？并不是我肉疼着钱，因为你也没有十万八万的家产，这样子下去，你能负担得下吗？"

亚琴听了这话，方知这次回北平的动机还是妈发起的。在这里亚琴不免也怨恨起母亲来，哥哥虽不是你养的，但到底也是你的儿子。他平日对待你的行为，也和亲娘一样。那么哥哥在上海养病既然一天好如一天，那么也就不必一定要回北平了。虽然花费多些，但爸只有一个儿子，金钱到底属身外之物。没有金钱，还可以去赚回来，没有了哥哥，瞧你再到什么地方去找一个儿子来呢？亚琴想到这里，自然十分怨恨，忍不住微微地叹了一口气。

文标今年六十开外了，惠老太是还只有四十几岁，所以素来是有些怕她的。在春天里明德进医院的时候，惠老太外表上显出很肉疼的样子，暗地里却向文标叽咕，说患肺病的人十个倒有九个不会好的，倒不如趁早把他送回北平西山去养息，免得在医院里多花钱。你是个上了年纪的人，我到底还只四十左右的人，你把钱全都花了，叫我往后怎么度日呢？文标被她吵不过，所以答应待下半年准定全家回北平去。他想着明德这孩子的孝顺，因此不得不想起他亲生的娘来。所以文标在无人的时候，他常常暗自淌泪，十分悲伤。此刻他向亚琴问一句，当然也有他的意思，他想叫亚琴来劝阻母亲到北平去的主意。不料亚琴还不曾回答，惠老太先啰唆起来。

文标在十分怨恨之余，遂毅然地道："也好，你这样喜欢回去，我们明天就动身好了。反正你是只爱惜金钱不爱惜儿子的人……"

文标说这两句话，原是怨恨到了极点，但听到惠老太的耳中，她就大闹起来，冷笑了一声，说道："你这老头说的是什么话？我叫他患肺病的吗？我在他的身上到底有些什么错？为什么你要说我不爱惜儿子？叫他回北平西山去养息，一面固然为你金钱着想，一面也是为他的好，难道叫他回北平去养病是害了他吗？幸亏他没有听到这两句话，不然倒叫他以为我做娘的心狠哩！"说到这里，她把茶几上那瓶插花拿来，就向地上掷去，竟呜呜咽咽地哭起来了。

亚琴瞧此情景，真没有了办法，遂只好走到母亲身边，拍着她的肩胛，劝慰她道："妈，你何苦这样呢？"

惠老太拉了亚琴的手，眼泪鼻涕地泣道："琴儿，你听听吧，你爸这话是不是人说的？"

亚琴叹了一口气，向文标望了一眼，说道："爸这话当然也说得过分一些，不过妈也不用太认真。大家吵起来，给下人们瞧着，算什么样呢？"

这时仆妇也走进房中来，见老爷太太吵嘴，遂拧了一把手巾，给她拭脸，一面拿了扫帚，把地上碎花瓶扫去。惠老太一面擦眼泪，一面向文标絮絮滔滔地说个不休。文标灰白了脸，叹了一声，说道："你也不用吵了，我准定依你明天走是了。"说着，又向亚琴道："你明天到医院里去把账结一结，下午伴你哥哥坐一辆汽车到火车站。反正总要回北平去，要走还是走得快一些，我每天耳朵听不过，吵也吵得头脑涨死了。"说着，便恨恨地走出上房去了。亚琴没有回答什么，向母亲又劝说了几句，她也自管回到卧房里去了。

这晚亚琴躺在床上，想着妈妈的行为未免太以量窄一些，其实又何必要这样妒忌哥哥呢？她心头有些怨恨，叹了一口气，也就沉沉地睡着了。

第二天亚琴起来，正在对镜梳洗，见爸爸走了进来，向她说道："琴儿，我车票已经买好，那么你今天就准定到医院去结账吧。下午一点半你要伴哥哥到火车站的，我们都在那边等着你们。"

亚琴听了，颦蹙了柳眉，向爸爸凝望了一眼，说道："爸爸，何必急得这个样儿呢？我的衣服还没有整理过呢。"

文标道："你衣服妈会整理的，什么事情总要称了她的心，那么才安静。反正我现在是一点主意也没有的了。唉，我也不要说了……"说着，叹了一口气，他又懒懒地踱出去了。

亚琴知道爸爸心中当然是很怨恨着妈，但凭心而说，确实也怨不了爸爸的。她摇了摇头，梳洗完毕，遂坐车到医院里去了。

亚琴一脚跨进病房，只见哥哥已倚坐在床上了，明德早就急急地问道："妹妹，到北平去的消息究竟可成事实了吗？"

亚琴走到床边，点头道："不但已成事实，而且今天下午一点半就得动身了呢。"

明德听了这话，"哟"了一声，急道："什么？我们一点半就动身了吗？为什么要急促得这个模样呀？"

亚琴见哥哥惊讶的神色，心头十分地难受，一时又不敢把爸妈昨晚吵闹的事向他告诉，生恐哥哥听了伤感。遂只好平静了脸色，低低地道："爸爸把车票也买好了，他说早晚总得回去，还是早些发动好。"

明德听了这话，心头非常地焦急，红了脸，额角上的汗珠也冒出来了。

亚琴似乎理会哥哥的意思，瞟了他一眼，说道："秦小姐已经走了吗？你昨天可曾把这话向她告诉过呢？"

明德听妹妹问上来，遂握了她的手，央求着道："妹妹，我虽然和她说过，但万万也想不到今天下午就要动身的。那么她是做夜班的，我下午走了，她不是一点也没知道吗？所以我求妹妹此刻给我劳驾一次，把她去喊来，因为我还想和她说几句话呢。"

亚琴笑了一笑，点头说道："哥哥，你不用急，我一定给你走一趟是了。"

明德放了她的手，向她挥了一挥，说道："那么妹妹快一些去吧，因为这半天的时间是太宝贵了。"

亚琴见哥哥这么说，便抿嘴一笑，说道："哥哥，你也不要急糊涂了，她家住在什么路我还不知道呢。"

明德这才理会了，不禁红晕了两颊，笑道："她住在长安路景德坊四号，妹妹，你还是坐一辆汽车去吧。"

亚琴听他这么说，可见他心中真急得厉害，遂连连点头，三脚两步地走出病房去了。

明德待妹妹走后，他在枕头下摸出金表瞧了一下，见还只有八点二十分，计算菊卿到医院最快也是花半个多钟点，那么我和她相聚的时间，是短短只有三个小时了。今天这一分别，也不知何年何月再有相聚的日子呢。明德这么一想，他心头感到空虚的悲哀，望着壁上日光下映现的那盆花朵的黑影，他的眼角旁忍不住涌上一颗晶莹的泪水，呆呆地沉思在悲哀的环境里。

忽然一阵皮鞋声送到耳鼓，使他想到菊卿是赶来了，遂立刻收束了泪水，回眸向房门外望去。不料进来的不是菊卿，却是徐爱仁，遂说道："徐小姐，你好久不来，可是今天却来得正好。"

爱仁手里拿了一柄遮蔽阳光的很美丽的小伞，听明德这样说，便把小伞放在桌子脚旁，挨近床边，望着明德的脸，笑道："怎么啦，今天有什么事情吗？"

明德道："今天下午一时半，我们动身要回北平去了。你若再不来，也许我们是没有见面的日子了。"

爱仁听他末了这一句话，心里有些凄然，秋波逗了他一瞥娇嗔，说道："你怎么说没有见面的日子了？就是我们今天没有碰面，明儿我到北平不是也可以来瞧望你吗？"

明德既说出了这一句话，心里也懊悔失言了，今听爱仁这么说，他真的感到伤心起来，握了她的纤手，轻轻地叹了一口气，说道："徐小姐，你心里存着这个意思，我当然很感激你，不过我到了北平之后，这肺病也不知会不会好起来呢。"

爱仁听他这样说，心里有些难受，遂也紧紧握了他的手，在他床边坐下了，说道："你这四个月来不是已经好得多了吗？现在回北平去休养，那边是你的故乡，当然好得更快了。惠先生，你别难受，明年春天的时候，我知道你一定会完全复原了。不过我很奇怪，你们怎么好好的就突然之间要回故乡了呢？"

明德见她柔情蜜意地安慰自己，想起过去种种待我之情，他心里很是感触，遂望着她的粉脸儿，点了点头，表示感谢她的意思，说道："但愿应了你的话，那真是谢天谢地了。至于突然地要回故乡去，连我自己也莫名其妙。大概爸妈为了我养病安静起见，所以大家都回故乡去，以便有个照应吧。"

爱仁点头道："那么下午怎样去法呢？谁来伴你上火车站？"

明德道："回头妹妹会来的。"

爱仁沉吟了一会儿，忽然又道："你穿的西服可曾带来吗？"

明德被她这么一提，方才记得，说道："不错，他们也真糊涂的。徐小姐，谢谢你，给我打一个电话到家里去好吗？"

爱仁答应，遂匆匆到电话间去了。爱仁走后不到一分钟，只见

188

菊卿慌慌张张地奔进来，她走到床边，还没有开口说话，眼皮儿先红起来了。明德见了菊卿，心里又喜又悲，握了她的手，勉强笑道："菊卿，想不到我们今天就要分离了。我的妹妹呢？"

菊卿听了这话，心酸已极，泪水不禁涌了上来，但她还竭力忍耐住了，掀了酒窝儿，也勉强笑道："你妹妹在账房间结账。哥哥，为什么竟走得这样急促呢……"说到这里，话声是带有些哽咽的成分。

明德望着她满眶子含着热泪的脸庞，苦笑了一下，说道："谁知道呢……"说了一句，却深深地叹了一口气，抚摸着她的手，又低声地问道，"你早晨回家，对于这一个骤然的消息有些意想不到吧？"

菊卿抬手上去，在眼皮上揉擦了一下，摇头道："真是想不到的。我回到家里，先寻我的小照，可是找来找去，找不到一张现在最近拍的。我原想睡一会儿，预备下午去拍一张，不料鞋子还刚刚脱下，就见你妹妹匆匆地来了。当时我得此消息，真急得没有主意，于是只好拿了一张和母亲合摄的小影来给你了。这还是十七岁那年拍的。且不管它，你带了去也好。"菊卿说着，在怀内取出一张六寸的小照交给明德。

明德接过一瞧，果然是两人合摄的。菊卿站在母亲的身旁，浅笑含颦，意态是十分可人。遂点了点头，把那张小照夹在枕旁的那本《圣经》里，说道："很好，我连你送我的那本《圣经》也带回北平去了。"

菊卿微微一笑，说道："那么你到了北平之后，就写封信给我吧，免得我心里记挂。"

明德点头道："这个当然，我希望你身子保重，不要老是愁闷才好，有空闲时间，也该去瞧场电影解解闷。我想明年春天的时候，一定可以到上海来和你相见了。"

菊卿听他这样安慰，掀着酒窝儿，很妩媚地一笑，正欲说句什么，忽然见爱仁又走进来，菊卿不好意思，遂只得装出服侍明德喝药水的样子，去拿桌子上的玻璃杯子。爱仁却不理会这些，向明德说道："我已给你打电话去过了。你母亲说回头叫王妈立刻送来了。"

明德点头向她道了一声谢，菊卿遂悄悄地退到病房外面去了。在病房门口，遇见了苏曼萍，她很惊异地望了她一眼，笑道："咦，你还没有回家吗？"

菊卿微红了脸，悄悄地告诉道："惠先生下午要回北平养病去了，你没有知道吗？他留我下午送送他，所以我没有去。"

曼萍"哦"了一声，俏眼儿瞟了她一下，笑道："那么你不是失却了一个好朋友了吗？"

菊卿向她啐了一口，笑嗔道："你别胡说了，瞧他的妹妹来了。"

曼萍回眸去望，果见亚琴从账房间匆匆地走来。她见菊卿站在门口，心里很奇怪，遂问道："秦小姐，我哥哥在做什么？"

菊卿道："他和徐小姐在谈天。"

亚琴听了，知道爱仁在房中，遂三脚两步地走了进去。

爱仁一见亚琴，便先问道："惠小姐，你把哥哥的衣服仍没有带来吗？"

亚琴被她这么一问，也记得了，"呀"了一声说道："可不是？我也真糊涂了。"

明德忙道："妹妹不是从家中来，她在账房间结账哩。刚才徐小姐已打电话去过了。"

亚琴这才点了点头，一面和爱仁闲谈了一会儿。爱仁因为尚有别的事情，说下午一时半在车站再见，明德兄妹也没留她，爱仁遂匆匆地走了。

不多一会儿，菊卿伴着一个佣妇进来，说是送衣服来的。亚琴见是王妈，遂把衣服拿下，向她吩咐几句，王妈也就回去了。

光阴在心急的人瞧来，似乎更过得快一些，一霎眼间，早已近午了。明德和亚琴吃毕饭，时候已近一点，亚琴遂到电话间去喊汽车，这时菊卿却忙着给他服侍穿西服。明德握了菊卿的纤手，向她凝望良久，痴然若失地说道："妹妹，不到十分钟后，我们真的要离别了。谁知别离的滋味竟真有如是的难堪啊!"

菊卿听他这样说，再也忍不住把泪水淌了下来，说道："好在我们总有见面的日子，你也不用伤心，没有别离的痛苦，是不会有重逢的快乐。哥哥，我此刻心里乱得什么似的，虽然觉得有千言万语要向你诉说，不过我却不知先说哪一句才好……"

明德的眼泪也在颊上展现了，但他却伸手去抹菊卿颊上的泪水，说道："妹妹，其实你心里要向我说的话，我心里全都明白。虽然你没有说出，我是已经很知道的了。我别的也没有什么话可说，只希望你身子珍重，千万要和我们在一块儿时候一样地快乐才是。"

菊卿点了点头，她蹲下身子去，又给明德穿上皮鞋，系好鞋带，这才站起身子，在沙发上拿过西服上衣，提了衣领子，给明德穿上，低低地说道："汽车来到总还有一些时间，你坐在沙发上靠一会儿。"说着，把他又扶到沙发上坐下了。

明德见她一举一动，这神情对待自己真活像是个贤妻的身份，他心里感到说不出的滋味，只觉甜酸苦辣，真是难以形容。

菊卿见他望着自己又默默地淌下泪来，遂拿帕儿给他拭去了，笑道："为什么又伤心了？我们不是明年春天里就可以见面的吗？"

明德点了点头，脸上才浮现了一丝苦笑。菊卿拍着他的肩胛，又柔声地道："你在北平休养，千万冷热小心，饮食也需要有时间的，不能多吃，也不能太饿。我虽然不在你的身旁，那么我也很安慰了。"

明德听了，表面上虽然答应着，可是心里却暗暗地叹息着，我在北平的时候，恐怕是再没有像你那么一个知心着意的姑娘来服侍我了。可是他却并不曾向菊卿说出来，握了菊卿的手，只轻微地叹了一口气。正在这个时候，亚琴匆匆地走进来，说道："汽车来了，那么我们走吧，时候真也不早了，不要火车脱了班，就糟糕了。"说着，她便来扶明德的身子。

明德向菊卿道："你把那本《圣经》给我拿着吧。"

菊卿点头，遂拿了《圣经》，也在左边扶了明德走出病房。三人到了医院的大门，石级下停了一辆汽车，亚琴向菊卿瞟了一眼，低声地问道："秦小姐，你火车站去不去？"

菊卿虽然想去，但生恐被他们爸妈瞧了笑话，所以沉吟了一会儿，方才赧赧然地道："车站不去了，我祈祷你们一路平安……"说着，把《圣经》交到明德手里。

明德望着菊卿的脸，却愕住了一会儿，他凄凉地说了一声"再见"，方才很快地回身步下去了。

正在这个当儿，忽然见光迪从外面匆匆地走来，见了明德、亚琴跳上汽车去，真是不胜惊讶，遂奔上来问道："怎么？惠先生出院了吗？"

亚琴见了光迪，心里又喜又怨，嗔他道："叫你早晨来，你偏此刻才来，若再迟一步，我们恐怕已在火车里呢！"

光迪也来不及问话，跟着跳上车去。汽车向前开了，菊卿站在石阶级上，见明德在车窗内还向自己招了一招手，但不到二十秒后，那辆汽车已在菊卿的眼帘下消失了。菊卿心头是感到十分的空虚，她再也忍不住眼眶子里的热泪，已像断线珍珠一般地扑簌簌地滚下来了。

第四回

返故乡学府逢旧雨

　　天气是已经到了新秋的季节了，在北平西山别墅的院子里，当然更显得寂寞的凄凉。明德躺在床上，两眼望着窗外院子里的景物，呆呆地出了一会儿神。室中是静得一丝的声息都没有，虽然除了明德一个人外，沙发上尚坐有一个年已五十多岁的老妈子，她是整日整夜地和明德做伴的。明德除了要茶要水向她说一句话，其余的时间，房内沉寂得像一块墓地那么寥落。老妈子以为少爷脾气爱静，所以也不敢和他多说话，坐在旁边干着活计。

　　从上海回到北平西山别墅来养病，计算起来，已有两个月了。明德在这两个月中，他觉得自己好像在坐监狱。每当夜阑人静的当儿，取出菊卿那张小照来瞧一会儿，有时候也默默地淌一回泪。这时他望着院子里天空中的片片落叶，并那秋风吹着梧桐飒飒的声响，他心头是只感到空虚的悲哀。他叹了一声，眼角旁会涌上一颗晶莹的泪水，在枕旁取过那本《圣经》，翻了开来，因为是照相夹在里面的缘故，所以翻来翻去总是先把照相翻出来。明德泪眼模糊地向相片凝望了一会儿，瞧了菊卿浅笑含颦、美目流盼的意态，他的脑海里就会浮现出菊卿倾人的笑靥。他回眸向老妈子望了一眼，思前想后，忍不住又深深地叹了一口气。

　　这时忽听一阵脚步声响进来，陈妈放下活计，先站起身子，叫道："二小姐来了。"

明德听妹妹来了，他心里才感到一些安慰，把照片依然放在《圣经》内，摆到枕旁去，回眸向门外望着叫道："妹妹，你好多天不来瞧望我了。"

亚琴穿着一件条子花呢的夹旗袍，外面披了一件咖啡色的呢大衣，含笑走到床边来，说道："因为青光大学明天就要开学了，所以我整理了两天功课。哥哥，你怎么啦？好好的又伤心起来了呢？"亚琴说到这里，忽然瞥见哥哥的颊上沾有泪痕，遂沉了脸儿，紧锁了眉尖，向他轻声地问着。

明德把手背擦了一下眼睛，摇头说道："也没有为了什么事情，我心里只觉得悲酸罢了。"

亚琴听了，也轻轻地叹了一口气。陈妈倒上两杯热气腾腾的玫瑰茶，放在桌上，叫道："二小姐喝茶吧，大衣脱一脱。"

亚琴把茶杯拿到明德的面前，秋波逗了他一瞥柔和的目光，说道："哥哥喝吗？"

明德摇头道："我不喝，妹妹自己喝好了。这几天光迪可曾有信来吗？"

亚琴在床边坐下了，把茶杯凑在嘴上喝了一口，说道："还是半个月前来过一封信，就一直没有来。秦小姐呢？她曾写来过吗？"

明德道："前天她写来一封，里面也没有什么话，只问问我的身子怎样了，又问妹妹的安好。我瞧她信中的语气，似乎已脱离看护的生活了。"

亚琴把茶杯又放到桌子上去，秋波凝望着他的脸，怔怔地问道："那么她在干什么呢？"

明德摇头道："她又不曾告诉我，我也无非猜想着罢了。"

亚琴点了点头，又问道："哥哥近来胃口怎么样？晚上睡觉还安静吗？"

明德道："胃口倒还好，只是晚上有几天时常失眠。"

陈妈插嘴道："昨夜我听少爷说梦话，喊了两声，后来倒安静起来了。"

亚琴去摸明德的手，说道："热剌剌的，恐怕有些热度吧？"

明德道："也许是的，唉，妹妹，我想哥哥这肺病总难好了。"他说着，叹了一口气，眼皮又有些湿润了。

亚琴把自己的脸偎在明德的额角上去，低低地说道："哥哥，你千万别这么说，你应该自信我这肺病会好起来的，那么心灵上有了安慰，对你病体也有不少益处的。现在你只管那悲哀的思忖，这是很伤身子的。所以我劝哥哥切不要抑郁地自寻烦恼，只要静静地休养，自然会慢慢地好起来。你若忧愁地把病体加重了，那叫秦小姐知道了，心中不是很难受的吗？"

明德见妹妹和自己这样亲热的神情，心里当然十分感动，遂握着妹妹的手儿抚摸了一会儿，点头道："我一定听从妹妹的话，不再自寻烦恼了。不过生病的人，心里本是悲哀的，兼之寂静的四周、萧条的秋天，若没有妹妹来给我谈一会儿天，你想，怎不要叫我思想趋向悲哀一方面去呢？"

亚琴听哥哥这样说，一时替哥哥着想，觉得实在颇为可怜，遂坐正了身子，回眸向陈妈瞅了一眼，含笑说道："陈妈，哥哥既然嫌寂寞，你怎么不和哥哥谈谈呢？"

陈妈道："我虽然想和少爷谈谈，怎奈少爷不大喜欢说话，我以为少爷总是爱清静的。二小姐，你多坐一会儿，我去烧些点心来给你们吃吧。"

明德待陈妈走后，叹了一声，低低地道："妹妹，你想和陈妈有什么话好说呢？所以一天到晚，还是不和她相对着装哑巴好吗？"

亚琴听哥哥这么说，倒忍不住又抿嘴笑起来了，乌圆眸珠转了转，忽然说道："那么这样吧，明天我叫王妈把那架留声机拿来，你闷烦的时候，不是可以叫陈妈开几张片子给你听听吗？哥哥，你喜欢吗？"

明德点头道："也好，唱片妹妹给我拣几张好听一些的。"亚琴含笑答应。

兄妹俩又闲谈了一会儿，陈妈炒上一盘子面来，明德、亚琴吃了一些，直到三点半敲过，亚琴方才别了哥哥，回到城里去了。

文标见亚琴回来，遂向她问道："你哥哥这两天身子还好吗？"

亚琴道："身子很好，只不过嫌寂寞，所以明天叫王妈把留声机拿去，也好给哥哥解个闷儿。"

文标道："我早有这个意思，当时又怕他嫌嘈杂，所以没有拿去。既然他爱听，那么明天我给他带去好了，反正明天我原要和陆医生一块儿给他去诊视一次的。"

亚琴点头笑道："这样很好，哥哥还叫我给他拣几张好听一些的片子呢。"文标笑着，遂和亚琴一同到书房去拣片子了。

第二天早晨，亚琴是一早地便起来了，因为她今天是要上学校里去了。匆匆地梳洗完毕，在上房里和母亲一同吃过早点，遂坐车到青光大学。不料她一脚跨进校门的时候，忽然见迎面走来一个西服少年，两人齐巧打了一个照面。亚琴觉得这少年好生面熟的，但是却记不起他是谁。谁知那少年见了亚琴之后，便也停住了步，向亚琴细细打量了一下，忽然含笑叫道："咦，咦，你不是惠亚琴小姐吗？"

亚琴听他喊出自己的姓名来，遂凝眸沉思了一会儿，忽然想起来了，笑道："哦，哦，你莫非是魏先生吗？"

原来这少年正是魏文翰。他点了点头，说道："惠小姐不认识我了？可是这也难怪，因为我们隔别的日子太久了，算来有半年多了吧？"

亚琴乌圆眸珠在长睫毛里一转，瞟了他一眼，笑道："可不是，还是春天里在上海兆丰公园里见过一次面，后来就没碰面的机会。但魏先生怎不上我家里来玩玩？当时我不是曾经把地址告诉过你吗？"

文翰笑了一笑，似乎做个沉思的样子，然后说道："我也原想来拜望你，因为一则功课太忙，二则似乎有些冒昧，所以也一直没有来了，事情是很对不起了。"

亚琴听他这样说，觉得功课太忙这句话未免是推托之辞，大概他见我和光迪很亲热的神情，所以他心头感到灰心罢了。遂笑道："那也没有关系，魏先生太客气。你回乡有多少日子了？"

文翰道："有一个半月了吧。在上海中学毕业之后，就在姊姊家里玩几天，本来就在上海考大学，后来爸爸来信催我回家，所以也就回北平来了。"

亚琴点头笑道："那么你是不是也在青光大学考进了？"

文翰笑道："是的，大概我们成同学了吧？惠小姐，你怎么也会回故乡来？那叫人真意想不到的了。"

亚琴道："魏先生，你一定没有知道，我哥哥患了肺病，他在上海县市疗养院里已住了四个多月，医生说最少得休养一年，所以爸爸就全家迁回了北平，给哥哥在西山养病。"

文翰"哦"了一声，微蹙了眉尖，说道："那真是不幸得很，但愿他早日痊愈才好。惠小姐现在府上住哪儿？"

亚琴道："紫金路第三胡同五号，有空请过来玩玩。"

文翰酒窝儿微微地一掀，笑道："现在我们成同学了，当然天天有见面的机会。星期假日我一定会来拜望你的。"

亚琴点了点头，因为在门口已站了许多时候，生恐给别个同学注意，她便向文翰招手，遂各自走开了。

从此以后，亚琴和文翰时常在一块儿相聚，日子一久，彼此当然也慢慢地生出爱情来了。不过亚琴到底还记惦着光迪，就是文翰心中也知道有光迪这么一个人，所以在他心中只希望和亚琴交个朋友，其他也不敢有过分的妄想。不过男女间的爱情，原是一件很神秘的事，而且也是一件非常自私的东西。文翰见亚琴处处地方对待自己都显出很多情的样子，所以他觉得姊姊对自己说的话也许是对的，恐怕惠小姐和齐先生没有深厚的感情吧。既然她有爱上我的意思，那么我当然也有个新的希望，所以他近来和亚琴也格外显得密切一些。亚琴对于光迪的爱情，本来是非常痴心的，自从知道光迪和爱仁常在一块儿跳舞之后，她的芳心就感到有些失望。虽然这次和光迪分手的时候，曾经向他千叮万嘱地劝告，而光迪也很柔顺地答应了，不过自己和光迪是远隔天涯，而爱仁和他又近在咫尺，一个年轻的人总是爱热情的多，那么爱仁知道我不在上海，她不是更可以努力向光迪追求了吗？我和光迪虽然心心相印，但到底无订嫁娶的盟约，说不定这几个月光迪和爱仁又在玩舞厅了，那也是可能的事情。因为他原和我说每个月给我的信件至少五封，现在不是只减到两封了吗？所以我也索性不高兴答复他了。亚琴心中和光迪既然又存了一个猜忌，所以无形中和他的感情又淡薄起来。这当然是相对的事情，和光迪既然淡漠起来，和文翰也就更加增加感情了。

这已是一个深秋的天气了，北平的地方差不多已经要落雪了。这天亚琴在家里正欲到西山去瞧望哥哥，忽然文翰匆匆地到来了，亚琴握了他的手，很欢喜地说道："魏先生，正巧，你再迟来一步我已出去了呢。"

文翰道："你到什么地方去？"

亚琴道："我到西山瞧望哥哥去，不知你愿意一同去吗？"

这几个月之中，文翰不但在亚琴家中成了一个熟客，而且到西山也去过好多次，和明德也很熟悉了。今听亚琴这样问，遂笑道："那当然一同去的。你哥哥我真的也有半个月不见了。"

亚琴道："那很好，你也不用在这儿再坐了，我们就一块儿走吧。"说着，吩咐王妈拿上灰背大衣，遂和文翰一同坐车到西山别墅里去了。

两人到了西山别墅，跨进院子，就听到一阵唱大鼓的声音。亚琴笑道："哥哥在开话匣子解闷了。"说着，和文翰三脚两步地穿过走廊，走进卧房里来。

只见哥哥倚在床上出神，陈妈站在留声机旁正摇着发条。亚琴笑道："哥哥，有客来了。"

明德回眸见了两人，脸上也堆下笑容来，说道："魏先生，请坐，请坐，你们来得正好，我真闷得慌。"说着，叫陈妈放下唱片，给他们倒茶。

文翰和亚琴已步到床边，向明德问好。明德道："这半月来似乎好得多，你听我说话的声音比春天里的时候不是响亮得多了吗？"

亚琴点头笑道："可不是？那就叫人喜欢，我想明年上春的时候，你准可以起床了。"

文翰道："大哥的气色也好多了。上次见你脸还是很苍白的，现在就透现得有圈红的了。"

明德笑道："我近来自己觉得很有些气力，这是实在的事，所以我也不常忧愁了。"

亚琴听了，秋波向他逗了一个娇嗔，带了埋怨他的口吻向他说道："人家多少人劝你不必忧愁，这肺病是会好起来的，可是你偏不听。我告诉你，一个人养病，最要紧还是心境快乐，你若心头老是烦恼着，任你养多少日子的病，恐怕也难好的了。"

说着，陈妈已送上两杯茶来，明德道："你们坐到火盆旁去吧，可以暖和一些。"

亚琴点头，遂脱了大衣，走到火盆旁，拉开两把沙发椅，向文翰瞟了一眼。文翰当然理会她的意思，遂把大衣也脱去了，坐到火盆旁来，握着玻璃杯子，在嘴旁微微地呷了一下。明德见两人并排地坐着，脸都面对着自己，心里不免有个神秘的感觉，忍不住笑了起来。

亚琴见哥哥忽然望着他们笑了，心里感到有些难为情，红晕了两颊，一撩眼皮，笑道："哥哥，你笑什么？是不是在想秦小姐了？"

明德听妹妹先来取笑自己，遂也微红了脸，笑道："光阴就过得快，和秦小姐分手转眼之间又有四个月了。"

亚琴道："最近你可曾接到她的来信？"

明德微蹙了眉尖，说道："好久不来信了，我正感到奇怪。"

亚琴笑道："那么你可曾有信写给她吗？"

明德道："昨天我刚寄出一封，大概下次总有信来了。"

亚琴点了点头，回眸向文翰望了一眼，谁知他也正在望着自己出神，这就瞅了他一眼，笑道："做什么？"

文翰被她问得脸也红了，笑了一笑，却是没有作答。亚琴把茶杯放在几上，忽然站起来，笑道："为什么话匣子不开了？我开一张片子听吧。"说着，走到话匣子旁，拣了一张唱片便唱起来。

明德听是一张小黑姑娘的《群英会》，遂笑道："妹妹也爱听大鼓吗？"

亚琴道："大鼓唱得干脆，听了是很够味儿的。"

三人谈了一会儿，明德叫陈妈烧三杯鲜牛奶，取出饼干，给两人垫饥。因为时已不早，两人遂披上大衣，作别走了。

亚琴和文翰走出西山别墅，只见天空中已飞起雪花来了。阿根把汽车放过来，拉开车门，让两人上去，遂开回城里去了。在车厢中谁也不说什么话，静静地过了好一会儿，亚琴方才笑着道："今天我真高兴，哥哥肺病能够痊愈，这真是我家的大幸呢！"

文翰方才也笑道："可不是？惠小姐，刚才说的那位秦小姐，可不是你哥哥的情人吗？"

亚琴听他说情人的话，忍不住抿嘴一笑，秋波逗了他一瞥媚眼，说道："你怎么知道的？"

文翰微红了脸，低声笑道："我原不过猜想罢了，其实哪儿真的知道？"

亚琴道："原也算不得什么情人爱人的，一个人总有一个人的朋友。比如像魏先生难道在外面就没有一个女朋友了吗？"

文翰听她这样说，觉得其中似乎含有些作用似的，遂收了笑容，很正经地说道："不瞒惠小姐说，从读书到现在，就没有一个比较知

200

己的女朋友。"

亚琴撇了撇嘴，秋波瞟了他一眼，笑道："谁相信？像你这么的人样儿，还会没有一个女朋友？你这话除非骗骗三岁的小孩子了。"

文翰笑道："不过说起来，有倒有一个的。"

亚琴没有理会他的话，眸珠一转，笑道："可不是，你也赖不掉，不知姓什么的？"

文翰笑道："姓惠的，她的名字叫亚琴。"

阿根在前面开车，听了两人的话，这就扑哧一声笑起来了。亚琴本来还要向他娇嗔几句，但听了阿根的笑声，心里真难为情得了不得，伸手在他腿上恨恨地打了一下，同时还逗给他一个妩媚的白眼。文翰虽然被她捶了一拳，可是他心里却不住地荡漾，望着她玫瑰花样的脸颊，却是得意地笑。

亚琴见他掀着酒窝儿，笑得非常可爱，一时芳心也在暗想：魏先生假使换了一个姑娘的话，他的身后真不知有多少青年要追求他呢。亚琴这个感觉也是一时的，但既想了出来之后，她又感到非常难为情，因为反转来说，魏先生现在是个男子，那么他的身后就有许多姑娘会追求他，自己是个站在姑娘的地位，那似乎把自己的真心话全想出来了。亚琴在经过这样一阵子思忖之后，她两颊一阵热燥，连耳根子都绯红起来了。

文翰见她忽然又垂了粉脸，望着自己的高跟皮鞋脚尖默默地出神，一时还以为她生了气，遂凑过嘴去，附着她耳朵低低地道："惠小姐，我放肆了一些，请你原谅我吧。"

亚琴见他缠夹二先生似的误会了自己的意思，忍不住又觉得好笑，遂绕过媚意的俏眼，向他瞟了一下，却向前面阿根努了努嘴，意思是叫他不要说话了，因为让阿根听见又要笑了。

文翰这才知道她并不是生气，实在是为了怕羞的缘故。因为自己和惠小姐虽然已做了两个月的同学，彼此的感情也是非常好，不过对于齐光迪这个人到底和惠小姐是什么关系，却是一向没有问她过。本想此刻探问探问，但又怕阿根车夫听了去，所以他沉吟一会儿，便有了主意，说道："惠小姐，到了城里也差不多吃晚饭的时候，我想请你到醉月楼去吃一餐饭，不知你肯答应吗？"

亚琴道："既到城里，你就到我家去吃饭是了，何必偏喜欢在外面花费呢？"

文翰道："又不是常常如此，这也很难得的事情。我和惠小姐做同学至今，计算起来，只有上四次咖啡室、三次电影院，却还不曾吃一餐饭呢。"

亚琴笑道："怎么没有吃过饭，前星期日不是你在我家吃了饭走的吗？"

文翰笑道："你才错了，我说的是和你两个人在外面馆子里不曾吃过饭呀。"

亚琴瞅了他一眼，没有作答，却抿嘴笑起来。汽车进了城，阿根是很聪明的，他听小姐没有拒绝他，想来是答应他了，遂把汽车开到醉月楼门口停下。文翰望了亚琴一眼，忍不住微微地笑了。亚琴于是向阿根吩咐道："你先开回家里去，向老爷说，少爷这几天又好些了，叫他放心吧。"

阿根含笑答应，遂拉开车门，给他们跳下，他便把空车先开回家里去了。这时天空已呈现了暗沉的夜色，雪花更是飘得紧一些，文翰和亚琴步上醉月楼，侍者招待他们到一间单间的房间，给他们脱了大衣，挂在衣钩上。两人在桌旁坐下，吩咐泡上两壶龙井茶。不多一会儿，把茶送上，文翰亦把菜点好，吩咐拿了下去。侍者问喝什么酒，文翰向亚琴望了一眼，亚琴说道："拿半斤黄酒吧。"

文翰噗的笑道："惠小姐，半斤黄酒给谁喝好？"

亚琴笑道："我只要喝一杯好了，其余你一个人喝难道还不够吗？"

文翰笑着摇了摇头，遂叫侍者再添半斤上去，一面握了茶壶，向杯中斟满了，亲自送了过去，笑道："惠小姐，你喝茶。"

亚琴见他这客气的神情，似乎带了一些滑稽的样子，秋波瞟了他一眼，忍不住好笑起来。文翰见了她可人的意态，心中当然很得意，遂故意怔怔地问道："惠小姐，你真高兴。大概上海有什么好朋友寄信给你了吗？"

亚琴听他这一句话显然是含有些骨子的，遂把脸沉了下来，冷笑了一声，说道："对啦，我在上海有好朋友的，你难道还不晓得吗？"

文翰见她忽然薄怒娇嗔的意态，遂索性涎皮嬉脸地笑道："我当然早已知道的。这位齐先生的人倒很不错，不知他现在仍旧在法学院读书吗？"

亚琴听他明白地说了出来，可见他心中确实是很妒忌的，便又笑道："你问他做什么？他在春天里早已和我订过婚了。我全告诉了你吧，你现在总可以明白齐先生和我是什么关系了。"

文翰听她这样说，一时也不知为什么什么缘故，只觉有股子酸溜溜的气味直冲上心头来。他的两颊虽然还没有喝过酒，也热辣辣地绯红起来。亚琴见了这个神情，她把两臂向桌子上一伏，脸藏在臂弯里，便咯咯地笑了。

文翰是个聪明人，他见亚琴这样笑，方才恍然有悟，暗想：我这可上了她的当了。遂平静了脸色，微笑道："惠小姐，那么你们不久大概可以给我喝喜酒了，是不是？这就无怪惠小姐要高兴得这个样了。"

亚琴听他这样说，遂抬起粉颊，向他啐了一口，把桌子上那双象骨筷子拿起，向他扬了一扬，做个要打的姿势。接着秋波逗了他一瞥娇嗔的目光，忍不住又嫣然笑起来。

文翰笑道："这就奇了，你为什么要打我？那不是你自己说的吗？"

亚琴绯红了两颊，弄得无话可答，一时也深悔不该说这一句话，因为在一个男同学的面前，自己脸面究竟太厚了一些，这就别转脸去，只管哧哧地笑。忽然她瞥见窗外的雪花真像鹅毛似的纷纷地飘舞，于是打岔着叫道："哟，你瞧这雪下得太大了，真有趣，我打开窗子瞧瞧。"说着，她便走到窗口去了。

文翰知道她这个举动大概是为了避免羞涩的缘故，遂笑道："惠小姐，落雪又有什么好玩的？你真是十足地显得孩子气。回头着了凉，那可是玩的吗？快别开窗子，酒菜来了，你还是来喝酒吧。"

亚琴听他这样说，把开窗的主意打消了，遂回过身子来，本欲向他说句什么，忽然瞥见侍者把酒菜放到桌子上，她这就把要说的话又缩了进去，含笑仍旧在椅子上坐下了。文翰握了酒壶，在她杯子里斟了一杯，然后在自己杯中也斟满了。侍者悄悄地又退了出去，文翰把杯子举了举，笑道："惠小姐，你不要生气了，我敬你一杯吧。"

亚琴笑道："我也没有什么生气呀，要你敬什么酒呢？"

文翰道："那么不算敬的，大家喝一个干杯怎么样？"

亚琴白了他一眼，笑道："喝酒就慢慢地喝好了，为什么一定要喝出一些花样来呢？"

文翰道："那么你请呀，别做客。此刻你还不曾做新娘子哩。"

亚琴红了两颊，把酒杯放下了，嗔道："你再胡说白道地取笑我，我不高兴喝了。"

文翰听了，急得连连地告饶。亚琴见他这一副小花脸似的神情，倒以不禁为之嫣然先笑起来。两人这一餐饭当然吃得很快乐，只不过文翰心中对于亚琴和光迪究竟是个怎么的友谊，他始终还感到十分纳闷。

吃毕饭时候还只有七点钟，文翰的两颊仿佛涂过胭脂般地比亚琴更红晕得好看。他水汪汪的眼睛向亚琴瞟了一眼，笑道："惠小姐，我们再到什么地方去玩玩好吗？"

亚琴摇头道："落雪的天气，还是早些回家去吧。明天要上学校里读书的。"

文翰"嗯"了一声，不依着道："今天是星期日，放假的日子不玩什么日子才可以玩呢?"

亚琴秋波斜乜了他一眼，抿嘴哧地一笑，说道："你这个意态倒好像是我小妹妹似的，怎么向我撒起娇来了呢?"

文翰听她这样说，又见她芙蓉出水那么的脸容，一时仗着几分酒意，便笑道："假使姊姊愿意收我做妹妹的话，我一定给你做个妹子。好姊姊，你答应了我吧。"

亚琴听他这样说，便把手指划到颊上去羞他，笑道："你是个堂堂七尺之躯，怎么倒甘心做女孩儿家呢? 真不怕难为情的。"

文翰道："这个可要问你的呀。你既然知道我是个堂堂七尺之躯，你干吗不说小弟弟，偏说像你的小妹妹呢? 那你不是存心和我开玩笑吗?"

亚琴笑道："不过我瞧你的神情，不像是小弟弟，只配做我小妹妹的。"

文翰鼓着脸腮，哼了一声，说道："这个是你自己说的了。你把我当作女孩儿家，你不是有意挖苦我吗? 嗯，我不依，我不依!"

亚琴听他这么说，一时哧哧地笑得直不起腰来了。文翰站起身子，说道："真的，你到底有没有兴趣再去玩玩?"

亚琴因为见侍役进来了，遂停止了笑，正经地答道："我们到外面再说吧。"

侍者遂把大衣取下，给两人披上，弯了腰送他们走下楼去了。

两人到了人行道旁，见街上已积了一层白雪了，亚琴道："我瞧还是回家了吧，反正往后的日子多哩，何必一定要今晚去玩呢?"

文翰听她这么说，不敢强劝她，遂笑道："姊姊的话，弟弟是不敢不听从的。那么我送姊姊回去可好?"

亚琴听他厚着脸皮老喊自己姊姊，一时芳心里真是又喜又羞，只觉无限的甜蜜，瞅他一眼，却是含笑不答。从醉月楼到紫金街是没有多少路，所以两人也不坐车，冒雪而行。直送亚琴到家门口的时候，方才匆匆握手分别了。

这晚亚琴躺在床上，想着文翰对待自己的柔情蜜意，她那颗芳心是不住地荡漾着，但一会儿又想着了光迪的情义，她觉得真有些左右为难。一时脑海里便浮上了两个少年的脸庞，似乎都在向自己微微地发笑。她觉得怪热臊的，脸也发烧得厉害，呆呆地想了一会儿，忽然不知有了一个什么感觉，她自己骂了一声："痴妮子，不要再为这些事而操心了吧。"她抱着被，便沉沉地熟睡去了。

次日起来，亚琴匆匆地到学校里去，因为文翰是住宿在校中的，所以她因时候尚早，便到宿舍里去瞧他。不料推门进去，里面却一个人也没有。亚琴正欲回身退出，忽然瞥见那张单人写字桌上放着一封信，信封上写着"魏文翰先生启"六个字。因为这信封是浅湖色的，亚琴心里就疑惑是女朋友写给他的了。因为在这无意中发觉了他的秘密，亚琴怎肯不瞧个仔细，遂走到桌旁，把信封拿起一瞧，原来已经拆过的了，一时凝眸暗自沉思道："这就奇怪了，既是女朋友写给他的，他怎么这样大意地放在桌上呢？也许不是女朋友写给他的吧？不过瞧这字迹十分娟秀，分明是个女子的手笔，而且外面又不具名，那不是女朋友是谁呢？"

亚琴望着信封，不免愕住了一会儿。忽然又想：反正已经拆过了，我就是偷瞧一遍，那也没有什么关系的。亚琴既打定了这个主意，遂悄悄地把信笺抽出，展了开来。在未瞧之前，先回头向后面房门望了一眼，见半掩着，遂走上去关上了，然后又到桌旁站住，拿了信笺，细细地瞧道：

文翰胞弟如握：

亚琴瞧了"胞弟"两字，不禁为之哑然失笑起来，暗想：原来是他姊姊写给他的了。遂忙先去瞧后面具名，果然是"胞姊月华"

206

的字样，这就笑着自念道："怪不得他很坦白地放在桌子上了。"因为既然已经把信笺展开，遂也瞧了下去：

自从夏季分手以后，转眼之间，不觉已是帘卷西风、梧桐叶落的深秋天气了。在上海的马路上都已显现了一片秋的景色，秋风扑面，殊觉砭骨生寒。回想北平天气，当然是恐怕已经要落雪了吧？春天里我们在兆丰公园不是遇见了这位惠小姐吗？在当初我听你口吻，是非常地倾心于她，后来见她身旁尚有一位姓齐的少年，所以因此使你十分地失望，便不想再和惠小姐交朋友了。不过现在我得到了一个消息，事情是这样的：今天下午我和二妹在百货商场购物，又遇见了这位齐先生，想不到他和二妹也很熟悉的，当时他就请我们去吃点心。吃毕点心后，二妹一定要他到舞场去玩，他也答应了。我在旁边瞧他们神情非常亲热，所以我想惠小姐和齐先生大概是并不十分知己的，因为二妹告诉我，她和齐先生是十分相爱的。假使惠小姐并非是齐先生爱人的话，那么你不是仍旧可以向惠小姐追求吗？因为惠小姐全家也都回北平了，她家的地址是紫金路第三胡同五号，你若真心爱她的话，你就不妨到她家去玩玩，反正你们见面的时候总还可以认识的。姊姊知道惠小姐不但模样好、性情好，而且才学超人、思想卓绝，确实是一位现代的新女性。姊姊为你的终身幸福着想，希望你不要错过这个机会才好呢。别的也没有什么话了，请你在爸妈面前代为请个安。祝你努力！

胞姊月华手启
十月十五日夜

亚琴瞧毕了这封信，一颗芳心忐忑得像小鹿般地乱撞起来，暗想：月华口中所说的二妹，当然是指徐爱仁而言了。果然不出我之所料，光迪和她又在跳舞了，可见一个男子总逃不了女子柔媚的手腕之下的，像光迪就是一个例子。想到这里，未免有些醋意。但又想到月华叫他弟弟追求自己的这几句话，她心头又感到十分的羞涩和喜悦，暗想：假使光迪真的爱上爱仁的话，那么我也就老实不客气地放弃他。反正这并不是我先负他，原是他早已先负了我的。

亚琴拿了信笺正在呆呆地沉思，不料就在这时忽然有人将亚琴的眼睛捂住了。亚琴冷不防被他一捂，当然是吃了一惊。不过在一惊之后，她早已猜到除了文翰外是没有第二个人敢这样大胆的，遂连忙放下信笺，叫道："魏先生，你在哪儿？我是等候你好多时候了。"

文翰这才放了两手，笑道："我的好姊姊，你不用快快丢了信笺，你偷瞧私人的信，是再也赖不掉的了。"

亚琴被他这么地一说，羞得连耳根子也通红起来了，秋波逗给他一个白眼，只好笑道："本来是拆过的开口信，那也算不了偷瞧的。况且我还不曾瞧了两句，你就进来了。"

文翰扑地笑道："你把信里的词句差不多瞧得可以背出来了，还说不曾瞧了两句？那你真把我当作小弟弟一样地呆笨哩。"

亚琴听了这话，实在羞得无地自容，向他恨恨地啐了一口，她便向门外逃了。文翰一面拿了信笺，一面追着出来，把她手拉住了，笑道："姊姊，你别生气，我原和你说着玩的。"

亚琴低了头，连望他一眼的勇气都消失了，默默地只管走路，却是并不作答。

文翰笑道："姊姊，你别怕羞呀，我正有许多的话要跟你说哩。时候尚早，我们到校园中去散一会儿步吧。"

说着两人已是步入树丛内去了，亚琴这才抬起粉脸，秋波娇羞地白了他一眼，笑道："你怎么老是真的喊姊姊了？别人家听见了，算什么意思呢?"

文翰笑道:"就是别人家听见,那也没有什么关系。我们不是可是说是表亲吗?"

亚琴道:"那么事实上我也并不比你大呀。"

文翰心里是甜蜜蜜的,"哦"了一声,笑道:"你这意思我明白了,那么我就喊你妹妹吧。"

亚琴听了这话,愈加羞涩,遂伸手在他腿上恨恨地打了一下。文翰望着她却憨憨地笑。亚琴红了脸,也就赧赧然地笑起来了。两人到了一株西洋柏树的下面站住,文翰抚摸着她手,微笑着道:"妹妹,你瞧姊姊是多么关心着我的终身幸福呢。"

亚琴斜乜了他一眼,噘着小嘴,故作娇嗔道:"你别向我说这些话,我什么全不知道。"

文翰笑道:"那又何苦呢?难道你还要装作没有瞧过吗?"

亚琴哧地一笑,秋波逗了他一瞥娇羞目光之后,她不禁又垂下头来。文翰道:"亚琴,我们正经地谈话吧,我当初的对你那番心,已在姊姊信中给你瞧到了。确实,我是多么倾心于你,在我和姊姊说起戏院中和你相识的一回事,我真会兴奋得跳了起来。但是在公园中遇见了你和齐先生在一块儿之后,我感到失望的悲哀,因为我知道你确实是已有爱人的了,所以我也死了这条心,以后就没有来望过你。谁知天下的事情真也凑巧,我们在故都城内又会在一起做同学了,这不是令人感到一件欣喜的事吗?"

亚琴听到这里,便又抬起头来,向他低声地说道:"你不用说下去了,我问你,你这封信是哪一天接到的?"

文翰道:"还不是昨晚和你分手回校后才见到的吗?"

亚琴点了点头,笑道:"这就无怪了,我想你昨天怎的一些儿也没有向我提及呢?"

文翰道:"假使我昨天见到的话,我还用猜疑齐先生和你究竟是什么关系吗?"

亚琴拿手指划在脸上羞他，笑道："何必要你猜疑？管他是我什么人呢？"

文翰笑了一笑，却并不作答，一会儿又笑道："我姊姊真有趣，她叫我努力向你追求，还叫我常到你家里去玩玩。她怎知道我们是天天在一块儿呢？"

亚琴红晕了两颊，瞅他一眼，笑道："你快不要给我说这些话了，不怕难为情吗？"

文翰笑道："这又不是我造谣，事实上是这样写着。我姊姊说你不但模样性情都好，而且才学超人、思想卓绝，真是一个现代的新女性，叫我不要错过了这个机会。其实姊姊也真自说自话的，虽然我有这个意思，不过人家的心中对于我这个滑头滑脑的少年，是否瞧得上眼呢？"说着，明眸脉脉含情地望着她粉脸出神。

亚琴听他这样说，分明是在向自己求爱的意思，遂把秋波白了他一眼，笑道："你自己也明白是个滑头滑脑的少年吗？那么你为什么不改得诚实一些呢？"

文翰道："凭良心说，我脸看起来像个滑头少年，不过我的心眼儿却是很诚实的呢。"

亚琴噘着小嘴，向他啐了一口，嗔道："你是个好人？"

正在这时，上课的钟声已在敲了，于是两人只好回到教室内去了。

从此以后，亚琴对于光迪益发淡了下来，虽然光迪有信给她，她也不答复他了。日子一久，光迪的信也就不来了。

且说这天星期六下午，亚琴因为文翰家里有事，说定星期日来望她，所以亚琴抽空到西山别墅去探望哥哥，不料哥哥手里拿了一封信，却在扑簌簌地落眼泪。亚琴走到床过，惊慌地问道："哥哥，是谁来的信呀？你干吗这样地伤心？"

明德见了妹妹，遂把信递了过来，说道："秦小姐的母亲死了，她现在正困在愁城里熬苦哩。"

亚琴一听，遂把信笺接过，低低地念道：

明德吾哥如见：

　　流光如驶，分别至今，不觉已近半年矣。回忆吾哥养病海上，朝夕相聚一室，虽然我俩亦不过萍水之交，然一见如故，惺惺相惜，竟成知音。此种情况，亦固非偶然事也。谁知曾几何时，哥即返里休养，从此天涯地角，两地相思，回首前尘，能不令人怅然耶？屡读吾哥来书，知哥病体日见痊愈，妹聆悉之下，喜而不寐，盖妹知上帝固能搭救有用之青年也。

　　妹自哥回乡，因社会之黑暗、人心之险恶，故未几即脱离看护生活。深恐吾哥为妹忧虑，所以每次来信，总未敢提及。妹正羁于穷愁，讵意母又病入膏肓，如此贫病相煎，致忧患尚不得余生，痛也何如？恨也何如？痛恨未已，孰知阿母于是夜残月半规之际，竟奄然物化矣。人海茫茫，知音永诀，想哥闻知，怜妹之身世孤苦，当亦泪落。

　　今妹独居海上，进退维谷，不知如何是好。望哥见字后即速示复，代为定夺，则妹终身感激，永永无穷矣。专此函达，敬祝康强。

妹秦菊卿拜上
十月二十日夜

　　亚琴瞧毕这封信，心里暗暗奇怪，怎么秦小姐要哥哥来给她定夺呢？正欲动问，明德早已把两人私订婚约之事向妹妹告诉了。亚琴听了，这才有所恍然，遂说道："既然你们已订婚约，那么你且先叫她动身到北平来再作道理吧。否则，叫她孤零零一个人在上海，也不是一个办法。"

明德听妹妹这样说，点头称是，遂即写信前去。不料过了几天，菊卿固然没有到来，而且连信也没有回答。明德忧煎十分，但他哪知道天有不测风云，人有旦夕祸福，在上海的菊卿竟又遭到了意外的事故了呢？

第五回

桃花官伴舞险失身

菊卿眼瞧着明德坐上汽车开去了，她那颗芳心里是感到空洞洞的，仿佛失却了一件什么珍贵的东西一样地难受，只觉一股子辛酸触鼻，那两行热泪也就滚到颊上来了。因为她原本做的是夜班，所以她也不再回到里面去，自管跳了上辆人力车坐到家中。秦老太太见女儿回来，便很奇怪地问道："菊卿，刚才那个惠小姐是你的什么人呀？怎么你听了他们要回故乡去，就急得这一份模样了呢？"

菊卿微红了脸，支吾了一会儿，方才低低地说道："她和我是很要好的同学，同学突然回故乡去了，那叫我心头不是很难受的吗？"

秦老太道："你的同学我全都认识，只有这个惠小姐，如何我就没有瞧见过？不知她和你是在什么地方同校读过书的？"

菊卿听母亲问得好仔细的，心内有些不耐烦，遂鼓着小嘴说道："惠小姐又不是一个男子，妈何必要追根究底地问下去？我告诉了你，你便怎么样呢？"说着，秋波很怨恨似的逗给她一个娇嗔，她便躺到床上去睡着了。

秦老太见女儿的颊上似乎尚有丝丝的泪痕，同时见了她那种娇嗔的意态，心里总觉得有个疑问似的。不过她既已睡下，于是暂时地也就不问她什么了。

黄昏的时候，菊卿醒来，秦老太已给她预备好了洗浴的水。菊卿于是掩上房门，拉拢了窗幔，当她脱去了衣服，把身子坐到浴盆内去的时候，明眸瞥见到手指上那枚亮晶晶的钻戒，遂脱了下来，很小心地放到梳妆台上去。她一面洗身，一面胡思乱想地忖了一会儿。等她洗好了浴，天已入夜，秦老太开饭上来，菊卿匆匆地吃毕，便很急促地到医院里去了。

秦老太收拾舒齐碗筷，倒了一盆脸水，放到梳妆台上去洗面的当儿，忽然发现香水瓶旁放着一枚钻戒。她心里有些奇怪，遂拿来瞧瞧，一时也不明白究竟是真的还是假的，假使是假的，这当然菊卿买来戴着玩玩，一个女孩儿家总爱装饰品的多，那倒也怪不了她。不过它光度亮得闪人眼目，不像是假的钻戒。既然是真的，她是什么地方来的呢？觉得其中事情必有缘故，我明天倒要向她问一个详细的了。秦老太想定主意，把钻戒藏好，洗了脸，坐在沙发上干了一会儿活儿，方才脱衣就寝了。

次日早晨，秦老太匆匆起身，正在烧水煮泡饭，只觉菊卿很慌张地回来了，她见了母亲，便急急地问道："妈，我梳妆台上放着那枚约指，你可曾给我藏过吗？"

秦老太听问，便望着她脸说道："是不是一枚钻戒呀？"

菊卿这才安静了脸色，点头笑道："是的，我昨天洗浴时候脱下就忘记了。"

秦老太嗔道："你这妮子就太大意了，既然是这样贵重的东西，怎么可以随便乱放着呢？"

菊卿乌圆眸珠一转，一撩眼皮，笑道："妈，你误会了，这是人造的呀，哪里是真的呢？"

秦老太听她这么一说，一时倒又将信将疑了，遂也故意笑道："既然是假的，你何必急得这个模样？我收拾地方不小心，已把那枚钻戒丢了。"

菊卿听了这话，一时急得跳脚，说道："什么？丢了？妈，你丢到哪儿去了？"

菊卿既问出来了之后，她又想明白了，遂笑道："谁相信？妈，

214

你不要和我开玩笑了，快些拿出来还给我吧。人家昨晚累了一夜，要休息了呢。"

秦老太笑道："你只管到床上去睡好了，我又不曾拉着你叫你不要睡的。"

菊卿走过来，偎在母亲的身旁，笑道："好母亲，你拿给我吧，回头真的遗失了，那可是玩的吗？"

秦老太道："反正是假的，我去买枚来赔还你好了，又值不了多少钱的。"

菊卿见母亲一味地为难自己，心里当然也就很明白她的意思，遂笑道："赔还我的我就不称心，总是自己买来的好。"

秦老太见她还要瞒着自己，遂再也忍熬不住了，把菊卿的手拉来，一同坐到沙发上去，向她正色问道："菊卿，你把妈真当作三岁孩子了？真的假的难道我就瞧它不出吗？你是我的孩子，你在外所做的事情，你总应该告诉我的。这枚钻戒到底是谁送给你，你快些儿告诉妈。现在是什么时代，你还用怕什么难为情吗？"

菊卿被母亲这样一说，她的两颊顿时像桃花一般地娇红起来，偎在母亲的怀里，赧赧然地说道："妈，我就告诉了你。这枚钻戒就是昨天那个惠小姐的哥哥送给我的。"

秦老太听女儿告诉出来，倒望着她脸笑了，说道："她哥哥是个怎么样的人？今年多少年纪了？家里还有什么人呢？"

菊卿觉得事到如此，也只好厚着脸皮，把自己和明德的认识经过告诉了一遍，并且说道："昨天他们是都回北平去了，所以他送我这枚钻戒作为纪念品的。"

秦老太笑道："原来他是个医院里的病人，那么你手里这枚金约指是不是也送给他了？"

菊卿羞答答地点了点头，绯红了两颊，低声地道："妈，你心里恨我吗？"

秦老太微笑道："我恨你什么呢？只不过这孩子是个患肺病的，

不知能不能会痊愈起来。"

菊卿忙道："他在上海养息了四个月，我瞧他已经好得多了，只要在故乡再休养些日子，怎么会不好起来呢？"

秦老太道："那么他爸是做什么的？对于你们的事情，不知晓得了没有？"

菊卿道："这个我倒不知道……不过他已是个大学将毕业的人了，难道会一些儿没有自主权吗？因为我瞧他们兄妹俩都很自由的。"

秦老太点了点头，自言自语地说道："但愿他肺病快快好起来才是。"

菊卿觉得母亲这句话当然是含有深刻的意思，遂扳着她的肩胛笑道："我想凡事都有一个数的，妈又何必为这些而担心呢？"

秦老太听女儿这样说，可见这孩子对于这位惠先生是很痴心的了，于是也不再说什么，遂站起身子，在抽屉里取出那枚钻戒，交到女儿的手里去，笑道："现在你总可以安心地去睡了。"

菊卿接在手里，秋波向她逗了一瞥淘气的目光，笑盈盈地躺到床上去了。

秦老太既知道了这个事，她方才明白菊卿所以和徐先生合不来的原因了。其实像徐先生那么人品也不算丑陋，但是很奇怪，这孩子却偏去爱上了一个患肺病的青年，也不知她的命是福是苦呢。秦老太这样想着，忍不住微微地叹了一口气，把烧好的泡饭盛出，也就自管地吃饭了。

光阴匆匆，不知不觉地已过去两个月了。菊卿的医院里新近来了一个医生，年纪是三十左右，他见了菊卿以后，就天天很肉麻地追求着。菊卿在这个情势之下，她真没有了办法，所以只得毅然地脱离看护生活了。本来她想把这事情去告诉明德，后来生恐明德为她而忧愁，所以信中也只不过含混地说了几句。秦老太对于菊卿的做看护原很不赞同，现在她自己不干了，所以反而很是欢喜。从此以后，母女俩便在家里干着活计。不过菊卿觉得在这样生活高涨的情形下，若不找一些事情做做，总也不是一个道理，所以她今天去应考，明天去应考，希望有个职业。但上海地方真是个万恶场所，菊卿去应考的时候总是兴冲冲的，然而回家的时候，却感到十二分的失望。

仲夏的季节已是悄悄地溜走了，新秋也降临了大地。不知怎么，秦老太着了一些风寒，竟恹恹地病起来。在普通一班人的心理，对于一些小毛病大都是不甚注意的，所以秦老太也毫不介意，以为睡一两天也会好起来的。不料事情出乎意料之外，秦老太病了五天，热度还没有退去。菊卿的心里自不免着慌起来，当初给母亲请中医诊治，然而喝药如喝水一般，依旧没有一些儿效验。菊卿虽然想给母亲改请西医诊治，但经济能力又够不到，所以她日困愁城，芳心中的痛苦真也难以形容了。菊卿是个有思想的女子，她认为一个人生了病，总得瞧医生，这好像机器坏了，也总得去修理。所以虽然亭子间阿姨、后厢房嫂嫂劝她去求菩萨、问签书等事情，她都一概不听。在万不得已的情形下，她只好把一枚钻戒暂时去典押，拿了钱来给母亲诊治。

这天菊卿在药房里配了药水回来，给母亲喝过了药水，一个人正在暗暗淌眼泪，只见亭子间阿姨走了上来，向菊卿悄悄地问道："秦小姐，今天老太太的病体不知可曾好一些了吗？"

菊卿知道阿姨是个热心人，她平日和母亲很说得来，所以她很关心，遂站起身了，纤手揉擦了一下眼皮，说道："总是这个样儿，多谢阿姨关心。"

阿姨见她颊上还沾着丝丝泪痕，向她劝慰道："秦小姐，你也不要伤心，年老的人，一些小毛病总免不了的。"

菊卿给她倒了一杯茶，点头道："可是母亲这病已有一星期多了，竟一些儿也没有起色，这不是叫我心头忧愁吗？"

阿姨道："这个是不能性急的，常言说得好，坐病容易收病难。

总要慢慢地会复原起来呢。不过这一星期来我瞧你医药费真用得不少了，平日你老太太和我谈谈生活的困难，她总是非常忧虑，我和你像自己人一样，所以对于你的经济，我确实很担忧的。有出账要有进账那么才是，假使只有用出去，没有收进来，那可怎么是好呢?"

阿姨这几句话是直说到菊卿的心眼里去，她点了点头，说道："你这话真说得不错，那么阿姨有什么事情给我介绍做做吗?"

阿姨道："事情到这个地步，那也没有办法。我想像我金妹那么去伴舞，每个月也有三四百元可以进账。其实做舞女也不是一件可耻的事，只要自己主意打定，不上人家的当，用了两脚去跳出来的代价，不是也很光明正大的吗?"

菊卿听阿姨这么说，心里虽然很不自在，不过人家到底也是一番热心，所以沉吟了一会儿，似乎做个委决不下的样子。阿姨道："从前我和你老太太也说起过，你老太太说你性气高傲，情愿过苦日子，不情愿去干这种事情的。但仔细想起来，做官做舞女，也无非都为了吃饭。你看我的金妹，她做了三年舞女了，可从来也不曾吃过人家一次亏。她说客人跳舞出舞票，舞女伴舞拿舞票，你是跳舞来的，那么就只管跳舞，别的事情也就无用说起的。所以只要打定这个主意，那又有什么要紧呢? 秦小姐，我完全是好意，因为我这人素来爱管闲事，而且和你老太太又很合得来，眼瞧着你们这样下去，我也不忍心，总要想个办法才是。秦小姐，一个谁不喜欢做得高傲，但事到其边莫奈何，世界上什么事情到底还是脱不了一个金钱呀。"

菊卿听她絮絮地说了这一大篇的话，觉得也未始不是没有道理，心中暗想：我把这枚钻戒暂押了一百元钱，请了一次西医，配了两瓶药水，早又花去了四十多元。这样下去，真也不是一个办法。反正跳舞也不是什么下贱的事情，那么我何不暂时去做几个月呢? 况且母亲病好了，这枚钻戒不是也总要去赎出来的吗?

218

菊卿这样一想，她便低低地说道："阿姨为我这样操心，当然是一片心意。不过我去伴舞了，母亲病中又谁来给她服侍呢？"

阿姨道："这个你尽管放心，我总会给你照料的。"

菊卿秋波含了无限感激的目光，向她脉脉含情地望了一眼，说道："阿姨这样热心，真不知叫我如何感谢你才好。"

阿姨听她答应了，遂笑道："俗语道，远亲不如近邻，只要意气相投，大家便好像自己人一样的了。"

两人经过了这一度谈话之后，菊卿和阿姨的女儿金妹便真的上桃花宫去伴舞了。第一天晚上回家，菊卿拿来十五元舞票，说三个客人来跳，每人买五元票子。阿姨笑道："像你那副脸蛋儿，一星期做过，保险会红得发紫的。"

菊卿听了，却是微微地叹了一口气，说道："我也不想红起来，只要每天有十五元舞票，也就心满意足的了。"

阿姨道："就是说十五元吧，一个月也有四百五十元，总也有二百多元的收入。假使住在家里，有谁来给你二百元钱呢？"

这样匆匆地过了半个月，秦老太的病既不痊愈，也不加重，总是这个样儿。菊卿把舞票在舞厅里已换了一百五十元的现钞，一百元去赎那枚钻戒，五十元又给母亲请医生诊治。这天菊卿给母亲又去配了药水，匆匆吃了午饭，向阿姨说了几句感谢的话，遂到桃花宫跳茶舞去了。

阿姨按照了时间，给秦老太喝药水。秦老太攀着她的手，心里真是非常感激，遂说道："阿姨，你这样热心地对待我，我真不知该怎么样来报答你才好哩。"

阿姨道："一个人总有困难的时候，大家帮了一些忙，那算得了什么呢？老太太，你现在不用忧愁了，菊卿做了半个月舞女，也收入了三百元舞票。我想将来一定会更红的，说不定有千元一月的收入的时候也会到哩。"

秦老太笑道："这也都是阿姨的功劳。不知怎么的，她却会听从阿姨的话了呢。"

正在说时，忽然见阮彬森匆匆地进来了，阿姨笑道："娘舅来了，你姊姊病了很多的日子了，怎么娘舅有这许多日子没有来呢？"

彬森听了这话，脸上显出很惊异的神气，走到床边来，望着秦老太的脸，很低声地说道："姊姊患的什么病？怎么有许多日子了吗？那么大夫可曾瞧过了没有？"

阿姨代为答道："怎的没有瞧过？中医西医也换了好多个哩。"

彬森听了这话，暗想：照此瞧来，姊姊不是还有不少的钱的吗？遂沉吟了一会儿，说道："那么医生怎么说呢？"

阿姨道："药方都在这儿，娘舅瞧一瞧好了。"说着把药方都拿给他瞧，并且还给他倒一杯茶。

彬森连忙道了一声谢，又问道："菊卿到哪儿去了？"

阿姨道："你不知道吗？她是做舞女去了。"

彬森听了这话，似乎感到意外的惊异，怔怔地问道："什么？她也会愿意伴舞去了吗？"

阿姨道："一份人家的开销多么大，又要给老太太医病，不去做舞女，又有什么呢？"

彬森道："可不是？就是为了这么说，我也劝过了她好多次，可是她偏不听从我。你知道现在是什么世界？真是女人家出风头的世界，若不要年轻的时候赚些钱，这不是太可惜了吗？"

这几句话听到秦老太的耳中，心里又有些生气，说道："这几句话可不是你一个做男子汉说的，那么你做些什么呢？一天到晚吸吸鸦片、赌赌钱，是不是？可惜你不曾生有几个好女儿呢。"

彬森听了，急道："这……这又何苦来？姊姊，你在病中哩，何必再自己喜欢生气？我也只不过那么说一句，其实我假使有家产的话，也不用菊卿再去做什么舞女的了。"

秦老太道："这些好听白话你也少说几句。我想你也活到四十多岁了，也不知再糊涂到几时，才会想明白过来呢。"

彬森再要说什么，却被阿姨阻止了，说道："娘舅，你就让姊姊说几句也就是了。"

彬森这才不说什么了，遂把药方瞧了一遍，喝了一口水，又向阿姨低低地问道："菊卿在什么舞厅做舞女？"

阿姨道："和我的金妹在一处，都在桃花宫。"

彬森听了，点了点头，却不说什么，呆呆地坐了一会儿，方才站起身子，向秦老太安慰了几句，便匆匆地走了。

彬森坐了车子，急急地到六国饭店，在一张打花旗牌九的台子上望了望，果然见圣望在那边，门前筹码堆得高高的，想来今天是赢了，遂走到他的身旁，拍了拍他的肩胛。圣望回头一见彬森，顿时眉毛蹙了起来，脸上显出很讨厌的样子，说道："你又来做什么？今天我才赢了一些，你不要再来向我啰唆了。"

彬森笑道："我今天特地来告诉你一个好消息的，谁又不问你借钱，何必急得这个样？"

圣望瞅住了他这猢狲屁股那样的脸，说道："是个什么好消息？你倒说出来给我听听。"

彬森道："我的外甥女儿在做舞女了，那不是个好消息吗？"

圣望听了这话，真的笑出声音来，说道："你这话可真的吗？在哪一家舞厅？"

彬森笑道："谁和你开玩笑？在桃花宫伴舞，你若不相信，此刻就可以去瞧的。"

圣望听了这个消息，他便不想再赌了，遂把筹码统统换了现钞，大概有五六十元左右的钞票，向彬森手里一塞，望着他说道："你若欺骗了我，我可和你算账。"

彬森道："骗了你的话，你来打我耳光是了。"

圣望和他一点头，便匆匆地奔出六国饭店去了。坐了汽车，一直开到桃花宫舞厅。圣望在衣帽间里脱了大衣，三脚两步走进场子，只见这时茶室的舞客真多，舞池里塞满了舞侣。侍者见了圣望，便即招呼入座，泡了一杯菊花茶。圣望在烟盒里取了一支烟，先吸着了烟卷，然后向侍者问道："这儿有个新来的舞女，名叫秦菊卿的，是坐在哪一个位置的?"

侍者听问，不禁愕住了一会儿，说道："这儿舞女进进出出的很多，我倒有些不甚详细，是不是叫秦菊卿的，我给你去问一声舞女大班可好?"

圣望听了，点了点头，那侍者遂匆匆地走开了。不多一会儿，侍者过来告诉道："先生，你记错了，没有秦菊卿这个舞女的。"

圣望听了这话，心里倒是一怔，暗想：我这可又上了他的当了。这老甲鱼倒是可恶的，七骗八骗地又骗去了我一叠钞票。遂一点头，也不说什么了。他望着舞池里的对对舞侣，只管连连地吸烟。一会儿，音乐停止，舞客舞女各自走开，下一节音乐是非常兴奋和快速，所以舞厅里的灯光全闪出绯红色来。圣望见舞池里就有一对舞侣在很轻快地欢舞了。因为灯光亮，兼之舞池里此刻舞侣还少，所以那对舞侣当然比较容易受人注意，圣望这就瞧清楚那个舞女正是秦菊卿。他"哦"了一声，这才有个恍然大悟，暗想：对了，菊卿是个要面子的人，她在舞厅里怎么肯用真姓名呢? 这样说来，我倒是错怪彬森了。圣望既瞧到菊卿之后，他心里这一快乐，仿佛是觅到了一件宝贝。他的视线又好像碰到了一块吸铁石，菊卿舞到东，他的眼睛便跟到东，菊卿舞到西，他也跟到西。心中还在暗暗地盘算着，她见了我，若还是搭足架子的话，那么我就要存心侮辱侮辱她了，你也不过是个舞女的身份罢了，算得了什么? 大少爷有的是钱，只要钞票堆起来，瞧你不跟我跑哩。

正在想时，音乐又止，圣望早已瞧清楚菊卿是坐在对面倒数第五个位置，于是便向侍者说道："你把那边第五个椅子上的喊来坐台子。"

侍者答应一声，遂匆匆地走到菊卿身旁，拍了她一下肩胛，说道："李小姐，有客人喊你坐台哩。"

原来菊卿到舞厅来做舞女，取了一个名字叫李若华。当时她听了侍者的话，遂站起身子，跟着他走过来。这在菊卿心中当然是件感到意想不到的事情，所以既见到了圣望之后，倒是向他愕住了一会儿。圣望站起身子，望着她很得意地笑了一笑，说道："秦小姐，你怎么啦？难道不认识我了吗？"

菊卿听他这么说，虽然感到十分羞耻，但事到如此，也只好显出很洒脱的态度，笑道："如何不认得？徐先生，好久不见了，你一向好呀？"

圣望见她说话的样子和前时仿佛换了一个人，一时也感到暗暗惊奇，遂把沙发椅移开了一些，把手一摆，这当然是请她坐下的意思。菊卿掀着笑窝儿，向他一点头，两人遂坐了下来。

圣望道："秦小姐，你喝什么茶？"

菊卿道："淡茶好了。"

圣望于是向侍者吩咐了，一面取出烟卷，送到菊卿的面前，笑道："秦小姐，烟抽不？"

菊卿道："我烟不抽，徐先生，你怎么知道我在这儿伴舞呀？"

圣望笑道："我原不知道，还只有刚才发觉你的呀。"

菊卿撇了撇嘴，秋波逗给他一个娇嗔，说道："哪有这么巧的？"

圣望道："否则依你说我如何会知道的呢？"

菊卿道："我想总有什么人告诉你，你才会知道。"

圣望听她这样说，忍不住扑地一笑，暗想：这姑娘真像鬼灵精似的，竟·猜便着了。遂笑道："真的没有什么人告诉我，你府上我也有好久没去了。"说着，侍者已把淡茶端上，圣望接着又笑道，"对于秦小姐会下海来伴舞，这在我真是做梦也想不到的。"

菊卿红晕了两颊，一撩眼皮，却是毫不介意般的神气，说道："那也算不了一个稀奇的事，你说谁该下海伴舞，谁不该下海伴舞？我以为生长在社会上的人，为了生活，只要不丢自己的人格，做舞女也并不是一件可耻的事呀。"

圣望点头道："秦小姐这话也说得是，不过以秦小姐这么个人才来伴舞，至少未免有些委屈的。"

菊卿并不作答，握了杯子，却微微地呷了一口茶。

圣望又悄声问道："老太太身子好吗？"

菊卿微蹙了眉尖，叹了一口气，说道："我妈已病了半个多月了，却没有什么起色。"

圣望听了，很关心的样子说道："不知患的什么病？医生瞧过了没有？"

菊卿道："每天瞧一次，总是这个样子。"

圣望道："本来我常想到望望你们，但秦小姐对于我似乎很讨厌，所以我也不好意思常来。"

菊卿淡淡地一笑，说道："徐先生来的时候，我也不曾向你说过下次不许来，你怎么知道我会讨厌你呢？"

圣望道："我虽然不大聪明，但是对于这一点子我总还可以瞧得出来的。"

菊卿秋波逗了他一瞥倾人的媚眼，噘了噘嘴，笑道："你既然明白我是很讨厌你，那么你干吗再来叫我坐台子？这些钱不是花得有些冤枉吗？"说到这里，抿着嘴却咮咮地笑起来了。

圣望听了这话，心里当然有些难堪，遂也笑道："秦小姐，你大概不知道我们这班男子的脾气，虽然知道跳舞的钱总是冤枉的，不过花在你们女人的身上，就是冤枉也很情愿的了。"

菊卿听他这话也说得不老实，觉得至少是带有些侮辱的意味，但是有什么办法呢？也只好装作没听见罢了。两人静了一会儿，圣望站起身子，和她一点头，这当然是叫她跳舞的意思。菊卿含了一颗疼痛的心，只好跟着他到舞池里去了。在舞池里，圣望发觉菊卿右手指上戴着一枚亮晶晶的钻戒，遂握到上面来瞧了瞧，见是真的货色，这就笑道："秦小姐，这枚钻戒是谁送给你的？"

菊卿听他这样问，猛可想起他在黄金大戏院的时候，也曾经送自己一枚钻戒，后来被自己拒绝了，从这一次后，他便不常来我家的。于是秋波一转，微微地笑道："你知道我自己不会买的吗？那也太瞧轻我了。"

圣望忙道："并不是这样说。我想秦小姐不肯接受我的钻戒，那么这枚钻戒当然是你爱人赠送的了。"

菊卿红晕了娇靥，秋波逗给他一个妩媚的娇嗔，笑道："徐先生，你不要瞎说好吗？我是没有什么情人的。不过说起来，要送我钻戒的人太多了，我为了避免麻烦起见，所以自己买了一枚，那么别人就不会再来送给我了。"

圣望听她这样说，倒望着她粉脸儿愕住了一会儿，笑道："秦小姐，那你真也傻得太可怜了。既然有许多人要送给你，你为什么不拿？这种瘟生的东西不拿，你还想拿谁的东西呢？"

圣望这两句话既说了出来，他仔细一想，觉得不对，这不是连自己也骂进在里面了吗？但菊卿扑哧一声，早已忍不住咯咯地笑起来了，说道："徐先生，你不知道，社会上瘟生太多了，我就感到他们的可怜，所以我是一律都不想要的。"

圣望听了这话，正在感到十分局促，幸而那支音乐已经停止了，两人于是一同归座，圣望拿了许多点心给菊卿充饥。这天圣望买给她五十元舞票，直到茶室散场，方才匆匆走了。

从此以后，圣望差不多天天来和菊卿跳舞，不是茶室，就是茶舞，有时候接连地跳到夜场。菊卿因为一样地要应酬客人，既然圣望也没有什么越礼的举动，所以对待他也很亲热。只不过圣望送她东西，她一概都不接受。假使舞票买给她多，她是老实不客气地全都收下了。圣望是抱着只要功夫深、铁杵也能磨成针的宗旨，所以对她十分大方，除了说些笑话之外，却绝不敢再向她求爱的了。

光阴匆匆，又过了半月。这几天菊卿的心头是十分烦闷，因为她母亲的病是很严重的了，为了便利医治起见，她已把秦老太送到医院里去医治了。所以她身子虽然坐在舞池边，一颗芳心却只在母亲身上，有客人来向她求舞，她也没有理会。直到隔壁小姊妹喊她的时候，她方才惊觉过来，抬头望去，见是一个很俊美的西服少年，再瞧了瞧，两人不约而同地都"咦"起来了。菊卿站起身子，很羞涩地逗了他一瞥娇媚的目光，赧赧然笑道："齐先生，好久不见了。"

原来这位少年不是别人，正是齐光迪。光迪当时一见那姑娘竟是秦小姐，心中也不胜惊喜，一面和她跳舞，一面望着她粉脸，很奇怪地问道："秦小姐，你看护不做了吗？"

菊卿微微地叹了一口气，很凄惋地说道："说起来话长，环境太恶劣了，也没有办法。齐先生别见笑。"

光迪虽然没有听她说出种种的苦衷，然而在这一句环境太恶劣的话中，是已经很显明的了，遂很同情地说道："秦小姐，你别那么说，为了生活鞭策的驱使，这是一件万不得已的事情。你在这儿有多少日子了？"

菊卿听他很明白，遂也低低地告诉道："一个月多了。齐先生，近来惠小姐可曾有信给你吗？"

光迪微蹙了眉尖，说道："也许久没来了，惠先生呢？"

菊卿点头道："他倒常常有得信来，听说他近来身子更好了，所以我觉得非常欢喜，不过我想到自己的环境，我又感到非常痛苦。叫我怎么好意思告诉他自己在做舞女的话呢？所以齐先生和惠小姐通信的时候，千万别提起我在伴舞的事，那我实在是很感激你的。"

光迪听她这样叮嘱，遂点头道："你放心，我绝不会告诉他们的。不过做舞女也不是一件可耻的事，秦小姐应该坦白一些，不必怕难为情的。"

菊卿听了，点了点头，却是微微地叹了一口气，又柔声问道："齐先生一个人来的吗？"

光迪道："不，我在百货商场遇见了徐小姐姑嫂俩，她们叫我一块儿来玩的。"

菊卿凝眸沉思道："徐小姐姑嫂俩，徐小姐的哥哥徐圣望原来已娶了妻子吗？"

光迪道："是的，他孩子也有一周岁了。"

菊卿听了这话，不禁透了一口冷气，暗想：春天里我若听了母亲的话，那真是一失足成千古恨了。

正在想时，音乐停止，光迪和她一点头，便匆匆地走回座桌来，见爱仁和她的嫂子絮絮地谈着话，见了光迪，便含笑不谈了。爱仁问道："你和那个舞女认识的吗？"

光迪不爱多事，遂摇头笑道："不认识的，但是却像我一个朋友，所以下去瞧瞧，那当然不是的了。"

爱仁秋波睃了他一眼，站起身子，拉了光迪的手，也去跳舞了。菊卿坐在舞池边，她是瞧到了两人下来的，因为怕爱仁觉察了自己，她遂暂时避到女厕所里去了。约莫十五分钟后，菊卿从女厕所里出来，见光迪爱仁等都已走了，她这才放下了心。

茶舞时间过了，晚舞又上市了。菊卿因为心头很难受，所以夜饭也没有吃，呆呆地只是坐在位置上出神。不料侍者又来叫道："李小姐，客人请你坐台子。"

菊卿想着母亲住在医院里那笔费用，对于客人的叫坐台，她当然很喜悦，遂姗姗地跟着走去。意料之中的，果然又是徐圣望。遂含笑招呼道："徐先生，今天怎么这样早？"

圣望笑道："一日不见，如隔三秋，我心里真记挂着你哩。"

菊卿噘了噘嘴，却逗给他一个倾人的娇嗔。圣望笑道："真的，我还不曾吃过晚饭，秦小姐假使也没有吃过的话，我们买票出去好吗？"

菊卿虽然不大情愿，不过对于那句买票出去的话是听得进的，遂含笑点了点头。圣望想不到她今天却有这样柔顺，遂乐得什么似的，耸了两耸肩胛，立刻在袋内摸出一百元钞票，吩咐侍者去买舞票。菊卿于是站起，也到里面穿大衣去了。待菊卿披上大衣走出，圣望也穿上大衣，等在一旁，见了菊卿，把舞票交到她的手里，两人便走出桃花宫去了。

坐了汽车到了燕华酒家，登楼入室，圣望点菜点酒，显得十分殷勤。但菊卿坐在一旁，两条翠眉总像西子捧心那么蹙得紧紧的。圣望瞟了她一眼，微笑着道："秦小姐，怎么又显出不快乐的样子，难道我有什么地方又得罪了你吗？"

菊卿听了，这才摇了摇头，微笑道："你多心什么？人家母亲这几天病重得厉害呢。"

圣望"哦"了一声，说道："这也奇怪，照理秦小姐很尽心地给她老人家医治，病也会好起来了？我想吉人天相，定能病占勿药的。秦小姐，你也不要过分地忧愁，因为忧愁也是没有用的。"

说着，酒菜已经端上，圣望给她斟了一杯，送了过去，说道："秦小姐，不要难受了，还是喝些解解愁吧。"

菊卿本来不想喝酒，后来因为心中烦闷得厉害，所以她也想在酒中找一些刺激，于是握了酒杯，也就喝了起来。以酒消愁，愁上加愁，这是一定的道理。所以菊卿喝了一杯后，又喝一杯，这样她的酒实在也喝得不少。

菊卿有些醉了，她的两颊浮现了玫瑰的色彩，眼儿像秋波那么地动荡。她一会儿絮絮地笑，一会儿又扑簌簌地淌眼泪。圣望见她醉得很厉害，一时倒也感到她的楚楚可怜，遂向她低低地说道："秦小姐，你在沙发上躺一会儿好吗？"

菊卿秋波白了他一眼，说道："你以为我醉了吗？我真没有醉哩。"说着，掀着酒窝儿笑起来。忽然她又打了圣望肩胛一下，很怨恨似的说道："你真不是个好东西，还说没有结过婚，今天我偏瞧你妹子和你夫人在舞厅里游玩哩。"说着，便咪咪地笑起来了。

圣望听她说出了这一句话，他的心头是跳跃得厉害，暗想：这是谁告诉她的呀？意欲向她追问，但仔细一想，她此刻醉得这样糊涂，我和她说什么，倒不如趁此机会把她弄上了手，岂非一件乐事吗？于是又倒了杯酒送过去。菊卿咪咪地笑着，却是毫不推拒地一

228

饮而干了。

圣望道："我送秦小姐回舞场去可好？"

菊卿点头说好，遂歪歪斜斜地站起身子来。圣望向侍者付了账，披上大衣，又给菊卿穿上，两人遂搀扶着下楼。不料走到马路上，菊卿被夜风一吹，她把小嘴儿一张，竟是哇的一声吐起来了。经过了这一吐之后，菊卿只觉头昏目眩，再也不能自主，把身子整个靠到圣望的怀里去了。圣望见此情景，觉得这是一个良好的机会，遂把菊卿由燕华酒家而车送到光陆饭店去了。

在光陆饭店的一间精美的卧室内，圣望望着床上那个娇懒酣睡的秦菊卿，心里是只觉得甜蜜蜜，仿佛嘴里噙了一块糖。他走近床边，在菊卿的小嘴儿上接了一个吻，然后在室中又踱了一圈，他脸上是含了无限得意的笑容。他想此刻时候尚早，我何不先去洗个浴，然后和她温柔起来，不是太有滋味了吗？假使她被我吵醒了，一见生米已成熟饭，当然她也只好给我做外室了。

圣望想定主意，遂到浴室中去洗澡。天下的事情，理想与事实往往相反，圣望洗好了澡，满心甜蜜地走出房来，正欲到床上去实行他偷香窃玉的工作，不料抬头见菊卿，她揉擦着眼皮儿，却已在床上坐起来了。圣望心中这一懊恼，真也不是作书的一支秃笔所能形容其万一的了。

第六回

半规残月魂归离恨天

秦菊卿那晚酒确实喝得太多了，被一阵夜风吹送之后，她便呕吐起来，因此头昏目眩，不能自主，就随徐圣望摆布，她竟一概不得而知了。但是在床上静静地躺了半个多小时，她也就慢慢地清醒过来，伸手揉了一下眼皮，回眸四望，想不到自己竟睡在一间电灯通明的精美房间中，使她猛可想起和圣望在燕华酒家喝酒的情形，芳心里这一吃惊，真是非同小可。她"哟"了一声，几乎急得失声要哭出来，慌忙坐起身子，觉察自己的下体也并没有异样的感觉，她这才放下了一块大石，这真是太危险了。圣望家里是有妻子的人，这次他却不在我身上起野心，这真是我上代祖宗积德，所以才能保全女儿的清白呢。不过圣望他又到什么地方去了呢？那不是叫人奇怪吗？

菊卿正在暗暗地庆幸，忽然听见门响，只见圣望披了一件浴衣，从浴室里走了出来。菊卿眸珠一转，这就鼓着小腮子，微竖了柳眉，向他薄怒娇嗔地说道："好，好，你不是说送我回舞厅去吗？怎么却将我带到这儿来？你心中不是存着不良的意思吗？"

徐圣望想不到菊卿会这样快地醒来了，一时真弄得有些哭笑不得，今听她向自己这样责备，遂也镇静了态度，乐得做一个好人，说道："秦小姐，你不要冤枉好人了吧？自己走出酒楼的时候，便大吐起来，而且靠在我的身上，连路也一步走不动了。我想你醉得这个样儿，难道叫你躺到舞池里去吗？所以只好把你送到这儿睡一会儿。我完全是一片好意，你不向我感谢倒也罢了，怎么还怨我存心不良？这岂不是委屈死我了吗？"

菊卿听他这一番话，心中暗想：莫非他真是一片好意吗？假使他存心要破坏我女孩儿清白的话，不是早可以向我侮辱了吗？但心里虽这么地想，表面还是恨恨地说道："哼，假使你真没有存着不良的心，为什么不把我送回家里去呢？难道我家的地址你就忘怀了吗？"

这句话倒是把圣望问住了，但他也是个很聪明的人，眸珠一转，这就有了主意，说道："你不是说这几天老太太病得厉害吗？我若把你这个样儿送回去，她老人家心头也许要难受，所以我就没有实行，当初我也早有这个主意的。"

菊卿冷笑道："我妈已在医院里治病了，你难道不晓得？"

圣望愕住了一会儿，说道："老太太已送到医院里去了吗？这个我委实不知道，你可不曾告诉过我呀。"

菊卿凝眸一想，觉得真的并没有告诉过他，一时也弄得无话可答了，但忽然秋波瞅了他一眼，说道："你既是好意，那么你为什么去洗浴呀？"

圣望听她这句话竟说到自己的心眼儿里去，因为自己的洗浴确实有这个意思，所以倒忍不住笑了起来，说道："秦小姐，你这话说得真没有道理。你醉得这个样儿，娇懒地酣睡着，我没有什么事情，若不去洗个浴，难道和你并头躺下来也睡一会儿不成？"

菊卿听他这样说，觉得这话中至少是带有轻薄的意思，不禁红晕了两颊，向他恨恨地啐了一口，也忍不住抿着嘴儿嫣然失笑起来了。圣望见她笑了，便也笑道："秦小姐，你还有什么话来责备我了吗？其实你睡着的时候，我连一个嘴也没有吻过你，这是只有天晓得的。"

菊卿起初倒没有想到这一层，今被圣望一提，方知他虽然没来侮辱我的身子，至少他是曾经向我轻薄过的。一颗芳心虽然十分地怨恨，但自己既没有理会，也就只好不去想他了。于是跳下床来，穿上高跟皮鞋，两手抬上去，拢了拢披散在脑后的长发，秋波逗给他一个妩媚的娇嗔，说道："你是好人，没有肚脐的，我想自己若再不醒来的话，只怕明天就得和你吃官司哩。"

圣望听她这话说得好厉害，遂故作不懂得似的神气，笑道："秦小姐，你这话愈说愈没良心了，你和我吃什么官司呢？假使法官问你，你说我怎么样欺侮你了呢？因为你醉了，我好心把你送到这儿来躺一会儿，我并没有对你有过无礼的举动，只不过身子肮脏了，曾经洗一个浴的，难道说洗浴也犯了法了吗？"

菊卿笑道："得啦得啦，算你这张嘴会说话。我知道你是个很忠实不贪女色的好人哪。"

圣望见她这副可人的意态，真是又恨又爱，遂瞧着她玫瑰花样的粉脸，笑道："我当然是个好人，假使我存了恶意的话，你此刻还会有这副笑脸向着我吗？恐怕眼泪鼻涕地早已和我大闹起来了。"

菊卿冷笑道："家里有了妻子的人，整天地还要在外面跑舞场，这还能算是个好人吗？"说着，走到面汤台旁去，开了冷热水龙头，遂对镜梳洗了。

圣望脱了浴衣，一面穿着西服，一面微微地笑道："假使每个人都不跳舞的话，那么你们也不用来做舞女了。所以秦小姐的话是矛盾到了极点的。我真不明白你心中是存着什么意思。"

菊卿听他这样说，心中当然是万分感伤，忍不住深深地叹了一口气，默然了一会儿，方才低声地道："大家肯为跳舞而跳舞的话，这自然也不能算是一件坏事情。只不过十个舞客，倒有十一个是存着不良意思的。"

圣望打好领带，坐在沙发上正穿皮鞋的时候，听她这么说，便忍不住扑地一笑，说道："照你说起来，天下是没有一个好人的了。"

菊卿拿手巾在嘴唇上抹了抹后，回过身子来，瞟了他一眼，说道："饱暖思淫欲，饥寒起盗心，这是一定的道理。古来圣贤人究竟能有几个？"

圣望一面系着鞋带，一面说道："就是说圣贤人吧，难道他们就没有室家之好了吗？"

菊卿道："何谓室家之好？你真枉为是个学校中人了。室家之好是个个人都应该的，所谓君子不犯二色，犯二色的固然是我侪青年所不应该，且亦为法律所不允许的。比方徐先生家里已经有了夫人，而且还有了孩子，那你应该如何负起做丈夫和爸爸的责任，在天伦中聚一些快乐，这才是正理。现在你天天抛了妻子，在外面跳舞，你自己固然对不住自己的良心，同时你又怎么能够对得住你的夫人呢？况且你的夫人也不是个丑恶的女子，我见她确实也生得很美丽。从这一点看起来，就可以明白你们这班男子都是喜新厌旧，真所谓见一个爱一个了。假使春天里我接受了你的戒指，痴心地把身子也委托了你，那么我试问你将我该如何地摆布？我想你是拿一枚钻戒来交换我清白的身子，在得到了我的清白之后，不是也和你夫人一样地被你抛到九霄云外去了吗？你说，我这话是不是说在你的心眼儿上了？"

圣望听菊卿絮絮地说出了一大篇的话，一时心里不但感到无限的惊异，而且也觉得十二分的惭愧，暗想：这就奇怪了，她怎么连我有了孩子也都知道了？莫非她和我的月华已详详细细地谈过了吗？遂望着菊卿的粉脸，呆呆地愣住了一会儿。菊卿见他脸上似有羞惭之色，遂走到他的身旁，和他一同在沙发上坐下，拍了拍他的肩胛，温柔地道："徐先生，你听了我的话，心中也有所感动吗？我希望你今后要把自己的私生活似乎应该改良一些，不过也并非叫你不要娱乐，假使星期假日，和你夫人一块儿来跳一会儿舞，那也不是一件很好的事吗？"

圣望听了她这两句话后，伸手猛可地把她握住了，很感激地凝望着菊卿娇靥，说道："聆君一席话，胜读十年书。秦小姐，我觉得你太不平凡了。在过去我确实有爱你的意思，不过这爱是羞耻的，所以我感到惭愧。确实，我这存心是太对不住秦小姐，太对不住我的妻子、我的良心，同时我更对不住我的国家。所以我希望秦小姐继续跟我做一个朋友，虽然我是万分爱你，不过我现在这个爱是很光明的了。秦小姐，你能够答应我吗？"

菊卿听了他这几句忏悔的话，她的心头是感到痛快极了。她这一喜欢，真比圣望买给她三百元舞票的时候还要喜欢得万倍以上。她觉得社会上减少一个醉生梦死的青年，至少在国家是多增一分力量。她望着圣望的脸，心中真有说不出的得意，掀着酒窝儿微笑道："徐先生，你能觉悟了，我当然也很愿意和你做一个朋友。因为一个人是脱离不掉人群的，尤其在这个世界、这个时代，我们青年是更需要联合起来的。"

圣望感叹地道："秦小姐思想之卓绝、抱负之伟大，我实敬佩得五体投地。若称秦小姐为舞女中佼佼者，我觉得冤枉极了。"

菊卿听他这样说，想起自己身世之可怜，倒忍不住又伤心起来，眼皮儿一红，却是微微地叹了一口气。圣望当然明白她的意思，遂又安慰她道："秦小姐，不要伤心，像你这样的姑娘，将来的前途必定是光明的。"

菊卿想起明德肺病日见痊愈的话，她觉得前途光明四字是很有些把握的，所以点了点头，倒又不禁为之破涕了。两人谈了一会儿，在外面吃了一些点心，菊卿也不再上舞场，两人很早地就分手回家了。

次日，菊卿到医院里去瞧望母亲，只见她昏沉地睡着，遂也不敢惊醒她，因为时候不早，也只好到舞厅去了。不料到了舞厅，还刚刚坐下，侍者就来喊坐台子。菊卿走过去一瞧，原来又是圣望。暗想：昨天说得好好的，怎么今天又来了呢？只见圣望站起身子，先向菊卿笑道："秦小姐，我给你们介绍，这就是我内子魏月华，这位就是秦菊卿小姐。"

菊卿起初原不注意，听他这么地说，定睛一瞧，原来圣望的身旁还站着一个少妇，芳心中这才明白圣望今天来的用意了。遂含笑向月华握了握手，叫声徐夫人，月华也叫一声秦小姐，很亲热地和她一同坐下。菊卿笑道："徐夫人今天倒有兴趣出来游玩吗？"

月华点了点头，问菊卿喝什么茶，遂吩咐侍者拿上。圣望见月华向自己丢了一个眼色，他会意夫人的意思，遂悄悄地走开了。月华这才向菊卿笑道："秦小姐，昨晚圣望回家向我忏悔求饶，我真弄得莫名其妙。说起来也只有我有这样好的耐性，可怜我和他结婚两年，他差不多天天晚上十二时后回家的。我劝他不好，十分灰心，所以也就不去管他了。谁知昨晚回家，他向我发誓，说从今改做好人，不再糊涂荒唐，又说这全是秦小姐的力量。我问他秦小姐是谁，他又怨我别装假惺惺，说我和秦小姐不是早已遇见过了吗？那时我真觉奇怪极了，遂叫他详细地告诉我一遍，方才知道他是被秦小姐用话劝醒了。不过我稀奇昨天虽然是到这儿来坐过一会儿，却没有和秦小姐遇见过呀，所以我今天要和他一同来见见你。秦小姐不知如何知道圣望已有了妻子和孩子的？不知你肯不肯告诉我一个明白？"

菊卿听她这样说，"哦"了一声，不禁笑了起来。遂也告诉道："徐夫人昨天不是和一位齐先生同来的吗？齐先生和我稍许有些认识，他是曾经来跳我一支舞的。我问他一个人来的吗，他说不是，和徐爱仁小姐姑嫂俩一块儿来的。我因为知道徐先生有个妹子名叫爱仁，所以就问他一声徐先生已结了婚吗，齐先生说孩子也有了，所以我才明白。徐夫人，徐先生这一个月来差不多天天来这儿玩，昨天我听了齐先生的话后，我就劝他不应该这样荒唐，因为这样实在很对不起你夫人的。幸亏徐先生也是个明白人，他竟觉悟了，所以昨天我是感到很快乐的。"

月华听了这话，也方才明白，原来是齐先生告诉她的，一时对于菊卿十分地敬爱，握了她的手说道："使我们夫妇得言归于好，这是秦小姐的恩典，所以我真不知该怎样感激你才好。假使承蒙你不弃的话，我实在很希望和你结一个姊妹，不知秦小姐能允许我吗？"

菊卿见她情意真挚，言语恳诚，遂也很欢喜地掀着酒窝儿，笑道："徐夫人，你这话太客气了。假使你不嫌我是个伴舞的姑娘，我怎么会不答应你呢？"

月华见她粉颊上那个笑窝儿真妩媚到了极点，一时不免想起了自己的弟弟，颊儿上不是也有个笑窝儿吗，可惜昨晚我已有一封信寄给他了，叫他和惠小姐再去做个朋友，不然，秦小姐和我弟弟真也是一对玉人呢。月华这样想着，遂和她格外地亲热，便笑道："我们大家不要客气，那么准定认个姊妹。我家是愚园路良友小筑一号，妹妹要常来玩玩的。"

菊卿见她真的喊自己妹妹了，遂也向她叫声姊姊，笑道："我一定会来拜望姊姊的。"

正说时，圣望买了许多糖果来了，说道："快大家吃些吧。"

月华向圣望瞟了一眼，笑道："我和秦小姐已认作姊妹了，从此以后，我希望你总要努力做一个人，那才不辜负秦小姐劝你的一番苦心了。"

圣望笑道："这样说秦小姐就是我的小姨了。"

菊卿睃了他一眼，也不禁为之嫣然了。三人坐着谈了一会儿，一面吃着糖果，直到茶室散场。圣望买了一百元舞票给菊卿，他们夫妇俩方才匆匆地回去了。

菊卿坐在位置上，想着刚才的事情，心里真有说不出的好笑，觉得人生的聚合也真是不可捉摸的了。谁又料到我和徐夫人会结成姊妹了，这不是一件大有趣的事情吗？

正在想时，却有个西服少年走上来求舞，菊卿抬头见是光迪，遂含笑站起。光迪道："秦小姐，昨天我跳了你一支舞就走了，真对不住你。"

菊卿微笑道："那也没有什么关系，齐先生这两天学校里功课忙不忙?"

光迪听她这样问，心里似乎有些惶恐，遂红了两颊，说道："说忙也不忙，说空也不空，总是这样刻板式的生活。因为昨天我和秦小姐没有谈了几句话，所以今天趁着没有事再来望望你。"

菊卿点了点头，笑道："那是多谢你了。光阴真快，齐先生快毕业了吧?"

光迪笑道："毕业也没有什么用，我觉得住在上海，总不是个青年的出路。秦小姐，你府上仍旧住在长安路吗?"

菊卿点头道："是的，没有迁居过。我记得春天里和齐先生在金光咖啡室吃了点心，那时曾请你过来玩玩，可是你却一直没有来。"

光迪听她这样说，便笑道："不过那时候秦小姐大概没有真意叫我到你府上来玩吧?"

菊卿倒是向他愕住了一会儿，微蹙了眉尖，问道："齐先生，你这话打哪儿说呀?"

光迪笑道："因为你只告诉我住在景德坊，可是却没有告诉我几号门牌，所以我心里就知道秦小姐并不真愿意我来望你的。"

菊卿听了这话，眸珠一转，不禁哧地笑出来了，说道："这原是一时忽略了，我倒并不是有虚伪的意思对待人的。现在我告诉你，住在景德坊四号，齐先生有空请过来玩吧。"

光迪笑道："我一定来拜望你的老太太。"

菊卿听他提起"老太太"三个字，她便轻轻地叹了一口气，似乎很伤心的样子。光迪奇怪道："秦小姐，你怎么又叹气了?"

菊卿俏眼儿很哀怨地逗了他一瞥柔和的目光，低声地说道："齐先生，你不知道，我母亲已病了许多的日子，她现在住在医院里，我瞧她的病恐怕是很难好的了。"说到这里，她几乎已欲盈盈泪下了。

光迪听了，"哦"了一声，心中也很难受，遂说道："秦小姐，对于你的身世，我一向不曾详细，不知你府上还有什么人吗?"

菊卿方欲告诉，不料音乐已经停止，光迪只好自回座位来了，遂吩咐侍者叫菊卿坐台。菊卿既和光迪坐下了，便向他柔声地道："齐先生，你何必叫我坐台，不是太花费了吗？"

光迪听她这样说，心中愈加感动了，遂也低声地道："这也不是常常这样花费的。秦小姐，你别说这些话吧，我很想知道一些秦小姐的身世，不知你能告诉我吗？"

菊卿道："有什么不可以？"说着，遂把自己的身世向他诉说了一遍，然后又叹道，"齐先生，你想，我的命不是很苦的吗？"

光迪点了点头，很扼腕似的说道："自小儿没有爸爸，这当然是一件最痛苦的事。不过我倒也和你一样孤独，因为我也是没有一个兄弟姊妹的。"

菊卿道："那么你爸妈俱全的了？"

光迪道："可是我到上海之后，和他们也有三年没有见了。"

菊卿道："你爸妈在乡下吗？那么你上海大陆路是谁的家？"

光迪道："爸妈都在广东，上海是我婶娘的家，叔父没有儿子，所以待我很不错。"

菊卿秋波凝望着他颊儿，笑道："原来齐先生是广东人，那叫我真猜不出的。"

光迪笑了一笑，遂站起身子，和她又去跳舞了。两人谈谈说说，也颇觉投机，光迪这天到茶舞散场方才回家。

匆匆地又过了几天，光迪这天晚上到桃花宫去瞧菊卿，不料菊卿却没有坐在位置上。光迪以为被客人买票带出去了，后来问明了舞女大班，方知菊卿今天告假。光迪心中暗想：她告假做什么？难道她身子有些不舒服吗？于是他就坐车匆匆到长安路景德坊，找到了四号民门牌，敲门进内，只见是个徐娘半老的妇人，遂含笑问道："请问这儿里面有一家姓秦的吗？"

那妇人原来是房东，听了这话，遂答道："有是有的，不过他们全都出去了。您先生贵姓，不知找她有什么事情吗？"

光迪听了这话，倒是一怔，但他原是个很聪明的人，忽然想起那晚秦小姐告诉她母亲病是很危险的一句话，他就有些理会过来了，遂忙说道："我姓齐，现在我问你一句，不知她母亲住在什么医院？我想秦小姐大概是到医院去的吧？"

　　房东太太道："这个我倒不知道……"说着，忽然回身走进客堂里去，向里面连喊了两声阿姨。不多一会儿，就有个同样年龄的妇人从楼上走下来，两人又说了几句，那个阿姨便走到门口来，向光迪打量了一下，笑道："齐先生是菊卿的朋友吗？她母亲今天非常危险，所以菊卿没有回来。"

　　光迪道："那么住在什么医院？请你告诉了我，我就瞧瞧她老人家去。"

　　阿姨道："是广普医院，她们住的是二等病房十三号吧。"

　　光迪听了，说声谢谢你，便急匆匆地走出里外去了。

　　到了广普医院，向院役问明二等病房十三号的房间，推门进内，只见里面铺着三张病床，那边靠窗的一张病床旁，菊卿坐在旁边，正在扑簌簌地淌眼泪。她听见有人进来，遂回眸张望，一见光迪，这似乎感到意外的惊喜，此刻见了光迪，在菊卿的心头是仿佛见亲人一样伤心。她叫了一声齐先生，喉间早已哽住，眼泪便像雨点一般地滚下来了。

　　光迪见此情景，心中也很伤感，遂向她摇了摇手，低低地道："秦小姐，老太太怎样了？"说着已到床边，只见秦老太脸黄如纸，两眼已经定住，瞧此光景，连今天晚上都挨不过的了。光迪原是个富于情感的人，虽然和秦老太在过去也并不相识，可是他却十分悲酸，眼泪竟也淌了下来，遂别过身子去，抬上手去擦了擦眼睛。

　　菊卿见光迪也会淌泪，心中在无限感激之余，又感到悲伤万分。她伏下身子，偎住母亲的脸，叫了两声妈妈，泪如泉涌般地淌下颊来。秦老太连答应她的声音都很轻微了，不过她心里是十分地明白。她见了光迪之后，感到十分稀奇，这个少年是谁？莫非就是和菊卿交换约指的惠先生吗？她想开口问菊卿，可是她的话再也说不出来，因此望着光迪的脸，有些发怔。

菊卿见母亲这个样子，心里也许有些理会她的意思，遂低声地说道："妈，这位齐先生你还是第一次见吧？"

秦老太方才听明白他是姓齐的，遂点了点头，向光迪还笑了一笑。菊卿既说出这一句话，她心中立刻又有个感觉，可是现在也变成最后一次见面的了。想到这里，她不禁失声哭泣起来。

光迪因含泪劝慰她道："秦小姐，你别哭呀，这给老太太瞧着，心头不是更感到痛苦吗？"

菊卿听了，这才又把哭声煞住，背过身子，只是滚滚地落着眼泪。这时秦老太是一口一口地叹着气，这气是没有吸进，而只有透出来。

光迪向菊卿拉了拉手，两人走到病房门口，前面是一个院子，院子里植着一棵很高大的银杏树。天空中那半轮残月，筛着树叶的影子，很清楚地映在地上。光迪向她很凄凉地说道："秦小姐，事到如此，那是没有办法的了。我瞧老太太今夜也很难挨过的了，我们总应该给她预备一些后事才是呀。"

菊卿听了这话，心碎肠断，不禁靠在光迪的肩头又哭泣起来。光迪抚着她的头发，说道："秦小姐，现在可不是伤心的时候，我问你，你家里一共尚有多少钱？"

菊卿这才抬头道："不瞒齐先生说，家里也没有什么钱了。医院里付进三百元钱，大概尚有可找，还有六百多元舞票没有去换。齐先生暂时有办法可以借给我五百元钱吗？我往后一定可以还给你的。"

光迪点头道："我可以给你想办法的，那么我此刻就走了。"

菊卿听了感激涕零，遂连声道谢。光迪于是和她分手，匆匆地走了。等光迪从叔叔那里拿了五百元钱到来，时已晚上十一点了。秦老太在秋风凄凄、残月半规之际，她一缕幽魂便与世长辞了。菊卿心痛已极，不禁哭倒在秦老太的尸体旁了。光迪也泪下如雨，遂把菊卿扶住，连声劝她不要伤心。这时医院里把秦老太尸体也运到太平间去，光迪打电话到大方殡仪馆，连夜把秦老太遗体又运到殡仪馆。

在殡仪馆的寿器部里，买了衣衾棺椁，计算下来，要九百一十元。光迪道："我给你再去想办法，这些数目总是小事情。"

菊卿拉住他道："齐先生，你别忙，舞票大概可换三百多元，连医院找还的就差不多了。你要问叔叔去拿，总也很不便的。"

光迪道："叔父的钱和我的原一样，多备一些，总有用处的。"

菊卿听他这样说，真是感到心头，遂说道："那么医院里的账明天也请齐先生去结一结，你晚上可以不要来，还是早些去休息吧。"

光迪道："你一个人在这儿，不是太冷清了吗？"

菊卿道："不要紧，我累了也会打瞌睡的。"

光迪听了，遂也和她匆匆地分手了，到了家里，又向婶娘要了五百元钱。婶娘问他做什么用，不是在叔父那里已经取了五百元吗？光迪说朋友死了母亲，暂时借用一下。婶娘一则素知光迪不说谎话，二则膝下无儿，丈夫在外面传说又有女人的，所以她把光迪当作儿子一样地爱护，遂把钞票立刻给他，而且还多加了一百元，说是给光迪零用的。光迪本欲推却，后来仔细一想，明天的钱是应该愈多愈好，万一不够，那可怎么好呢？因此也就收下了。

到了次日，光迪在学校里告了假，先到医院里结了账，然后急急坐车到殡仪馆。只见菊卿又在呜呜咽咽地哭泣，遂推了推她的身子，说道："秦小姐，回头还要干事哩，你哭乏了，那叫我怎么好呢？"

菊卿见光迪来了，遂收束眼泪，和他走出素帏来。光迪把袋中钞票取出，交到菊卿的手里，说道："医院里找回一百五十元，你都藏着吧。"

菊卿伸手接过，遂放在袋内，说道："齐先生，你今天不是还得上学校里去吗?"

光迪道:"学校里我已去请过假了。秦小姐,那么你在上海还有什么亲戚吗?"

菊卿暗想,有是只有一个舅舅,不过这种人也没有去通知他的必要,遂摇头道:"也没有什么亲戚,我们在上海本来是很孤零的。"说着,忍不住又哭泣起来。光迪见她哭得伤心,遂也在旁边默默地淌了一会儿泪。

光阴是无情的,一天的日子又过去了,黄昏已降临了大地。光迪和菊卿乘车在归家途上,菊卿忽然记得一件事般地向光迪问道:"齐先生,医院里找还来多少钱呀?"

光迪听她忽又这么问,遂说道:"一百五十元呀,怎么啦?"

菊卿道:"那么照理只有五十元可以剩了,怎么现在还有一百五十元呢?我当时付账的时候,就感到有些奇怪的。"

光迪听了,也觉稀奇,沉思了一会儿,忽然记起了,笑道:"那一百元是婶娘给我做零用的,我恐怕不够开支,所以也一并交给你了。"

菊卿听了,心中的感激真是无可形容,遂瞟了他一眼,说道:"那你为什么不预先关照我一声?我是哭糊涂的人,假使我没有记起的话,这一百元钱不是要忘怀了吗?"

光迪道:"忘怀就忘怀了,这一些儿数目,算得了什么呢?"

菊卿叹了一声,淌泪说道:"齐先生,你帮了我钱的忙,又替我出了气力的忙,这样情重义深,我说句冒昧的话,就是我母亲亲子侄辈吧,也不过如此了。唉,我真不知应该怎样报答你才好。"说到这里,秋波脉脉含情地凝望着光迪的脸,眼泪却忍不住如雨点一般滚下来了。

光迪知道她是感动得太厉害的缘故,遂握了她的手,很诚恳地说道:"秦小姐,你别说这些话。我和惠先生也都是很知己的朋友,你和惠先生又非常莫逆,所以我们大家互助一些,原也是分内的事,

242

请你别挂在心上吧。"

菊卿听他这样说，心中愈加敬爱，可见他的帮助完全是存着一片博爱的了，一时也就不再说什么感恩的话，却低头叹了一口气。

两人到了菊卿的家中，菊卿向床上望了一会儿，却又大哭起来。经此一哭，亭子间阿姨和各邻居都上来探问，方知老太太已经过世，大家也不免伤心泪落。光迪因房中挤满了许多的人，他坐着不便，遂先告别回去。菊卿这才停止哭泣，追着出来，叫了一声齐先生。光迪见她和自己有些依恋的神气，这就在房门口又回过身子，和她柔声地说道："秦小姐，你也够乏了。人死不能复生，母女天性，固然伤心，但亦无益。所以应该顺变节哀，还是自己身子保重。"

菊卿点头淌泪道："齐先生金玉良言，我自当听从。那么你也快快回家去休息吧，免得我心里记挂。从此我是更孤零了，希望齐先生常来走走才好。"

光迪听了这话，心里也是一动，遂说道："那当然，我明天再来望你吧。"说着，遂匆匆走了。

菊卿回进房内，和阿姨等说了一会儿，大家劝了几句，也就各自走开了。

晚上，菊卿独对孤灯，静静地沉思了一会儿，觉得光迪这笔钱理应要归还他的，而且母亲的死，我也应该告诉给明德知道。我的终身既已许配他了，那么我一个孤零零的姑娘独个住在上海，也不是一个道理。我见了明德之后，把这事告诉给他，那么他是半子之职，这一千一百元钱，不是他也应该负担的吗？

次日起身，菊卿忽又暗想：明德这笔钱虽然肯负担，不过在他们的父母想起来，我总觉得很没有脸面。那么我何不再去做一个月的舞女，为了母亲的事，从前有人卖身葬亲，我做舞女，那也算不得一回稀奇的事了。

光迪下午到她家来瞧望，当然是扑了一个空，于是也匆匆地到桃花宫来见菊卿，向她埋怨道："秦小姐，你怎么今天就出来伴舞

243

了？我瞧你脸色不大好，若这样累下去恐怕身子受不了。你听我的话，快快请假回去吧。钱算得了什么？一个人的身子是最要紧的呀。"

菊卿听他这么说，知道他是到家里去过的，一时感激得又淌下泪来，说道："齐先生，我也说不出什么感激的话，我只希望你身子永远健康。"

光迪给她拭去了泪，说道："秦小姐，你不用这样说，那么你应该回去了。"

菊卿点头道："茶室散场我准定回家。"

光迪听了，这才放心，便道："那么我回头就走了。"

菊卿连忙拉住了，仿佛怕他立刻就走的神气，说道："你这么急干什么？"

光迪道："我原是抽空出来的，因为学校里还有事呢。"

菊卿听了这话，心中更加感动，遂说道："既有正事，那么你就走吧。明天到我家中来不来？"

光迪道："明天没有空，后天星期六，我一定来的。"说时，音乐停止，光迪和她握了握手，便自管走了。

菊卿待光迪走后，细细思忖他的情义，忍不住又暗自伤心了一会儿。菊卿因为是有两天不来伴舞了，所以今天的舞客却是特别多，而且争先恐后地都来抢着跳舞。菊卿于是把光迪劝她回家的话又忘记了，心中暗暗地想着：齐先生，我并不是不肯听从你的话，你应该要原谅我心中一番苦衷的。因此菊卿这夜回家，已是子夜十二时多了。睡在床上，想起平日总是和母亲一同躺着的，现在世界上是没有母亲这个人了，所以她又哭了许多时候。积劳所以致疾，而久郁因以丧生。当然，以菊卿的体质，安得不恹恹地病起来呢？

到了第二天，菊卿全身发热，躺在床上只是呻吟。可是孤零零的一个人，又谁来给她服侍要茶要水呢？所以菊卿在万分痛苦之余，而又万分悲伤。她伏在枕上，是只会暗暗地啜泣着。直到午时将近，亭子间阿姨方才走上来，一见菊卿病了，遂惊讶地道："秦小姐，你什么地方不舒服？如何也会病起来呢？"

菊卿淌泪道："真是福无双至，祸不单行，我也会病了。阿姨，我渴得要命，你倒杯开水我喝，谢谢你。"

阿姨听了，叹了一口气，遂给她倒了开水，服侍她喝了两口，问道："那么你想吃吗？"

菊卿道："我胸口闷得厉害，一些儿东西也不想吃。"

阿姨道："那么你要请个大夫瞧瞧吗？"

菊卿摇了摇头，说道："我这病因为是乏力的缘故，睡一天，明天也许会好的。"

阿姨知道秦老太这次后事花了不少的钱，菊卿身边也许是很困难的了，所以她也不再问什么，只说回头来和菊卿做伴，她便走下去了。阿姨这一走下去，直到黄昏时候才上来，方知被隔壁嫂嫂喊去抹骨牌了。菊卿心里不免有个感觉，邻居到底是邻居，但仔细想来，已经是很感谢的了。

晚上，菊卿依然没有吃东西，全身寒热也没有退去。她独个望着房中豆火样的电灯，夜是静悄悄的，她一会儿想母亲，一会儿想明德，一会儿又想光迪，眼泪忍不住又滚滚地落下来了。这夜她睡熟的时候已经三点多了，所以次日是睡得非常浓，直到下午一点光景，她蒙眬中似乎听得房中有人说话的声音，遂睁眼一瞧，见阿姨伴着光迪坐在桌边，正在告诉自己的病情。于是她就低低地喊了一声齐先生，光迪见她醒来了，遂走到床过去，只见菊卿的两颊仿佛玫瑰花瓣一样绯红，可见热度是仍没有退去。他紧锁了眉头，摇了摇头，有些埋怨她的口吻说道："阿姨告诉我，前天晚上你仍旧十二时回家的。唉，我这样千叮万嘱地叫你立刻回家休息，你偏不听，现在病了，到底又是自己受苦。"

菊卿听他这样埋怨，也只好掀着酒窝儿笑道："明天就好了，我又没有什么大病。你多早晚来的？"

光迪见她兀是装出娇声的神情，心中自然明白她是宽慰我的意思，一时更感到她的楚楚可怜，遂伸手摸到她额头上去试热，觉得是怪烫手的，遂柔和地又道："热势很盛，连今天不是第二日了吗？阿姨告诉我，你也没有吃过一些儿东西，我想病是要瞧得早的。我知道赵柏村西医很好，不过下午是不出诊的。假使你能够起身的话，我们就门诊去也不要紧的，反正总是坐汽车的了。"

菊卿摇头道："不用瞧了，这样瞧一次，至少又得花上三四十元的。"

光迪道："我问你，钱宝贵还是身子宝贵？秦小姐，你不要固执了。"

阿姨也不知道齐先生是菊卿什么人，不过瞧他们的情景总是很知音的了，遂走来也劝她道："秦小姐，齐先生这话是对的，你应该去瞧一瞧，那么也就好得快了。"

菊卿还是委决不下，光迪却已下楼去喊汽车了。阿姨见光迪走后，遂向菊卿笑道："他是你的舞客吗？"

菊卿觉得舞客两字有些刺耳，遂摇头道："不是，他是我从前的同学。"

阿姨道："你有这样一个好的同学，那么你也该很安慰的了。"

不料菊卿听了这句话，她却是深深地叹了一口气。阿姨道："别难受了，我给你披上衣服吧，也许汽车就来了。"

这里阿姨把菊卿衣服穿上，光迪也把汽车叫来了，见菊卿坐在床边，身子有些发抖的样子，遂说道："你觉得怎么样？假使不会走扶梯，我就抱你下去怎么样？"

菊卿因为阿姨在旁边，有些难为情，遂秋波瞟了他一眼，摇了摇头，她慢慢地套了那双薄呢的软底素鞋，阿姨在橱里取了大衣给她披上。光迪也走上来，两人扶着她，慢慢地走出房门。好容易地扶到大门口，幸亏汽车能开进弄堂内的，所以出了大门口，就可以跳上汽车。菊卿叮嘱阿姨照顾照顾家，阿姨答应，汽车遂开出大门，到赵柏村的诊所里去了。在汽车里，菊卿的整个的身子是全躺在光迪的怀里，她微昂了粉脸，望着光迪俊美的脸庞，觉得自己会叫光迪伴着去瞧医生，这真是做梦也想不到的一件事情。所以她真感到又喜悦、又悲酸、又羞涩……同时也有说不出的甜酸苦辣的滋味。

光迪见她望着自己出神，遂低低地说道："可怜你昨天一日中真是呼天不应叫地不理的了。"

菊卿叹了一口气，说道："孤零零的一个人，那又有什么办法呢？"

光迪道："昨天你也可以叫阿姨陪你去瞧医生的呀，阿姨不是和你很好的吗？"

菊卿道："邻居的好都是外表的，真到患难的时候，大家就不关痛痒了。"说着，秋波脉脉含情地望着他出神。

光迪听了这话，不免想到了自己的对她，一时倒反而有些难为情，所以点了点头，也就不言语了。

汽车到了赵柏村的诊所，光迪先已付去了钱，扶着菊卿到里面候诊室，在一张长沙发上坐下，光迪便去挂了号。回来的时候，见菊卿旁边又坐了一位五十多岁的老婆婆，她和菊卿搭讪道："你是第一次来瞧吧？挂号费要六元，复诊时只要三元好了。这位医生很好的，瞧了几次，就会好的。"

菊卿见她人好好的，想来也是陪伴病人来的了。因为人家喜欢和自己说话，若不回答两句，当然很不好意思，所以也含笑道："老太太家里是谁不舒服呢？"

那老妇把手指指对面坐着的一个老者，说道："是我的先生呢，刚才伴你来的也是你先生吗？"

菊卿因为光迪已走到面前，听她这样问，心里当然非常地难为情，红了两颊，不知回答什么是好。光迪也听得很清楚，觉得年老的人到底有些背了，遂走上去打岔着道："已经挂到五十多号了，但此刻还只有瞧到二十号，这样等下去，你怎受得了呢？所以我已拨了号，大概就可以瞧了。"

菊卿点了点头，那妇人还要向她说话，幸喜里面已喊秦菊卿的名字了，于是光迪扶她进内，诊治完毕，配好了药，回到家里的时候也已经四点敲过了。

菊卿躺在床上，深深地透了一口气。光迪道："你来去感到太乏了吧？我给你喝了药水和药粉，你可以静静地躺一会儿了。"

说着，把药水倒在杯中，亲自拿到她口边。菊卿略抬起头，就喝了下去，秋波瞟了他一眼，说道："齐先生，我太感激你了。"

光迪笑道："你别这么说了，我是因为同情你的身世，所以尽我们做朋友的义务。你老说感激两字，那么我倒觉得太不好意思了。"

菊卿笑道："那么我就不再说感激的话了。"说着，又咬着嘴唇，沉吟了一会儿，口里说着五元十元的话。

光迪道："你算什么账？"

菊卿道："今天一共用了多少钱？不是全都你代付出的吗？"

光迪道："算它做什么？付也付出了，还说什么呢？"

菊卿道："这可不行的，我瞧病的费用如何能叫你拿出？这似乎……"说到这里，俏眼儿斜乜着他，却是笑起来。光迪听她这似乎下面好像尚有些神秘的意思，心中就觉得天下也没有这个道理，因为我到底不是她的……想到这里，也有些想不下去，遂笑道："那么你算吧，大概二十元钱吧。"

菊卿笑道："一笔一笔算，汽车来回两次十元，拔号十二元，药水费九元五角，加起来三十一元五角，你怎么说二十元钱？那算什么账呢？"

光迪笑道："简直是混账了……"

菊卿瞟了他一眼，就抹着嘴儿咦地笑了。她遂在皮夹内取出三十二元钱来，交到光迪手里。光迪道："我又不要用，账只管算清了，不过你又何必这样性急地要还给我呢？"

菊卿道："前天还剩下一百五十元钱，我也没用过，你只管拿去。假使我要用的时候，不是仍可以向你拿的吗？"

光迪听她这么说，也就收下了，遂又问道："你是两天没吃东西了，尽饿也不是个道理。我想你爱吃什么，我此刻去给你买些来好吗？"

菊卿道："我也想不出什么东西，你给我想几样好吗？"

光迪道："那么我给你到外面去瞧吧。"说着，便走下去了。

待光迪买了许多罐头什物回来，见菊卿却坐在床边，光迪道："你起来做什么？"

菊卿道："大解了一次，肚子就好过了许多。"

光迪把什物放在床边桌上，伸手去摸她额角，又握了她的手，笑道："这药水很灵，热也退了。快躺进去，别着了凉。"

菊卿羞答答地向他笑了一笑，盖了上被，问道："买些什么呀？"

光迪道："牛奶、面包、肉松、鸡肉、油焖笋、什锦菜……"

菊卿酒窝儿一掀，笑道："你真想得出这许多什物的，一共多少钱？"

光迪笑道："又来了，医药费我不好意思代付，买些吃食给你，这在朋友的情分上也是可能的事。秦小姐，你说对吗？"

菊卿听他这么说，觉得光迪真是个多情的好青年，那粉脸就一圈圈地红晕起来，秋波在逗了他一瞥娇羞目光之下，却是垂下粉脸儿来，默不作声。光迪瞧了她这个意态，心头也不禁为之神往，因说道："你此刻肚子可曾饿了没有？我冲杯牛奶你喝好吗？"

菊卿经过一次大解之后，也觉空洞洞的，遂抬起粉脸，含笑点了点头。于是光迪冲牛奶切面包开肉松罐子，忙碌了一阵。菊卿笑道："叫齐先生为我这样服侍，我真觉得意想不到。"

光迪把牛奶面包送到她的面前，笑道："只怕粗手大脚地服侍得不讨巧。"

不料菊卿听了，却逗给他一个嗔恨的娇嗔，光迪见她很生气的样子，低了头发怔，遂笑道："牛奶冲好了，不吃要冷的。"

菊卿这才抬头道："那么你也冲一杯喝吧。"

光迪不好意思推却，遂也答应了。时候过得真快，一忽儿天色便夜了。光迪开亮了电灯，瞧了一下手表。菊卿见他这个情景，遂说道："你要走了吗？时候早哩，反正你总在这儿晚饭了，只不过要你吃些冷饭罢了。"

光迪道："开水泡一泡，我倒也爱吃，但是你最好烧一些粥润润喉咙。"

菊卿道："我吃面包也很好，你再拿块吃吧。"

光迪道："既然你爱吃，就多吃几片也没有关系的。"说着，遂又切了几片给她。

菊卿从床上倚起来，伸手去拿起热水瓶，光迪道："做什么？你喝茶吗？"

菊卿摇头道："不，我说你可以泡饭了。"

光迪笑道："泡饭我自己会泡的，你怎么坐起来？快躺下，快躺下吧。"

菊卿蹙了眉尖，很生气地道："病真是可恶的，我真恨不得起来做些事情呢。"

光迪听她这样说，虽然感到她有些孩子气，然而也可见菊卿真是一个多情的姑娘了，遂也笑道："你别说孩子话了，难道我吃饭还要你服侍吗？"

菊卿很多情地望着他脸，说道："我总感到很不安，饭锅子在面汤台上，你可以泡饭了，想肚子也饿了吧？"

光迪点了点头，遂动手泡饭了。

晚上九点钟光景了，菊卿很伤感地叹了一口气，说道："回头齐先生走了，我真感到冷清。"

光迪听她这样说，觉得她话中有些依恋之情，遂沉吟了一会儿，向她低低地道："我想在这儿伴你一夜吧，又怕你是个避嫌疑的人，但回去吧，你晚上要茶要水，我又放心不下。所以我想和你索性认一个亲兄妹吧，那么彼此在形式上似乎可以坦白一些了，不知你心里也有这个意思吗？"

菊卿听他这么说，心里真是感动到了极点，这就拉了他的手，叫他在床边坐了，柔声说道："古人云，人之有恩于我者，不可得而忘也。齐先生，你虽未能救我母亲于生前，然而实已资我母亲于身后，有银始克成殓，不然我便将何以为情呢？所以此恩此德，没齿不忘。本拟把终身相许，以报答你的大恩，但是你固然已经有了惠小姐，而我也曾和惠先生私订了婚约，所以你要和我结为亲兄妹，我是非常赞同。只不过你这一番情义，我是只有待来生来报答你了。"菊卿说到这里，也不知为什么要这样辛酸，她的眼泪便像泉水一般地涌上来了。

光迪听了她这一番话，方知菊卿是很有爱上我的意思，只不过为了和明德有约在先，所以她是没有分身之术了。遂握了她纤手，一面给她拭了眼泪，也说道："然而古人又云，我之有恩于人者，不可不忘也。既然前人有此之语，我岂敢有所望报吗？况且这一些儿小事，也根本谈不上恩之一字呀。秦小姐，你爱我之情，我也很感激的，不过爱的范围极广，比方我们结了亲兄妹了，这也还是爱的作用嘛。"

光迪口里虽然这样地说，但心中想着亚琴的好久不给回信，是否变了心了？他也感到悲哀，忍不住叹了一声，把脸别转了去。

菊卿听他虽然是在安慰着我，不过从他叹气的神情瞧来，很显明他实在也是很爱我的了，遂把他的手拉了拉，很柔声地叫道："哥哥，你为什么别转脸去呢？"

光迪把右手抬上去，在眼皮上揉擦了一下，方才回过头来，笑道："妹妹，那么我们从今以后是成亲兄妹的了。"

菊卿见他笑的神情有些勉强，而且眼皮更有些红红的，暗想：他难道也在淌泪吗？她凝眸向他望了一会儿，芳心又觉悲哀了，说道："哥哥，好在惠小姐的人才真是强过我了。"

光迪把心中的苦有些说不出口，向菊卿笑了笑，说道："妹妹，我们相遇的日子到底是太迟了一步了。"

　　不料这句话却引得菊卿又暗暗地淌下泪来。光迪又不忍她多伤心，所以忙要安慰她一会儿，菊卿这才又回过笑脸来。这晚两人是抵足而眠的，光迪在半夜里起来，也侍候了她好多次。第二天是星期日，光迪坐在床前，整整地又伴了菊卿一天，直到晚上方才回去的。

　　过了两天，菊卿接到明德的来信，叫她整理一切到北平来，并且又劝慰了她许多话，说得非常多情。菊卿虽然非常安慰，但也很是悲伤。安慰的是明德病体已愈，而且叫自己快到北平去，而悲伤的却是和光迪要分别了。

　　这天光迪来瞧望她，见她又在暗自淌泪，心中倒吃了一惊，忙问："妹妹做什么又难受了？"

　　菊卿觉得难以隐瞒，遂向他从实告诉。光迪听了，虽然难过，但也不敢显形于色，表面上还很欢喜地道："这是一件很快乐的事呀，你伤心干吗？明德来信叫你到北平去，那么妹妹的终身不是有所依靠了吗？在我做哥哥的说来，倒是放下了一头心事呢。"

　　菊卿听他这样说，娇羞地逗了他一瞥多情的目光，倒也不禁破涕为笑了。

　　光迪道："不过妹妹病体尚未十分复原，你是应该要多休养几天再动身的。"

　　菊卿点头答应，因为她心里有了喜悦的成分，病体也好得快了，没有四五天，已能起身。她在舞厅里把舞票换成现钞，并把房中家具一切变卖，共得九百多元的钱。那天光迪到来，菊卿遂把钞票还他九百元，说其余两百元将来再说。光迪听了，很是伤心，遂说道："妹妹，我们既成兄妹，你的妈不就是我的妈吗？所以这一千一百元的钱，我是不要你还了。假使你一定要还我，反使我难受。况且你路上也要使用。"

光迪说到这里，忽然眸珠一转，又说道："这样吧，妹妹将来结婚的时候，算我哥哥做了嫁奁之费，那么总好了？"菊卿听了，真是感激涕零。

这时房东送上一个电报，菊卿拆开一瞧，见又是北平明德来的，是"见字速即来平"六个字。菊卿倒吃了一惊，光迪道："既然这样要紧，你就此刻动身吧。"

菊卿心慌意乱，遂点头说好。这儿房子原早已退租，所以两人匆匆地到火车站，买了一张二等车票。临别，光迪握了菊卿的手，说道："妹妹到了北平，请我给我向亚琴代为问一声，不知我什么地方得罪了她，她要不给我回信，我在明年春天的时候，也许亦要到北平来一次的。"

菊卿听了这话，方知亚琴对他有些变心了。她为光迪设想，很是伤心，点头说声晓得，泪水早又夺眶而出了。光迪也正在眼泪红的时候，火车已开。在一抹斜阳之下，渐渐地消失了车身的影子，接着在宇宙之间，也早已笼上了一层轻罗那样的薄暮了。

第七回

日暖花香书成合欢草

惠明德接了菊卿的那封信，想起菊卿孤苦伶仃，身世之可怜，心中当然十分代为悲伤。不料那日亚琴齐巧来瞧望哥哥，知道哥哥和秦小姐已经订了嫁娶婚约，于是遂劝哥哥写信到上海，把菊卿喊回北平来。因为她总是惠家的人，若让她一个人在上海，也总不是一个根本的道理。明德听从妹妹的话，遂立刻写快信到上海去。谁知去了好几天，菊卿既没有到来，而且也没有回信答复。明德真是十分忧煎。一会儿疑心她在途中遭了人骗了吗？一会儿又疑心她莫非病了吗？

这天下午，明德在那本《圣经》里翻出了那张照片，呆呆地瞧望了一会儿，心中暗想：可怜她的母亲我也没有和她见过一次面，不料竟做故人，那如何叫人意料得到？一会儿又想像菊卿那么聪明美丽的姑娘，难道她的命竟会这样苦吗？这个老天似乎也太残忍一些了。想到这里，自不免暗暗地淌了一会儿眼泪。

正在独自伤神，忽见妹妹又走了进来。明德收束眼泪，待欲把照片藏入，亚琴早已瞧见，遂含笑问道："是谁的照片？哦，可不是秦小姐的吗？"

明德因为被妹妹猜着了，所以也不好意思再藏了，遂拿过去给妹妹瞧看。亚琴接过一瞧，见旁边还有一个年老的妇人，因为亚琴和秦老太也见过一面，所以也认识她的，遂很感叹似的说道："夏天

254

里我去喊秦小姐的时候，见她母亲还是好好的，不料没有几个月，她竟已不在人间了，这真令人意想不到呢。"

亚琴说时，忽听一阵皮鞋声响进来，同时还有文标咳嗽的声音送到明德的耳鼓，这就急道："妹妹，爸爸和你一块儿来的吗？你快把照片交还给我吧。"

亚琴俏眼逗了他一瞥淘气的目光，扑地一笑，说道："这有什么关系？你打量爸爸还没有知道吗？那天我回家里，早已告诉爸妈了。爸妈都很喜欢，说秦小姐真生得非常美丽的……"

明德见爸爸已跨进房来，而且后面尚跟着一个陆医生，于是他向妹妹丢了一个眼色，低声地道："别说下去了，你瞧爸爸进来了。"

亚琴回眸见了爸爸，遂奔到他的身旁，拿照片给文标瞧道："爸爸，你瞧，这是秦小姐，这便是秦小姐的妈。"

文标听女儿这么说，遂定睛望了望，秦小姐是认识的，因为文标来院时也瞧过了好多次，但瞧到秦老太的时候，仿佛也有些面熟的。他心里这就很感到奇怪，不禁愕住了一会儿。但后面陆医生已在向明德问话了，所以文标也无暇思索，遂伴陆医生到明德床边，问他这几天感觉得怎么样。明德点头道："胸部感到舒畅了许多，咳嗽也减少了许多。"

陆医生听了，点了点头，把听筒取出，在他胸部听察了一会儿，向文标笑道："令郎的病在明年春天里可以完全地好了。"

文标很高兴地道："这都是陆医生的功劳。"

陆医生不回答什么，微微地一笑，遂在药箱里取了一枚针，给明德手臂上注射了一针，一面给他配了药水。陈妈早已端上四杯香茗，陆医生坐了一会儿，也就站起告别。文标送着出来，和他握了握手，说道："我尚有些小事，恕不送你进城了。"说着，向车夫阿根又吩咐道："你送陆医生回去后，再开到这儿来吧。"阿根答应一声，遂给陆医生跳上汽车，拨动机件，车身遂向前疾驰了。

文标送陆医生走后，却不立刻进内，站在院子里，望着灰暗天

255

空中的浮云，不禁默默地出了一会儿神。他的脑海里映出一个年轻的少妇来，怀中抱了一个不满周岁的孩子，似乎正在给她哺乳。文标心头有些悲酸，他叹了一声，身子抖了一抖，那眼泪也落下来了。

经过了好一会儿，文标这才收束眼泪，匆匆步进房来，只见兄妹两人却在开话匣子了，遂走近床边，向亚琴道："你把刚才那张照片拿出来，再给我瞧一瞧。"

亚琴向明德努了努嘴，很神秘地笑道："哥哥已藏起来了，你向他拿好了。"

明德听了，只好红了脸把照片在《圣经》里又取出来，交到爸的手里。文标接过，凝眸向秦老太细细地瞧了良久，觉得虽然年已老了，不过脸蛋依稀地到底总可以认得出来。他想着亚琴那天告诉秦老太已死了的话，他眼眶子里的热泪又慢慢地贮满起来了。

明德兄妹见爸爸拿了这张照片，好像泥塑木雕的神气，一时心中都感到无限的惊奇。明德当然不好意思开口，亚琴这就忍不住问道："爸爸，你瞧得这样仔细干什么呢？秦小姐的人你不是也已瞧见过了吗？"

文标听问，方才似梦初醒，抬起头来，长叹了一声，说道："这头婚姻是不成的了。"

明德和亚琴听爸爸这么说，都是吃了一惊。尤其在明德的心中，更急得两颊绯红，因此情不自禁地问道："爸爸，这是为什么缘故啊？"

文标的眼泪已湿润了，他摇了摇头，说道："孩子，你以为秦老太是你的谁呀？她是你亲生的母亲呀！"

明德听了这话，真是做梦也想不到的事情，他惊奇得从床上跳了起来，问道："什么？她是我亲生的娘？……我的娘……不是在我婴孩时就死了吗？"明德问到这里，他的话声是带有些颤抖的成分。亚琴定住了乌圆的眸珠，也是弄得莫名其妙，望着文标却是怔怔地愕住了。

文标在床边那把椅子上坐下，似乎十分沉痛的样子，未说话前就叹了一声，泪眼模糊地向两人望着，说道："说起事情来，总是强迫婚姻下造成了我们心头疼痛的创伤。你的外祖姓阮，是一个非常固执的人，他原配李氏，生一女名叫汉玉，她就是你亲生的娘。李氏早亡，你外祖继娶郑氏，生一子，取名彬森。那时你娘已八岁，在学校里读书。然郑氏性好妒，且又挥霍无度，爱彬森若珍宝，对你娘却十分苛待。你娘就在这不如意的环境中而生长的。你娘在高中毕业的时候，你的外祖一定要把她许配给我，但是你娘却竭力反对。因为她在学校里已和一个同学相爱，此人名叫秦汉勋，说起来和我也有些认识的。一个年轻的人，总是爱美的多，虽然我明白你娘无意于我，不过你外祖既然愿意把你娘嫁给我，我岂有不欢喜的道理呢？你娘虽然已是个二十岁的姑娘了，但在你外祖专制家庭的势力下，也是没有办法，所以只好委委屈屈地嫁了过来。既然你娘心里是很爱着秦汉勋，当然和我的感情是非常淡漠。那里汉勋因遭失恋的痛苦，他便毅然到海外去留学了。光阴匆匆，这样地过去了四年，你娘就生了一个孩子，这就是你了。年轻的时候，大家都有一副刁恶的脾气，照理，我和你娘结婚四年，连孩子也养下了，那么大家总该和睦起来了。谁知你娘有了小孩之后，就只有儿子，没有丈夫那种态度来对付我，我心里当然是非常生气。在当初，确实我有这种存心，反正汉勋是到海外去了，你的爱人也不在眼前了，假使你要我和作对，我也不会来怕你的，明天我在外面娶几个小星给你瞧瞧，你才知道我的历害了，因此我的生活便开始荒唐起来。唉，现在思想起来，觉得我当初这个存心是绝对错误的，因为这造成了以后种种的罪恶。你娘见我整天地在外面花天酒地，夜夜十二点回家，一个女子的心理到底是脆弱的，所以她着急起来，便向我劝告，不能这样荒唐。我听她向我说话了，认为这是暴露她的弱点，所以不但不听从，反而连晚上也不回来了。在我当初也不过是给她一个报复，谁知悲哀的幕布也就展开了。你娘不知在什么地方又会碰见了汉勋，汉勋是回国来了。说也奇怪，他竟会没有结过婚。据家中仆妇告诉我，汉勋在我家也来过几次的。我那时完全存了意气，所以并不注意，还是在外面糊涂着。于是在一个月白风清的夜里，你娘就悄悄地失踪了。我当然是很明白你娘的去处，到此我才懊悔自己的不应该，以前固然是你娘的无情，不过她既暴露了弱点，向我劝告的时候，我是应该及早回头的。那时候我们若能和好了，也许你娘不会再有出走的事情了。所以以后的不幸，真是我的罪恶。我也不再追究，只说已经死了。为了不要使你长大时在脑海里有个遗恨的感觉，所以我是什么人都瞒着的。但你今天要娶你亲娘腹中养的女儿为妻子了，怎能叫我不把二十多年那件痛心事再来向你们说一遍呢？唉，前尘等一梦，她竟已死了！"

文标一口气说到这里，心中一阵悲痛，也不禁老泪纵横了。明德、亚琴听了，方才恍然大悟。明德虽有怨恨母亲抛儿之意，然而究竟激起了思亲之痛，忍不住失声哭泣起来。亚琴含泪劝道："事已如此，哥哥也不用再悲伤了。你的病体不是还只有才好一些儿吗？"

明德道："我恨自己为什么不早些向秦小姐讨一张照片，假使早给爸爸发觉了的话，我也还可以再见一下亲娘的面呢，现在是不能的了……"说到这里，又泪下如雨。

文标低了头，也挥泪不已。亚琴遂吩咐陈妈拧上手巾，给两人拭泪。明德这时便向文标恳求道："爸爸，现在母亲既已过世，剩下的菊卿实在是太孤苦得可怜了。我在上海医院养病的时候，承蒙她衣不解带地日夜服侍，体贴入微，情逾夫妇。今虽不能成为夫妇，请爸瞧在我儿子的分上，就把她收留下认个女儿了吧。"

文标点头答应，明德这才感到略为安慰，两眼望着窗外被风吹动的枯枝，呆然出神了一会儿，忽然长叹一声，说道："人生的变幻，太不可捉摸了。"亚琴听哥哥这样说，也不免黯然神伤。

这时阿根把汽车已经开回来了，文标和亚琴遂回到城中家里去了。到了家里，亚琴把这事向母亲告诉，惠老太心中虽有不悦之意，但想着明德肺病已将痊愈，那么我总得还想靠靠他哩，所以也就不说什么了。

次日，文标向亚琴问了菊卿在上海的地址，打了一个电报去，叫她急速回平。

光阴匆匆，不觉又过数天，这日齐巧是星期，亚琴坐在上房里翻报，见王妈进来报告道："外面有个秦小姐来见小姐。"

亚琴听了这话，知道菊卿来了，遂含笑迎了出去，只见她全身素服，脸清瘦了许多。两人见面，握了一阵手，遂拉菊卿走进上房。菊卿见了文标夫妇，心里自然很难为情，红了两颊，只得上前请安问好。

文标见了菊卿，不免想起汉玉，心中虽然难受，但也不敢形诸于色，遂叫她坐下。王妈倒上茶，文标这才问道："秦小姐的爸爸是不是名叫汉勋？"

菊卿点头笑道："是的，老伯如何知道？"

文标且不回答，继续问道："妈妈可是姓阮名叫汉玉吗？"

菊卿听他连母亲的姓名也知道，这就感到惊奇起来，定住了乌圆的眸珠，怔住了一会儿，反问道："怎么老伯全都知道呢？"

文标夫妇和亚琴听了这话，可见是一些儿也不错的了，遂叹了一口气，向菊卿道："秦小姐，你不知道，你和我明德却是一母所生的兄妹呢。"

菊卿听了这话，绯红了两颊，却是惊奇得木然起来。文标于是把往事又向她告诉了一遍。菊卿听了这话，心中尚有些将信将疑，不过细思母亲平日独个痴然出神的意态，我常疑惑她有什么心事，在当初总以为她在想我爸爸太年轻就死了，那么照现在说起来，她也许是为了过去这一件遗恨的痛事吧？忽然又想，我和明德既是一母所生的兄妹，那么如何还能成夫妇呢？想到这里，她真是焦急万分。

只听文标又徐徐地说道："秦小姐，所以你和明德这个婚姻是不成功的了。不过我想念你在医院里服侍明德的情分，我很感激你。而且你从今以后，身世又孤零得可怜，所以我倒很有收你做女儿的意思，不知你心中也欢喜吗？"

菊卿正在不知如何是好的当儿，今听他这么说，她的芳心里才感到有些寄托，哪还有个不喜欢的道理？于是遂站起身子，向文标夫妇一同跪下，拜了八拜，口里很亲热地喊着爸爸妈妈。文标夫妇见凭空地又多了一个美丽的女儿，心里也是欢喜，遂忙着扶起，连喊罢了。菊卿和亚琴又行了姊妹礼，握了手，颇形亲密。

当晚文标吩咐厨房里烧了几样好的小菜，给菊卿洗尘。大家喝了一些酒，都十分地快乐。只有文标的心头未免感到有些悲哀的意味。

第二天，菊卿要到西山去瞧望明德，文标没有空，亚琴得上学校去，所以遂叫车夫阿根一个人送菊卿到西山别墅。阿根领导菊卿步进里面，向陈妈悄悄地告诉道："这是我家的二小姐了。"

陈妈那天已经听得很明白，所以也早理会过来，遂向菊卿叫声："二小姐，里面坐吧。"

菊卿一面点头，一面早已步近床边，低声唤道："哥哥，菊卿来了。"

明德是向里躺着，听了这话，遂立刻翻身坐起，叫了一声妹妹，两人抱在一处，竟是失声地哭泣起来。两人淌了一会儿泪，方才推开了身子。菊卿已在他床边坐下了，明德见她清瘦了许多，兼之身穿素服，更显风韵楚楚，意态动人，遂握了她纤手，破涕笑道："妹妹，想不到我们竟是真的亲兄妹呀，你现在可曾明白了吗？"

菊卿赧赧然地点了点头，纤手抬上去揉擦了一下眼皮，说道："我先到城里去过，爸爸全都告诉我了。承蒙他老人家可怜我的身世，所以已收我做了女儿了。"

明德含笑点头，一面又问母亲病中经过，并死后一切事情。菊卿至此也只好把所有经过的事实向他从实诉说一遍。明德叹道："真

260

也苦了你了……那么光迪这一千一百元钱，当然是我会负担的。我所恨的，是不能见一次亲娘的面啊。"说着，两人又都哭了起来。

陈妈拧上手巾，把他们劝住了。明德方又说道："光迪如此热心相助，实在令我感激。现在倒好了，琴妹因恨光迪和徐小姐跳舞，所以另外又有个朋友了。照你说来，光迪和你实在有情，那么你们四人何不就此结成两对，岂非美满姻缘吗？"

菊卿听他这样说，又羞又喜，而且也很是感触，红晕了两颊，不禁叹了一口气。明德明白她叹气的原因，遂笑道："妹妹，你大概想着我们过去的情爱吧？但这是一件意料不到的事。不过我们虽然不能成为夫妇，到底也成为兄妹了呢。"

菊卿微微地一笑，秋波瞟了他一眼，说道："那么我们的约指应该要交还的了。"

明德笑道："这也何必交还？我们兄妹做个纪念，也是好的。"

菊卿听他话中显然尚有不了之情，回首前尘，真是不胜感慨，遂笑道："我听哥哥病日见痊愈的消息，我真是十分快乐。不过在这儿一个人住着，未免太冷清一些，所以我反正没有什么事，就仍旧伴着哥哥好吗？"

明德听她这样说，真感到她的可爱，遂笑道："现在似乎有些不敢当了。"

菊卿鼓着小嘴儿，秋波逗给他一个娇嗔道："哥哥，你这话就说得不应该，现在难道两样了吗？妹妹服侍哥哥的病，这不也是分内之事吗？"

明德病中正苦寂寞，于是也就笑道："既然妹妹一定要在这儿做伴，我真是十二分喜欢的了。"

菊卿笑道："那么吩咐阿根回去吧。"

明德点头，遂叫陈妈出去吩咐。从此以后，菊卿就住在西山别墅了。

流光如驶，雨雪纷飞中带去了残冬的影子，热情的幽美的春之神又翩翩然降临了大地。红红的花，青青的草，万物又蓬蓬勃勃地生长起来。上海的齐光迪他并没有失约，在春假期内，匆匆地动身到北平来。先到紫金路明德的家，不料就见亚琴和文翰笑盈盈地携手出来。光迪这才明白亚琴不给回信的原因了，心里当然非常地气愤。但亚琴在哥哥那儿也早知道光迪和菊卿有一番很深的情分，所以她认定这是一双两好的事情，便对光迪笑道："齐先生，你来瞧望我哥哥的吗？那么你快到西山别墅去吧。你到了那儿，一定还会得到一件意外美满的婚姻呢。"说着，向他一招手，便和文翰自管走了。

光迪还以为亚琴讽刺自己，心里真痛恨得什么似的，骂声好个负心女子，便急急地坐车到西山别墅去瞧望明德。谁知一脚走进院子，只见那株柳树的下面站着一男一女，女的是菊卿，男的正是明德。光迪想不到明德已能起床了，心中这一喜欢，遂抢步上前，和他握了一阵手，连连庆贺，一面又和菊卿含笑招呼。不料菊卿此刻见了光迪，倒又羞答答地难为情起来。

明德一手拉了菊卿，一手拉了光迪，给他们手合在一起，笑道："我做哥哥的给你们做主意，你们假兄妹俩配成一对吧。"

光迪听了这话，真是弄得莫名其妙，不禁面红耳赤，忙问明德这算什么意思。明德于是把其中一段因果向他诉说一遍。光迪到此，方知亚琴刚才这一句话倒是真的，一时他心中的快乐真非作者一支秃笔所能形容的了。

明德见两人都羞答答的样子，遂笑着道："你们假兄妹久别重逢，当然有很多的话要诉说。离这儿靠近的有个碧霞花园，风景很好，何不去玩一回呢？"

光迪一听明德这样成全，感激涕零，遂和菊卿真的一同到碧霞花园去叙衷情了。明德站在柳树下，瞧着他们一对倩影消失了后，忍不住微声地叹了一口气。但想着自己这次肺病能好起来，确实是第二世做人了，譬如我已经死了，那我还知道什么呢？所以他又十分欢喜起来。

　　不料正在这时，外面匆匆步入一个美丽的姑娘，明德仔细一看，竟是徐爱仁。他心里这一快乐，遂奔了上去。爱仁见明德果已起床，一时旧情复发，遂也走了上去，两人没有开口说话，先紧紧地抱住了。这时太阳暖和和地照临着大地，在他们的头顶上有一对燕儿在回环地飞舞，似乎庆祝着大地上的年轻小儿女，一对对都结成了眷属。

附　　录

从鸳鸯蝴蝶派谈到冯玉奇小说

裴效维

《民国通俗小说典藏文库·冯玉奇卷》将收录冯玉奇的百余种小说作品，此举极其不易。现在，我愿以这篇文章给出版者呐喊助威。尽管我人微言轻，但我毕竟是一个中国文学的研究者，为鸳鸯蝴蝶派说些公道话是我的责任。

冯玉奇是一位鸳鸯蝴蝶派作家，因此我们要想了解冯玉奇，必须首先厘清有关鸳鸯蝴蝶派的一些问题。

一、何谓鸳鸯蝴蝶派

鸳鸯蝴蝶派作家平襟亚在《关于鸳鸯蝴蝶派》（署名宁远）一文中对鸳鸯蝴蝶派的来历说得很清楚：

> 鸳鸯蝴蝶派的名称是由群众起出来的，因为那些作品中常写爱情故事，离不开"卅六鸳鸯同命鸟，一双蝴蝶可怜虫"的范围，因而公赠了这个佳名。

> ——载香港《大公报》1960 年 7 月 20 日

可见鸳鸯蝴蝶派并不是一个有组织有宗旨的小说流派，而是因为当时流行的言情小说多写一对对恋人或夫妻如同鸳鸯蝴蝶般相亲相爱，形影不离，因而民间用鸳鸯蝴蝶小说来比喻这种言情小说，那么这种言情小说的作家群当然也就是鸳鸯蝴蝶派了。这种说法应该是可信的，因为民间常用鸳鸯和蝴蝶来比喻恋人或夫妻，很多民间文学作品中不乏其例。这一比喻非常形象生动，但并无褒贬之意，因此不胫而走。

传到新文学家那里，便加以利用，并赋予贬义，作为贬低对手的武器。但新文学家对鸳鸯蝴蝶派的界定并不一致，大致有两种看法。

一种看法认同民间的比喻说法，即将鸳鸯蝴蝶派小说局限为通俗小说中的言情小说，将鸳鸯蝴蝶派局限为言情小说作家群。鲁迅是这种看法的代表，他在1922年所写的《所谓"国学"》一文中说："洋场上的文豪又作了几篇鸳鸯蝴蝶派体小说出版"，其内容无非是"'卿卿我我''蝴蝶鸳鸯'"（载《晨报副刊》1922年10月4日）。又于1931年8月12日在社会科学研究会做了《上海文艺之一瞥》的长篇演讲，其中对鸳鸯蝴蝶派小说更做了形象而精辟的概括：

> 这时新的才子＋佳人小说便又流行起来，但佳人已是良家女子了，和才子相悦相恋，分拆不开，柳阴花下，像一对蝴蝶、一双鸳鸯一样。

——连载于《文艺新闻》第20、21期

此外，周作人、钱玄同也持这种看法。周作人于1918年4月19日在北京大学文科研究所小说研究会做《日本近三十年小说之发达》的演讲中，就说现代中国小说"还有《玉梨魂》派的鸳鸯蝴蝶体"（载《新青年》第5卷第1号）。次年2月，周作人又发表《中国小说里的男女问题》（署名仲密）一文，认为"近时流行的《玉梨魂》，虽文章很是肉麻，（却）为鸳鸯蝴蝶派小说的鼻祖"（载《每周评论》第 5 卷第 7 号）。与周作人差不多同时，钱玄同在 1919 年 1 月 9 日所写的《"黑幕"书》一文中也说："人人皆知'黑幕'书为一种不正当之书籍，其实与'黑幕'同类之书籍正复不少，如《艳情尺牍》《香闺韵语》及'鸳鸯蝴蝶派小说'等等皆是。"（载《新青年》第 6 卷第 1 号）这种看法后来被人称之为"狭义的鸳鸯蝴蝶派"看法。

另一种看法却将鸳鸯蝴蝶派无限扩大，认为民国年间新文学派之外的所有通俗小说作家都是鸳鸯蝴蝶派，他们的所有通俗小说都是鸳鸯蝴蝶派小说。这种看法的代表人物是瞿秋白和茅盾。瞿秋白从小说的内容方面来扩大鸳鸯蝴蝶派小说的范围，他在《财神还是反财神》一文中说，"什么武侠，什么神怪，什么侦探，什么言情，什么历史，什么家庭"小说，都是鸳鸯蝴蝶派小说（见人民文学出版社 1953 年 10 月版《瞿秋白文集》）。茅盾则从小说的形式方面来扩大鸳鸯蝴蝶派小说的范围，他在《自然主义与中国现代小说》一文中认定鸳鸯蝴蝶派小说包括"旧式章回体的长篇小说""不分章回的旧式小说""中西合璧的旧式小说""文言白话都有"的短篇小说（载 1922 年 7 月《小说月报》第 13 卷第 7 号）。这种看法后来被人称之为"广义的鸳鸯蝴蝶派"看法，而且逐渐成为主流看法，以致后来的文学研究者都接受了这种看法。

新文学家不仅在鸳鸯蝴蝶派的界定问题上分成了两派，而且在鸳鸯蝴蝶派的名称上也花样百出。如罗家伦因为徐枕亚等人好用四六句的文言写小说，便称其为"滥调四六派"（见署名志希的《今日中国之小说界》，载 1919 年《新潮》第 1 卷第 1 号），但无人响应。郑振铎因为《礼拜六》杂志为鸳鸯蝴蝶派的主要刊物之一，便称其为"礼拜六派"（见署名西谛的《新文学观的建设》一文，载 1922 年 5 月 21 日《文学旬刊》第 38 号）。这一说法得到了周作人、茅盾、瞿秋白、朱自清、阿英、冯至、楼适夷等人的响应，纷纷采用，以致使用频率越来越高，知名度越来越大，终于成为鸳鸯蝴蝶派的别称了。于是"鸳鸯蝴蝶派"和"礼拜六派"两个名称便被新文学家所滥用。如郑振铎在《新文学观的建设》一文中称"礼拜六派"，而在《〈文学论争集〉导言》一文中却称"鸳鸯蝴蝶派"（见上海良友图书公司1935年10月出版的《新文学大系·文学论争集》卷首）。还有人在同一篇文章里既称鸳鸯蝴蝶派，又称礼拜六派。如阿英在1932年所写的《上海事变与鸳鸯蝴蝶派文艺》一文中说：张恨水的所谓"国难小说"，与"礼拜六派的作品一样，是鸳鸯蝴蝶派的一体"，"充分地说明了鸳鸯蝴蝶派的作家的本色而已"（见上海合众书店1933年6月出版的《现代中国文学论》）。

茅盾在20世纪70年代觉得统称鸳鸯蝴蝶派或礼拜六派都不合适，于是提出了一个折中的看法，他在《紧张而复杂的生活、学习与斗争（上）——回忆录（四）》中说：

> 我以为在"五四"以前，"鸳鸯蝴蝶派"这名称对这一派人是适用的。……但在"五四"以后，这一派中有不少人也来"赶潮流"了，他们不再老是某生某女，而居然写家庭冲突，甚至写劳动人民的悲惨生活了，因此，如果用他们那一派最老的刊物《礼拜六》来称呼他们，较为合式。

——载1979年8月《新文学史料》第4辑

事实是该派在"五四"前后没有根本变化，都是既写言情小说，又写其他小说，将其人为地腰斩为两段，既显得武断，又无法掩盖当时的混乱看法。

这些混乱的看法导致后来的文学研究者无所适从：或沿用"鸳鸯蝴蝶派"的说法（如北大本《中国文学史》和《中国小说史稿》、

复旦本《中国文学史》和《中国近代文学史稿》等）；或沿用"礼拜六派"的说法（如山东师院本《中国现代文学史》等）；或干脆别出心裁地称之为"鸳鸯蝴蝶—礼拜六派"（见汤哲声《鸳鸯蝴蝶—礼拜六小说观念的价值取向及其评价》，载《苏州大学学报》1992年第2期）。这可真算是中国小说史上的一出有趣的滑稽戏了。

二、如何评价鸳鸯蝴蝶派

鸳鸯蝴蝶派的开山作品是1900年陈蝶仙的言情小说《泪珠缘》，因此鸳鸯蝴蝶派应该是指言情小说派，这也就是后来的所谓"狭义的鸳鸯蝴蝶派"，但被新文学家扩大为"广义的鸳鸯蝴蝶派"，实际上也就是民国通俗小说派。

鸳鸯蝴蝶派与同时期的"南社"不同，既没有组织，也没有纲领，而是一个在思想倾向和艺术风格上大体相同或相近的小说流派，连"鸳鸯蝴蝶派"这一招牌也是别人强加给它的。然而客观地说，鸳鸯蝴蝶派确实是一个产生过巨大影响的小说流派。在"五四"以前的近二十年间，它几乎独占了中国文坛；在"五四"以后的三十年间，虽然产生了新文学，但新文学只是表面上风光，而鸳鸯蝴蝶派却一派兴旺发达景象。我对"广义的鸳鸯蝴蝶派"做过不完全的统计：该派作家达数百人，较著名者有一百余人，所办刊物、小报和大报副刊仅在上海就有三百四十种，所著中长篇小说两千多种，至于短篇小说、笔记等更难以计数。在此前的中国文学史上，还没有哪个文学流派有过如此宏大的规模，产生过如此巨大的影响。

鸳鸯蝴蝶派由于规模宏大，又处在历史的一个巨变时期，其成员的确鱼龙混杂，其作品也良莠不齐，但总体来说，它形象地记录了中国二十世纪前五十年的历史，为中国读者提供了丰富的精神食粮，对中国小说的传承起过积极作用，因此应该给予充分的肯定。

鸳鸯蝴蝶派小说已经不是中国传统通俗小说的复制，而是一种改良的通俗小说。在形式方面，它既采用章回体，也采用非章回体，甚至采用了西洋小说的日记体、书信体等，至于侦探小说则更是完全模仿自西洋小说。在艺术手法方面，受西洋小说的影响非常明显，如增加了人物形象和景物描写，结构与叙事方式也趋于多样化，单线和复线结构并用，第三人称和第一人称叙述法兼施，还采用了倒叙法和补叙法。在内容方面，鸳鸯蝴蝶派小说已经扩大了描写范围，反映了当时社会生活的各个方面，甚至已经紧跟时事，及时反映当前的社会现实，被称为"时事小说"。如李涵秋的《广陵潮》描写辛亥革命，而他的《战地莺花录》则描写五四运动，这种及时反映当时发生的重大政治事件的小说，与多写历史故事的古代小说完全不同，显然是一大进步。鸳鸯蝴蝶派的言情小说，也不同于古代的才子佳人小说，而是一种新才子佳人小说。古代的才子佳人小说因面对森严的封建礼教，只能写才子与佳人偶尔一见钟情，以眉目传情或诗书传情的方式进行交流，最后皆是有情人终成眷属的大团圆结局。而这种大团圆结局完全是人为的：或出于巧合，或由于才子金榜题名，皇帝御赐完婚，这就完全回避了封建包办婚姻的问题。而民国年间的封建礼教已经在一定程度上松绑，尤其像上海、北京等大城市得风气之先，恋爱自由和婚姻自主思想已经渐入人心。因此有些鸳鸯蝴蝶派的言情小说也突破了古代才子佳人小说的窠臼，才子佳人已经敢于"相悦相恋，分拆不开，柳阴花下，像一对蝴蝶、一双鸳鸯一样"。其结局也不再全是有情人终成眷属的大团圆，而是"有时因为严亲，或者因为薄命，也竟至于偶见悲剧的结局……这实在不能不说是一个大进步"（鲁迅《上海文艺之一瞥》，连载于1931年7月27日、8月3日《文艺新闻》第20、21期）。言情小说由大团圆结局到悲剧结局的确是一个大进步，因为前者是回避封建包办婚姻礼制，而后者是控诉封建包办婚姻礼制。而这一进步的开创者是曹雪芹和高鹗，他们在《红楼梦》里所写的婚姻差不多都是悲剧。因此胡适称赞《红楼梦》不仅把一个个人物"都写作悲剧的下场"，而且最后"作一个大悲剧的结束，打破了中国小说的团圆迷信"（《〈红楼梦〉考证》，见1923年亚东图书馆版《胡适文存》）。可见鸳鸯蝴蝶派的言情小说在一定程度上继承了《红楼梦》开创的爱情婚姻悲剧模式，因而具有相当的反封建意义。我们可以徐枕亚的《玉梨魂》为例加以说明，因为该小说被新文学家指为鸳鸯蝴蝶派的代表性作品。

《玉梨魂》的故事很简单——清末宣统年间，小学教员何梦霞与年轻寡妇白梨影相爱，但两人均认为他们的这种行为是不道德的。为了得到感情的解脱，白梨影想出个"移花接木"的办法，即撮合何梦霞与自己的小姑崔筠倩订了婚。然而何梦霞既不能移情于崔筠倩，白梨影也无法忘情于何梦霞，结果造成了一连串的悲剧——白梨影在爱情与道德的激烈冲突下郁郁而死；崔筠倩因得不到何梦霞之爱而离开了人世；白梨影的公公因感伤女儿、儿媳之死而一病身亡；白梨影的十岁儿子鹏郎成了孤儿。何梦霞为排遣苦闷，先赴日本留学，继又回国参加了辛亥武昌起义（即辛亥革命），壮烈牺牲。

《玉梨魂》不仅描写了一个爱情婚姻悲剧，而且不同于一般的爱情婚姻悲剧。一般的爱情婚姻悲剧都是由封建势力造成的，即由包办婚姻造成的；而《玉梨魂》所写的爱情婚姻悲剧，其原因却是何梦霞和白梨影自身的封建道德。他们既渴望获得恋爱自由和婚姻自主的权利，又不能摆脱封建道德和封建礼教的束缚，两者激烈冲突，造成三死一孤的惨剧。从而揭露了封建道德和封建礼教的影响力是多么巨大，它已深入人们的骨髓，使其不能自拔。因此，它的反封建意义比一般的爱情婚姻悲剧更为深刻。

其实，新文学阵营也不是铁板一块，虽然大多数新文学家对鸳鸯蝴蝶派全盘否定，但也有少数新文学家态度比较客观，他们对鸳鸯蝴蝶派也给予一定的肯定。鲁迅是其中最突出的一位，他不仅认为某些鸳鸯蝴蝶派的悲剧言情小说是"一大进步"，而且不同意某些新文学家对鸳鸯蝴蝶派消极影响的夸大其词。他说：

至于说他流毒中国的青年，那似乎是过虑。倘有人能为这类小说所害，则即使没有这类东西也还是废物，无从挽救的。与社会，尤其不相干，气类相同的鼓词和唱本，国内非常多，品格也相像，所以这些作品也再不能"火上添油"，使中国人堕落得更厉害了。

> ——《关于〈小说世界〉》，载《晨报副刊》
> 1923 年 1 月 15 日

这种客观的观点与前述周作人无限夸大鸳鸯蝴蝶派作品能使国民生活陷入"完全动物的状态"乃至"非动物的状态"的观点形成了鲜明对比。当抗日战争爆发后，鲁迅更提倡文学界的抗日统一战线，主张团结鸳鸯蝴蝶派一起抗日。他说：

我以为文艺家在抗日问题上的联合是无条件的，只要他不是汉奸，愿意或赞成抗日，则不论叫哥哥妹妹，之乎者也，或鸳鸯蝴蝶都无妨。但在文学问题上我们仍可以互相批判。

> ——《答徐懋庸并关于抗日统一战线问题》，
> 载《作家》月刊第 1 卷第 5 期

鲁迅不仅提倡团结鸳鸯蝴蝶派一起抗日，而且主张新文学派与鸳鸯蝴蝶派在文学问题上"互相批判"，这种平等对待鸳鸯蝴蝶派的度量，也与那些视鸳鸯蝴蝶派如寇仇，必欲置诸死地而后快的新文学家形成了鲜明对比。

对鸳鸯蝴蝶派给予肯定的不只鲁迅，还有朱自清和茅盾。朱自清认为供人娱乐是中国传统小说的特点，因此不赞成将"消遣"作为罪状来批判鸳鸯蝴蝶派小说。他说：

> 在中国文学的传统里，小说……更是小道中的小道，就因为是消遣的，不严肃。不严肃也就是不正经，小说通常称为"闲书"，不是正经书。……鸳鸯蝴蝶派的小说意在供人们茶余酒后的消遣，倒是中国小说的正宗。

> ——《论严肃》，载《中国作家》创刊号

茅盾也承认鸳鸯蝴蝶派小说也"写家庭冲突，甚至写劳动人民的悲惨生活"。他还从艺术性方面对鸳鸯蝴蝶派小说给予一定肯定。他认为鸳鸯蝴蝶派的有些长篇小说"采用西洋小说的布局法"，如倒叙法、补叙法，以及人物出场免去套语、故事叙述"戛然收住"等等，这一切是对"旧章回体小说布局法的革命"。还认为鸳鸯蝴蝶派的有些短篇小说学习了西洋短篇小说"截取一段人生来描写，而人生的全体因之以见"的方法："叙述一段人事，可以无头无尾；出场一个人物，可以不细叙家世；书中人物可以只有一人；书中情节可以简至只是一段回忆。……能够学到这一层的，比起一头死钻在旧章回体小说的圈子里的人，自然要高出几倍。"（《自然主义与中国现代小说》，载1922年7月10日《小说月报》第13卷第7号）

鲁迅、朱自清、茅盾毕竟属于新文学派，因此他们对鸳鸯蝴蝶派的肯定是有限的。我们应该摆脱成见与束缚，从中国文学史的角度，对鸳鸯蝴蝶派做出客观公正的评价。

三、如何看待冯玉奇的小说

我们澄清了以上有关鸳鸯蝴蝶派的三个问题，等于为介绍冯玉

奇的小说提供了一个坐标，也等于为读者提供了一把参照标尺。读者用这把标尺，就可自行评判冯玉奇的小说了。

冯玉奇于 1918 年左右生于浙江慈溪，笔名左明生、海上先觉楼、先觉楼，曾署名慈水冯玉奇、四明冯玉奇、海上冯玉奇。据说他毕业于浙江大学（一说复旦大学）。1937 年九一八事变后寄居上海，感山河破碎，国事蜩螗，开始写作小说以抒怀。其处女作为《解语花》，由上海春明书店出版。出版后旋即由东方书场改编为同名话剧，演出后轰动一时。那时他才十九岁。由此一发而不可收，至 1949 年 7 月《花落谁家》出版，在短短十来年时间里，他创作的小说竟达一百九十多种，平均每年近二十种，总篇幅应该不少于三千万字，只能用"神速"来形容。这时他只有三十一岁。近现代文学史料专家魏绍昌先生（已去世）所编《鸳鸯蝴蝶派研究资料（史料部分）》（上海文艺出版社 1962 年 10 月出版）开列的《冯玉奇作品》目录只有一百七十二种，也有遗珠之憾。不过我们从这一目录中仍可确定冯玉奇是一位以写言情小说为主的通俗小说作家，因为在一百七十二种小说中，言情小说占有一百二十二种，其他小说只有五十种：社会小说三十四种、武侠小说十四种、侦探小说两种。

冯玉奇不仅是一位写作神速且极为多产的通俗小说作家，还是一位热心的剧作家和剧务工作者。早在他二十六岁（1944 年）时，就担任了越剧名伶袁雪芬的雪声剧团的剧务，并为之创作了《雁南归》《红粉金戈》《太平天国》《有情人》《孝女复仇》五大剧本，演出效果全都甚佳。在他二十七到二十八岁（1945～1946）时，又与他人合作，前后为全香剧团和天红剧团编导了《小妹妹》《遗产恨》《飘零泪》《义薄云天》《流亡曲》等二十多个剧本，演出效果同样甚佳。可见冯玉奇至少写过十几个剧本。

冯玉奇一生所写的小说和剧本总计不下两百五十种，总篇幅可能达到四千万字以上，是名副其实的"著作等身"，是当之无愧的中国最多产的作家，号称多产的同派小说家张恨水也难望其项背。当时的文学作品已是一种特殊商品，冯玉奇的小说如此畅销，其剧本演出又如此轰动，这足可以证明其受人欢迎，这就是读者和观众对冯玉奇的评价，它比专家的评价更为准确，也更为重要。遗憾的是，我们无法看到他的剧作和三十岁以后的作品，也不知其晚景如何，卒于何年。

从冯玉奇的生活年代和创作时段来看，他显然是鸳鸯蝴蝶派的后起之秀，所以尽管他作品如此之多，影响如此之大，而同派的老前辈却很少提到他，这也是"文人相轻"的表现之一。

按说要介绍冯玉奇的小说，应该将其全部小说阅读一遍，但我没有这么多时间，也没有这么大精力，因而只向中国文史出版社借阅了《舞宫春艳》《小红楼》《百合花开》三种，全都是言情小说。因此我只能以这三种言情小说为例加以介绍，这可能会犯以偏概全的错误，因此只能供读者参考。

《舞宫春艳》写了两个纠缠在一起的爱情婚姻悲剧故事：苏州富家子秦可玉自幼与邻居豆腐坊之女李慧娟相恋，由于门第悬殊，秦可玉被其父禁锢，二人难圆成婚之梦。不幸李慧娟生下了一个私生女鹃儿，只好遗弃，自己则郁郁而死。鹃儿被无赖李三子收养，长大后卖到上海做伴舞女郎，改名卷耳。中学生唐小棣先是爱上了姑夫秦可玉家的婢女叶小红，不料叶小红失踪，于是移情于卷耳，但无钱为卷耳赎身，两人感到婚姻无望，于是双双吞鸦片自尽。

《小红楼》的故事紧接《舞宫春艳》：曾经被唐小棣爱过的叶小红的失踪，原来也是被无赖李三子拐卖为伴舞女郎，小棣、卷耳自杀后，小红才被救了回来，并被秦可玉认为义女。经苏雨田介绍，与辛石秋相识相恋而订婚。同时石秋的姨表妹巢爱吾也爱石秋，但石秋既与小红订婚在先，便毅然与小红结婚。爱吾为了摆脱难堪的地位，离家出走，下落不明。石秋奉父命赴北平探望二哥雁秋，在火车站被人诬陷私带军火，被军人押到司令部。可巧爱吾此时已成为张司令的干女儿兼秘书，便设法救了石秋一命。但张司令强迫石秋与爱吾结婚，二人既不敢违命，又固守道德，便以假夫妻应付。后来石秋回到家里，终于与小红团聚。

《百合花开》写了两个紧密相关的爱情婚姻故事：二十岁的寡妇花如兰同时被四十二岁的教育家盖季常和十八岁的革命青年盖雨龙叔侄俩所爱，而盖季常的十六岁侄女盖云仙又同时被三十六岁的银行家杨如仁和十九岁的革命青年杨梦花父子俩所爱。经过许多曲折后，终于两位长辈让步，盖雨龙与花如兰、杨梦花与盖云仙同场结婚。

由以上简单介绍可知，冯玉奇的这三种小说共写了五个爱情婚姻故事，其中两个是悲剧结局，三个是有情人终成眷属。这正如鲁迅所说："有时因为严亲，或者因为薄命，也竟至于偶见悲剧的结局……这实在不能不说是一个大进步。"其次，这三种小说的五个爱情婚姻故事，倒有四个是三角爱情婚姻故事，但它们的情况并不雷同。唐小棣、叶小红、卷耳的三角恋是一男爱二女，辛石秋、叶小红、巢爱吾的三角恋是两女爱一男，而盖季常、盖雨龙、花如兰和杨如仁、杨梦花、盖云仙的三角恋更为异想天开，竟然都是两辈嫡亲男人（叔侄、父子）同爱一个女子。可见冯玉奇极有编故事的才能，从而使作品更具吸引力和娱乐性。又次，这三种言情小说的描写极为干净，没有任何色情描写。除了秦可玉与李慧娟有私生女外，其他人都非礼勿言，非礼勿行。如辛石秋与叶小红因婚礼当天石秋之母去世，为了守孝，新婚夫妻在百日之内没有圆房。而辛石秋与姨表妹巢爱吾为了对得起叶小红，虽被张司令强迫成亲，却只做了几天假夫妻。

从表现形式和艺术手法来看，我觉得冯玉奇的小说与当时新文学的新小说都受了西洋小说的影响，基本相同。譬如：两者都突破了传统小说书名的套路，不拘一格，尤其采用了一字书名和二字书名，如冯玉奇有《罪》《孽》《恨》《血》和《歧途》《逃婚》《情奔》等；而巴金有《家》《春》《秋》，茅盾有《幻灭》《动摇》《追

278

求》。两者的对话方式也突破了传统小说的套路，灵活自如：对话既可置于说话者之后，也可置于说话者之前，还可将说话者夹在两句或两段话之间。至于小说的结构法、叙述法与描写法，更是差不多的。譬如人物描写不再是"沉鱼落雁""闭月羞花""倾国倾城"之类的千人一面，景物描写也不再是"落红满地""绿柳成荫""玉兔东升"之类的千篇一律，而加以具体描绘。这里随便举一个例子：

小红坐在窗旁，手托香腮，望着窗外院子里放有一缸残荷，风吹枯叶，瑟瑟作响。墙角旁几株梧桐，巍然而立。下面花坞上满种着秋海棠，正在发花，绿叶红筋，临风生姿，可惜艳而无香，但点缀秋色，也颇令人爱而忘倦。

这是《小红楼》对莲花庵一角的景物描绘，虽然算不上十分精彩，但作者通过小红的眼睛描绘了院中的三样东西——风吹作响的"枯荷"、巍然挺立的"梧桐"、正在开花的"海棠"，从而衬托出莲花庵幽静的环境，曲折地表明了时在秋季。频繁使用巧合手法是冯玉奇小说的显著特点，可以说把所谓"无巧不成书"用到了极致。巧合手法有助于编织故事，缩短篇幅，增加作品的吸引力等，但使用过多则时有破绽，有损于作品的真实性。冯玉奇的某些小说也采用了章回体，但只是标题用"第×回"和对偶句，"却说""且听下回分解"之类的套语已不再经常出现，因此并非章回体的完全照搬。况且章回体并非劣等小说的标志，它在我国小说史上发挥过巨大作用，产生过杰出的四大古典小说。因此用章回体来贬低冯玉奇的小说，也是毫无道理的。

冯玉奇的小说也有明显的缺点。它们与其他鸳鸯蝴蝶派小说一样，主要注重小说的娱乐性，而忽视小说的社会性和艺术性，因此没有产生杰出的作品。他是南方人而小说采用北方话，加之写作速度太快，无暇深思熟虑，导致语言不够流畅，用词不够准确，还有许多错别字和语病。还有使用"巧合"法太多，有时破绽明显，这里不再举例。

总而言之，冯玉奇既不是"黄色"和"反动"小说家，也不是杰出小说家，而是一位勤奋多产、有益无害的通俗小说家，他应在中国小说史尤其是中国现代小说中占有一席之地。

2017 年 6 月 4 日于北京蜗居

图书在版编目(CIP)数据

俏姑娘·并蒂莲／冯玉奇著. — 北京：中国文史
出版社,2018.3

（民国通俗小说典藏文库·冯玉奇卷）

ISBN 978 - 7 - 5034 - 9980 - 7

Ⅰ. ①俏… Ⅱ. ①冯… Ⅲ. ①言情小说 - 中国 - 现代
Ⅳ. ①I246.5

中国版本图书馆 CIP 数据核字(2018)第 008300 号

点　　校：袁　元　清寒树

责任编辑：牟国煜

出版发行：**中国文史出版社**

网　　址：http://www.chinawenshi.net

社　　址：北京市西城区太平桥大街23号　邮编：100811

电　　话：010 - 66173572　66168268　66192736（发行部）

传　　真：010 - 66192703

印　　装：廊坊市海涛印刷有限公司

经　　销：全国新华书店

开　　本：720×1020　1/16

印　　张：18　　　　字数：231千字

版　　次：2018年3月第1版

印　　次：2018年3月第1次印刷

定　　价：53.80元

文史版图书，版权所有，侵权必究。

文史版图书，印装错误可与发行部联系退换。